LA DOULEUR DE MANFRED

du même auteur
chez le même éditeur

Eureka Street
Ripley Bogle

ROBERT McLIAM WILSON

LA DOULEUR DE MANFRED

Traduit de l'anglais
par Brice MATTHIEUSSENT

Collection « Fictives »
dirigée par Brice Matthieussent

CHRISTIAN BOURGOIS ÉDITEUR

Titre original :
Manfred's Pain

L'éditeur remercie le Ireland Literature Exchange (Fonds de traduction), Dublin, Irlande, pour son aide.

ISBN 2-267-01689-3

Pour Jo et Richard

Première Partie
Attendre et voir

Un

Manfred désirait mourir depuis longtemps. Ainsi, lorsqu'il découvrit cette douleur nouvelle, il décida de la garder pour lui. Il devint secret, possessif – aux yeux du monde, semblable à un vieux père hébreu doté d'un fils nouveau-né. Cette attitude convenait bien à la situation, car sa douleur était vraiment infantile et elle lui semblait masculine. Ce n'était pas l'un de ses habituels élancements de fillette ou l'une de ses grandes souffrances de mauvais augure. C'était une présence constante, tenaillante ; une vigoureuse spirale d'inconfort. C'était une chose corrosive, virile.

Non que Manfred eût déjà échafaudé quelque projet de suicide détaillé. Le suicide était selon lui la mort de l'idiot. Il pouvait attendre et avoir confiance. Sa douleur le faisait espérer. La mort invitée était une affaire beaucoup plus digne tant qu'on ne se l'infligeait pas soi-même.

Bien sûr, Manfred avait auparavant connu de nombreuses douleurs et d'innombrables genres de douleurs. Il n'avait rien *espéré* alors. Il s'était acheminé chez le médecin en bon ordre, ponctuel et déférent. Il s'était humblement soumis à des décennies d'estimations et de mystifications médicales. Il avait été le patient parfait.

Mais maintenant Manfred avait des projets. Il n'avait plus besoin des médecins. Cette douleur resterait son bien propre. Il ne permettrait pas qu'elle fût supervisée par quelque généraliste glabre ou par quelque spécialiste dénué de talent. Il se refusait à ce que sa douleur fût nommée, dénaturée, dépossédée de son mystère. Surtout, il ne voulait pas qu'on la soignât.

Le vieillard savait que ce compagnon laborieux était le héraut d'une chose bien pire – le manifeste d'une maladie nouvelle et majeure. Cela lui convenait tout à fait. S'il consultait un médecin, il se verrait embroché sur quelque modèle de soins incurables, de décrépitude lamentable et de mort. Mais s'il croupissait en privé, alors sa douleur explorerait au moins un nouveau territoire. Elle surprendrait, elle atterrerait. Cette perspective rendait Manfred tout heureux. Encore une distraction intime à ajouter à sa liste déjà longue.

Autrefois, Manfred avait aimé la vie avec ardeur. Il l'avait aimée comme un jeune mari. Il avait connu maints épisodes radieux. Certains de ses souvenirs (et tandis que Manfred déclinait, il trouvait ses souvenirs de plus en plus charnus, substantiels) étaient des choses opalescentes, euphoriques. Emma avait rempli sa vie des catégories entièrement nouvelles du regret et de la perte, mais jadis elle l'avait rendu tantôt fort et tantôt faible. Chacun des laborieux volumes de son journal intime était pugnace et minutieusement satisfait. Beaucoup, oui, beaucoup de choses avaient été bonnes.

Mais beaucoup, aussi, avaient été mauvaises. Beaucoup avaient été veules et ahurissantes, les blessures infligées et les blessures reçues. La guerre l'avait brûlé. Elle avait consumé une partie nécessaire, virginale, de lui-même. Le fait de quitter sa femme l'avait incinéré de son vivant. Sans elle, la vie de Manfred était devenue un spectacle de désolation. Depuis plus de vingt ans, ils se retrouvaient une fois par mois sur le banc froid d'un parc. Leur fils, Martin, s'était transformé en un homme qu'il ne pouvait aimer. Manfred avait l'impression d'être du combustible usé. Il ne désirait pas vraiment la mort, mais il mourait d'envie d'être débarrassé de la vie. Désirer mourir, ça ne valait rien.

En tout état de cause, c'était une question sans intérêt. Car Emma l'avait tué plus de vingt ans auparavant. Il avait passé toutes ces années sans elle comme un mort-vivant, seulement capable de marcher et de respirer. Tard la nuit, il relisait les anciennes lettres de son épouse. Il comprenait désormais qu'Emma avait toujours su ce qui arriverait. Elle avait su ce qui était en elle, quelle peur enlaidissante l'attendait. Il se rappelait ses propres lettres, extravagantes, passionnées. Celles d'Emma, mesurées et prudentes, ne l'engageaient jamais. Elle avait pris soin de laisser peu de traces.

Le reliquat de la souffrance est moindre qu'on ne peut s'y attendre. Le regret est un résidu. Les restes du repas d'une autre émotion. La perte avait néanmoins réduit sa vie à ses composantes fondamentales. Il mangeait, dormait, respirait et souffrait. Le temps empestait la pourriture du passé. Le monde était las. Les arbres s'affaissaient, les marées apathiques hésitaient. Même le grand soleil s'auréolait de poussière.

La mort semblait facile. Le vieillard sentait sa vie s'achever en même temps que le siècle, dont la décrépitude éphémère s'accordait à la sienne. Aucun des deux n'en avait fait grand-chose. Tout ce qu'ils partageaient désormais, c'était la complainte de deux vieux fous qui, en fin de soirée, échangeaient leurs sentiments calamiteux. Leurs conclusions communes étaient appropriées. Les années à venir seraient brutales et hostiles. La mort semblait facile.

Mais autrefois, la mort auto-infligée avait bel et bien semblé difficile. Avant la guerre, il y avait eu le problème de sa fiancée suicidée. Une fille vraiment bien. La mère de Manfred la trouvait honnête et appartenant par bonheur aux Gentils, bien qu'assez laide. Dans sa robe très bleue (qui soulignait la couleur de ses yeux), elle lui sourit durant à peine plus d'un an. Il avait dix-neuf ans et elle prenait grand plaisir à retirer sa robe. Manfred l'aimait beaucoup, avec tact et sollicitude. Mais la robe bleue pâlit, ainsi que le sourire. Jusqu'à certain soir où elle lui téléphona. Quand il arriva, elle se contenta de sauter par la fenêtre – à reculons, assez curieusement. (Manfred se demanda souvent si ce choix avait facilité les choses pour la jeune fiancée : si le fait de ne pas voir au-dehors avait rendu le saut plus aisé.) Manfred s'en voulut énormément, l'intimité du remords ressemblant beaucoup à la faute. Mais il ne se sentit pas coupable. Le désespoir des femmes était une chose insondable, sans commune mesure avec celui des hommes.

Ce drame le laissa froid et morne. Sa mère avait tant pleuré pour la jeune défunte que Manfred croyait ne plus rien avoir à ajouter de liquide. Plusieurs personnes agréables dirent du mal de sa défunte et sa souffrance devint une petite souffrance. La surprise, voilà ce qu'il ressentait surtout, de la surprise et de la gêne. Et tandis qu'il attendait sa propre mort, la souffrance, grande ou petite, était le plus souvent absente. Manfred désirait mourir depuis très longtemps.

*

Depuis qu'il l'avait découverte, la douleur de Manfred avait rapidement grandi. Sa présence s'était faite plus insistante, mieux reconnue comme éternelle. Elle s'était même fixée en un lieu permanent au bas de son ventre, juste à droite du pelvis. La douleur ne s'était pas encore enfouie très profond, Manfred le sentait. Elle n'avait pas encore atteint le tréfonds de ses viscères, mais elle était mobile et confiante. Il n'y avait pas à en douter.

C'était un bon endroit où accueillir une douleur. Auparavant, il n'en avait jamais abrité la moindre à cet endroit précis, pour scander cette partie de son vieux corps frauduleux. Il aimait la façon dont elle imprimait sa marque précisément sur cette page blanche. La douleur paraissait presque confortablement installée là, tandis qu'elle patinait avec légèreté sur les viscères de Manfred. Au plus aigu de ses coups de sonde quotidiens, la douleur devenait une compagne taquine. Et il était presque agréable de rester assis près de la fenêtre dans le soir brun pour subir sa jovialité, pour la soumettre à force de cigarettes tandis que le ciel s'obscurcissait et fermait ses rideaux.

Parfois son ventre durcissait et se tendait, telle une vessie remplie ou une calebasse débordante. Alors la douleur tirebouchonnait à travers la chair de Manfred et il lui fallait se concentrer. Il s'allongeait sur son lit en désordre et il se massait le ventre. Il menait avec elle des négociations difficiles : des promesses de whisky ou de gin. Il enrageait et pleurait de douleur.

Parfois, lorsqu'elle le frappait de toute sa violence, il clopinait jusqu'à la cuisine et ouvrait le placard où il rangeait ses innombrables médicaments. Il brandissait des flacons remplis d'aspirine vers son abdomen. Il menaçait ses intestins de paracétamol, de codéine et de toutes espèces d'antispasmodiques. Affreusement aiguillonné, il engouffrait dans sa bouche des poignées entières de cachets et de comprimés, qu'il se préparait à avaler pour apaiser sa douleur. Mais il n'avalait jamais. Il recrachait tout dans l'évier, où cachets et comprimés se mettaient à fondre, à pétiller et à se mélanger pour former un amas toxique sur les assiettes non lavées. La douleur augmentait alors, alimentée par sa lâcheté et son épuisement. Manfred s'en moquait. Car il aimait sa douleur. Il la chérissait.

D'autres fois, la douleur se faisait presque douce et son ventre devenait flasque. La peine se nichait gentiment en travers de ses viscères comme un fœtus sage et somnolent. Il avait alors l'impression d'être une femme enceinte. La joie allègre de Manfred, due à cette présence constante, silencieuse. Son attention et sa tendresse, face à cette croissance. Le foyer douillet qu'il procurait, telle une matrice, à la douleur. Toute son attitude était une maternité. Il la cajolait avec le peu d'amour qu'il conservait encore. Les yeux grand ouverts, comme un chat tapi dans un recoin sombre, il restait assis en silence dans l'obscurité, supportant tout avec joie.

Durant certaines périodes, néanmoins, Manfred ne ressentait aucune douleur. C'étaient les pires. Il devenait agité, il essayait de ne pas attendre son retour. Il lisait mollement, affaibli par l'inquiétude. Enfin, soudainement ou avec lenteur, la douleur revenait. Alors le bonheur du vieillard atteignait des sommets. Chaque nouveau retour plein de liesse n'amoindrissait en rien son euphorie. La prodigalité n'était jamais punie. Son cœur s'emballait de bonheur et d'espoir.

Manfred était presque heureux. Il passait ses journées dans la solitude, traversant les rues lugubres de son quartier. Il se déplaçait de chez lui jusqu'à la boutique et au café avant de rentrer. Ses voisins ignoraient cette nouvelle excentricité. Ils avaient vu beaucoup de fous solitaires comme lui. Le regard public glissait sur sa silhouette miteuse et poussive qui allait d'un pas traînant, les mains toujours collées au ventre, cherchant, cajolant, apaisant. Il souriait et marmonnait joyeusement à part lui. C'était étrange. Il ressemblait à beaucoup de choses, mais certes pas à un homme qui souffrait.

Deux
(1932-1936)

Lorsqu'il eut douze ans, Manfred interrogea son père sur les grands problèmes qui l'agitaient déjà. Son père fut rapide et catégorique. « Identifie ce que tu désires. Connais-le bien. Sens son poids. Fais-le tien. » Le garçon essaya. Et échoua.

À treize ans, toujours aussi agité, il interrogea sa mère. Celle-ci fut rapide et catégorique. « Connais ce que tu désires, mon enfant. Envisage-le clairement. Ensuite... attends et vois. Le désir est dangereux – il engendre la douleur. Mieux vaut attendre et voir. » Manfred attendit.

Le père de Manfred était un homme tellement terrifié par l'obscurité qu'il pourchassait la lumière du jour. En été, il se levait à quatre heures du matin et se couchait avant la tombée de la nuit, pour essayer d'éviter l'obscurité. L'hiver, avec ses périodes de nuit inévitable, provoquait chez lui une inquiétude qu'il ne parvenait jamais à dissimuler. Les autres membres de sa famille étaient obligés de supporter ses horaires phobiques : ils soumettaient leur existence au rythme de sa paranoïa. Paradoxalement, cela créa chez les trois fils une attitude dépourvue de toute peur envers l'obscurité et la nuit, une attitude rare chez les garçons de leur âge. Ils grandirent en aimant la nuit. Ils ressentaient un vif désir pour ses secrets qui effrayaient tant leur père. Celui-ci devinait leur courage et redoutait leur mépris. Ses manières se firent plus dures, ses manifestations de virilité volubile augmentèrent. Il se pavanait en bombant le torse. Les garçons grandirent. Le père se ratatina et déclina. Il devint encore plus bruyant, il redouta de plus en plus l'obscurité.

La mère de Manfred avait été une jeune fille frivole, étourdie. Sa bonne humeur effraya ses parents quand elle devint pubère. Lorsqu'elle eut seize ans, elle était presque une célébrité dans certaines parties de Mile End Road. Selon un épisode fameux, elle avait ulcéré le rabbin le plus bourru de Londres en se faisant surprendre en train de fumer le jour du sabbat sans même s'excuser ensuite. Sa propre famille avait considéré son mariage avec le père de Manfred comme un frein bienvenu à ses excentricités. Et c'est bien ce qui arriva. Hormis son refus catégorique de porter une perruque de mariage et diverses autres révoltes mineures, son esprit rebelle semblait avoir reflué. Elle se réfugia dans la vanité d'un personnage si austère et implacable qu'il semblait presque rabbinique.

Elle dépensait tout l'argent qu'elle pouvait pour son apparence, elle consacrait d'énormes quantités de temps et d'invention à sa garde-robe. Elle ne semblait pas aimer les Juifs. Elle débordait de mépris pour les hommes juifs et se moquait ouvertement des jeunes hassidim avec leur chapeau, leurs nattes et leur barbe broussailleuse. Son apostasie, qui était une véritable épreuve pour son mari, constituait à ses yeux une source de fierté et de distinction. Elle se considérait elle-même entièrement anglaise et juive seulement lorsqu'elle devenait sentimentale ou qu'elle venait de supporter un sarcasme goy particulièrement cinglant. Elle imitait la mode américaine et paraissait admirer seulement les femmes des Gentils. Elles lui semblaient plus achevées, plus complètement femmes. Elles n'enduraient nulle honteuse perruque de mariée, aucune excuse juive parce qu'elles appartenaient au sexe faible. Elles étaient fières d'être des femmes et, point crucial pour la mère de Manfred, leur féminité était généreusement récompensée.

Elle portait des voiles qui attrapaient la lumière pâle. Tels de loyaux citoyens, l'épouse et les fils se soumettaient à la loi paternelle, mais c'était la mère qui n'en faisait qu'à sa tête. Sa voix rauque animait, reflétait et paraissait seulement servir. Le jeune Manfred observait la générosité fortuite de sa génitrice. Il la regardait se déplacer, parler et se reposer au milieu de sa famille. Écrasé sous le presse-papier de la honte, il observait leur mariage. Il assista à une révolte minuscule, il assista à la complicité.

Un jour, ils marchaient dans un parc de la ville, la mère, le père et les fils, goûtant gauchement un peu de soleil. Dans l'herbe, un jeune couple était allongé à moitié nu. La femme portait un maillot de bain bleu qui, à cent mètres de distance, provoqua la colère du père de Manfred. L'homme, seulement vêtu d'un short, était allongé sur le ventre tandis que la jeune femme lui étalait de la crème solaire sur le dos, sur son beau dos blond. Manfred vit que sa mère regardait tristement ce couple splendide. Son père marmonnait avec mauvaise humeur, plein de colère et de crainte. En passant, il détourna les yeux loin de sa femme. Manfred sursauta en entendant rire soudain le jeune homme oisif. Ce fut un éclat de rire sain et vigoureux qui, à parts égales, effraya et attira le garçon. Un rictus amer tordit le visage de son père lorsque le jeune homme rit. La mère de Manfred baissa la tête et saisit doucement la main de son mari, résignée, consolatrice.

Elle n'était pas belle et Manfred savait qu'elle en souffrait. Elle désirait le cadeau arbitraire de la beauté. Quand il marchait avec elle, le garçon sentait que l'indifférence des hommes envers elle lui pesait. De toute évidence, elle en tenait rigueur d'une certaine façon au père de Manfred. Les trois fils faisaient bien attention à manifester clairement qu'ils croyaient mordicus à la superstition de la beauté de leur mère. Elle les appelait ses petits hommes et elle attendait d'eux qu'ils lui rendent le tribut que, de manière inexplicable, les hommes adultes refusaient de lui accorder.

Il existait pourtant certaines occasions où il devenait facile de la croire belle. Quand le père était sorti, elle allumait les lampes très tard si bien qu'elle-même et ses fils restaient le plus longtemps possible dans la pénombre. Elle était assise près de la fenêtre dans la lumière mourante, ses doigts manipulaient des aiguilles, des épingles et de menus vêtements, son visage sombrait dans l'obscurité. Tandis que ses traits se brouillaient, le garçon pouvait la trouver belle. Il ressentait une curieuse allégresse à ces moments-là, en regardant les silhouettes vagues de sa mère et de ses frères, leur présence seulement révélée par le déplacement de leurs pieds, par la lourdeur juvénile de leur souffle. Personne ne parlait jamais, chacun demeurait perdu dans ses rêves intimes, respectant l'unisson silencieux.

En dehors de la maison, le monde ressemblait à une histoire. Jouer aux osselets avec des fillettes laides, marcher devant les alléluias qui sortaient des nefs d'églises le jour du sabbat chrétien. Les Évangiles chantés à tue-tête. Les chrétiens faisant tout leur boucan d'adoration. M. Adler le voisin et sa théorie de filles, pâles et jeunes. Manfred, qui les aimait aveuglément, les courtisait avec des gâteaux sucrés et des rires.

Dès qu'il le pouvait, il s'aventurait en dehors de Whitechapel. Parmi les rues majestueuses il regardait les bourgeoises, écoutait leurs baisers de courtoisie bien audibles. Il regardait les fils et les pères gentils. Dans ces rues, le garçon se sentait pauvre mais heureux. La simple existence d'un tel univers était une vraie bénédiction. Il en tirait le sentiment d'être un fragment particulier de Dieu.

Manfred et ses frères avaient tous fréquenté une sordide *cheder* proche de Fashion Street. De mornes années passées à étudier le Talmud sous la férule de vieillards qui marmonnaient des prières incompréhensibles. Les deux aînés étaient allés à l'École Libre Juive. Mais le père et la mère de Manfred s'étaient violemment disputés un soir, après quoi les deux aînés avaient été retirés de l'École Juive et envoyés à une école de Gentils proche de Hanbury Street. Lorsqu'il fut assez grand, Manfred aussi y étudia. Ses frères et lui étaient les seuls Juifs de l'école.

Ses frères changèrent à cette école. Ils devinrent violents et virils, avides des secrets désirs chrétiens d'un tel endroit. Ils endurèrent stoïquement les vexations racistes. Leur propre brutalité se développa si vite que bientôt les autres garçons cessèrent d'incriminer la différence des deux frères.

Face aux efforts les plus audacieux des garçons gentils, ils restaient de marbre. Ils se battaient, mentaient, trichaient et montaient aux arbres mieux que quiconque. La haine de leurs camarades chrétiens diminua bientôt pour se transformer en approbation pure et simple.

Manfred jouit de certains des fruits de cette acceptation. Les affronts lui furent plus ou moins épargnés. Certains parmi les plus grands l'humilièrent néanmoins avec des menaces et des chansons :

Le Seigneur dit à Moïse
Tous les Juifs auront de gros nez
Tous sauf Aaron
Qui en aura un carré.

Ils le traitaient de « minable luisant » ou de « nez de bon Juif » ; parfois ils le giflaient ou lui donnaient des coups de pied. Ses frères ne s'en mêlaient pas. Leur confort dans le monde des goyim avait été trop difficilement gagné pour qu'ils risquent de le compromettre en défendant Manfred. Mais en général, le garçon n'était pas maltraité et il était même parfois populaire. Mais il était toujours en butte à de nombreuses blagues, à cause de sa jeunesse et de son innocence. La plupart des jeunes Gentils le laissaient tranquille parce qu'il était petit et terne.

L'école, c'étaient des échanges de paroles enflammées à propos des cow-boys ou du football. La haute façade du bâtiment regardait sans cligner des yeux. C'étaient des rêves de seins féminins. La célébrité y était facile. Billy Buck était connu de tous à cause de son Étonnant Pet de Quinze Secondes : à plein volume, chronométré par la mécanique suisse, vérifié par des observateurs indépendants. Smelly Watson était célèbre parce que son père croupissait en prison pour cambriolage (une simple escroquerie, comme on l'apprit plus tard à la grande honte de Smelly). J.J. Russell était célèbre simplement parce qu'il était le plus grand escogriffe de l'école et parce qu'il avait soi-disant survécu à une sanglante bagarre avec un gars de la maison de redressement de Bethnal Green.

L'école, c'étaient mille garçons obnubilés par eux-mêmes, au cerveau ralenti et dotés d'une bien piètre estime personnelle. Pourvu de ses cinq sens, sain d'esprit, sachant lire et écrire, Manfred passait en comparaison pour un prodige et l'on fit certaines prévisions indubitables. Sa mère eut le sentiment que son dégoût de l'éducation juive se voyait confirmé et elle triompha devant son époux.

L'école, c'était l'éclat sans ombre de journées qu'il ne parvenait pas à compter. C'était la hampe d'un chêne devant une grille noire. L'école, c'était un théâtre archiplein où il jouait le rôle vedette. C'étaient des rêves de sénescence prospère. Il semblait à ce garçon que le monde était doré comme un gâteau et qu'à condition d'avoir assez faim, il pouvait y découper la part dont il avait envie.

Il était né en février, ce mois rabougri. L'un de ses frères lui affirma que cela signifiait qu'il finirait fou et mourrait d'une mort violente. Son autre frère lui jura qu'il avait été un enfant trouvé, un fils de chrétiens, doté d'un parfait jumeau à Durban. Ses parents recevaient deux shillings par semaine pour s'occuper de lui jusqu'à l'âge de seize ans. Mais quand ses deux frères lui apprirent ce que les hommes faisaient avec les femmes, Manfred cessa de croire ses frères.

Lorsque le père de Manfred ne réussit pas à gagner l'argent que, selon lui, il aurait dû gagner, leur maisonnée se désencombra. De vieux meubles, transmis par des générations plus prudentes, disparurent de toutes les parties de la maison. Ils furent rarement remplacés et, même alors, toujours par du mobilier vulgaire et bon marché. La maison présenta bientôt un aspect schizophrène. Les rescapés de l'héritage luttaient pied à pied avec les nouveaux insurgés pour la suprématie des lieux. L'étrange lumière sombre reflétée par l'acajou et le chêne des meubles anciens disparut, remplacée par une lueur terne ou clinquante.

Pas une seconde, le père ne réussit à comprendre son manque de prospérité. Son échec financier offensait le sentiment qu'il avait de lui-même. Pour Manfred, il était clair que, lorsque son père se regardait dans le miroir, il voyait quelqu'un de très différent de l'homme qu'il était vraiment. Le miroir lui racontait des histoires impossibles, des histoires de nanti, d'homme considérable. Alors que la réalité de son existence s'éloignait toujours davantage de l'homme qu'il voyait dans le miroir, le père de Manfred déclina et sombra dans la dépression. Le petit déjeuner de bar mitzvah de Manfred fut déplorable. Les autres pères se sentirent gênés. Les autres fils furent méprisants. Les cadeaux de Manfred se résumèrent à des objets hétéroclites, vendus à prix cassé : un encrier, un Commentaire acheté en solde, deux livres de prières, quelques pièces de monnaie et un seul billet d'une livre.

Le vieillard se mit à échafauder des plans pour retourner à Berlin. Ses frères y vivaient toujours, tous les deux de prospères hommes d'affaires. Sa propre erreur avait consisté à croire que l'Angleterre serait pour lui le pays de la réussite. Il vivait à Londres depuis près de quarante ans, et sans résultat notable. L'Angleterre était un pays sans avenir. Ce n'était pas un pays pour les Juifs. Lui-même était toujours citoyen allemand. Hitler ne durerait pas longtemps. Ils pourraient tous rentrer en Allemagne. La vie y serait bien plus facile. Mais la mère de Manfred repoussait ces projets avec mépris. Affligés d'un tel mari et d'un tel père, ils seraient aussi pauvres en Allemagne qu'ils l'étaient en Angleterre.

La mère travaillait avec souffrance et obstination afin d'assurer la subsistance de la famille. Lorsque l'argent se faisait rare, elle gardait un visage fermé durant des semaines et elle adressait à peine la parole à son mari. Elle regrettait amèrement de ne pas avoir de fille. Quel que fût le boulot minable décroché par le père, elle lui prenait avec un indéfectible mépris l'argent nécessaire à l'entretien de la maison. Elle s'occupait des tâches domestiques sans talent ni plaisir. Malgré tous ses efforts, une odeur de fête brouillonne sortait parfois de leur cuisine. Poisson frit, poulet bouilli, bœuf salé, tranches de foie. Ils mangeaient le pain de la pâque tout au long de l'année. Aucun membre de la famille ne se sentait pauvre, sauf elle. En période de vaches maigres, la mère de Manfred devenait irascible tandis que son père se recroquevillait de honte.

Mais le père était tenu à l'abri de son propre échec par l'échec de ses amis. Manfred avait mis plusieurs années à observer comment son père trouvait toujours quelque bon prétexte pour mettre fin à une amitié avec un homme qui commençait à réussir. Quand le garçon comprit enfin le stratagème, il en eut honte chaque fois que son père coupait les ponts avec quelqu'un qui l'avait trahi en réussissant. Les subterfuges auxquels il avait recours – quelque offense imaginaire ou une légère incartade – dégoûtaient le garçon. Il se mit à mépriser son père.

Malgré tout, il appréciait de nombreux amis de son père et il les voyait souvent. Son père était un hôte et un compagnon porté à l'effusion. Ses *copains*, comme les appelait son épouse, venaient souvent à la maison. Les préférés de Manfred étaient les deux meilleurs amis de son père, les deux Tomas – Tomas le débauché et Tomas le bambocheur. Émigrés allemands comme son père, tous deux étaient des hommes minces qui parlaient sans discontinuer, avec une urgence et une extravagance aussi énergiques qu'étranges. La mère de Manfred effarouchait ces hommes. Ils la considéraient de toute évidence comme une femme séditieuse, orgueilleuse et implacable. Lorsqu'ils étaient à la maison, ces hommes toléraient avec plaisir la compagnie des garçons, mais ils surveillaient constamment la porte en guettant l'entrée de cette grande femme et de sa constellation acariâtre. Un jour, aiguillonné au vif par quelque récente déloyauté, le père de Manfred perdit son flegme et se plaignit amèrement de son épouse.

« Mon butor de femme, marmonna-t-il. L'erreur de ma vie. Puisse notre Père me pardonner. Elle cherchait désespérément un mari. Noces secrètes et honte publique. Quelle épreuve ! »

Il rosissait à mesure que montait son excitation. En mari sacrifié, il leur parla de ses nuits d'insomnie. Durant toute la guerre, son exil nocturne dans la petite chambre voisine de celle de son épouse – le refus, l'humiliation.

Tomas le débauché lança un clin d'œil complice à Manfred, mais Tomas le bambocheur adopta le ton du censeur : semblables conversations n'étaient pas destinées aux oreilles des fils. D'un ton dégagé, il incrimina l'époque. Pendant la guerre, dit-il, toutes nos épouses sont devenues hargneuses.

Les trois hommes et les trois garçons se retournèrent. La mère était debout à la porte, ses mains couvertes de poussière de charbon sur la peinture blanche du battant. Sans mot dire, elle traversa la pièce vers le père de Manfred. Lequel ouvrit la bouche pour hasarder une faible supplique, mais il resta muet. Elle le gifla violemment, en laissant une trace de charbon sur sa joue. Tout tremblant, le père de Manfred se prit le visage entre les mains.

Les deux Tomas eurent davantage honte de cet incident que le père de Manfred. Leur honte les consuma. Les trois hommes eurent beau rester amis, aucun des deux Tomas ne revint jamais à la maison. Manfred comprit qu'à leurs yeux son père était moins qu'un homme, moins qu'un Juif. Sa mère le comprit aussi.

La suprématie de la mère de Manfred sur son mari s'affirma quand ses fils devinrent des hommes. Elle se montrait presque coquette avec ses garçons. Les vestiges de la virilité paternelle s'écroulèrent bientôt pour de bon. Les quelques tentatives qu'il fit pour sauver ce qui restait de sa souveraineté furent vouées à l'échec. Sa femme ne toléra aucune protestation. La réprobation du vieillard devint de plus en plus vaine. Manfred ne s'interrogea guère sur l'impuissance de son père. Car il savait qu'un vieux grief entre ses parents, quelque blessure ancienne, avait laissé son père incapable de la moindre résistance.

Depuis certaines prises de bec particulièrement virulentes, le garçon comprenait qu'au tout début de leur mariage son père avait bel et bien tenté de mettre sa femme au pas. De toute évidence, il l'avait battue. Mais elle ne lui permit jamais d'oublier cette erreur et Manfred finit par déchiffrer clairement les allusions voilées ainsi que les reproches contournés échangés par ses parents et glanés par le fils durant toute son enfance. Manfred eut honte de son père comme de sa mère.

Un soir, son père rentra à la maison couvert de sang. Son visage portait la trace de coups et le sang coulait d'une grande entaille qu'il avait au cuir chevelu. Il était d'une pâleur terrible et ses mains tremblaient de manière incontrôlable, si bien qu'il ne réussit pas à tenir la tasse de brandy que son épouse lui donna. Lorsque M. Adler, leur voisin, arriva à la maison, il était livide et terrifié. L'homme battu refusa de voir le médecin, mais le lendemain matin, quand il se mit à étouffer et à cracher le sang, ils l'emmenèrent à l'hôpital.

À cette époque il y avait de nombreux passages à tabac. Manfred comprit que son père avait été battu parce qu'il était juif. Le garçon trouvait idiot d'être juif. Pourquoi son père ne pouvait-il pas simplement arrêter d'être juif ? Le garçon eut peur pour lui-même. À cause de l'idiotie de son père, lui aussi était juif. Il ne voulait pas se faire battre. Il ne voulait pas être juif.

Le père de Manfred se mit à mourir cette année-là. Il n'était ni malade ni blessé. Il commença simplement à décliner. Les nouvelles du sort des Juifs en Allemagne lui firent plus mal que des coups. Au fur et à mesure que Hitler devenait plus puissant et distillait sa haine avec davantage de violence, Manfred remarqua que tous les hommes de sa connaissance devenaient craintifs et tristes. Ils restaient pelotonnés au sein de leur famille, bien à l'abri dans cette chaleur domestique. Le père de Manfred ne jouissait pas de ce réconfort. Et le garçon en vint presque à le plaindre.

Il mourut avant Yom Kippour et reposa pendant cinq jours dans sa chambre aux rideaux tirés. Les fils du défunt se promenaient furtivement dans la maison, en s'évitant, oppressés par une culpabilité inconnue. Le jour où ils mirent leur père en terre, un vieillard que personne ne connaissait les sermonna d'une voix de stentor en évoquant le père qui continuait de vivre à travers ses fils. Manfred ne regarda aucun de ses frères, tandis qu'ils restaient tous là au-dessus du corps enfermé dans le cercueil. Il tenait à tout prix à se comporter de manière appropriée, mais il ne savait pas très bien quoi faire. Il se rappela le jour où M. Adler avait enterré son épouse. Le veuf avait crié et pleuré. Il était tombé à genoux en gémissant. Les autres personnes présentes à l'enterrement avaient manifestement réprouvé cette douleur ostentatoire. Seul Manfred comprit que c'était la seule réaction raisonnable à la mort – un complet abandon à la folie et à l'horreur. Il sut aussi qu'il ne pourrait pas avoir cette attitude envers son père.

Quelques mois plus tard, au cours de sa quinzième année, Manfred vit sa mère nue pour la première et dernière fois dont il put se souvenir. C'était à la fin d'un printemps déjà chaud. Ses frères étaient partis pour Manchester afin d'y chercher du travail. Pour la première fois de son existence, Manfred se retrouvait seul avec sa mère.

Le ciel, qui ce jour-là arborait son immensité sans faille, avait induit une sorte de narcose chez Manfred. Il passa tout l'après-midi allongé dans l'herbe au bord du canal, les bras sous la nuque. En regardant les poils blonds de ses avant-bras, il s'émerveilla mollement de sa propre beauté toute proche. Sa peau et son duvet paraissaient immenses, éternels ; son moi, redoutable et infini.

Le soir venu, il rentra chez lui à contrecœur. La journée avait été brûlante et sa peau le démangeait. Le garçon était mal à l'aise. Le soulagement voluptueux de la journée l'avait troublé. Au moment où il atteignit sa rue, le temps changea brusquement : le ciel fut soudain véhément, bourrelé des volutes belliqueuses de nuages noirs. Les rues s'obscurcirent sous le chaos et il sentit un vent chaud dans son dos. Sa peau surchauffée se mit à le picoter. Il accéléra le pas.

Il entra dans la maison. La cuisine était vide, le salon tranquille. Manfred s'arrêta dans le couloir. Cette solitude était inattendue et soudain clandestine. L'irritation quitta ses bras, son souffle ralentit. Des bruits tendres de lavage descendaient de l'étage, de petites éclaboussures et le claquement minuscule d'une main mouillée sur la peau mouillée. Sa mère prenait son bain. Le cœur du garçon se mit à battre plus fort, sous le coup d'une excitation puissante comme un vomitif. Il entendit un gant qu'on essorait, une cascade décroissante de petites gouttes. Il marcha vers l'escalier.

Il monta lentement. Cet escalier paraissait sans fin et inflexible. Tout en gravissant les marches, le garçon vit que la porte de la chambre de sa mère était entrebâillée. Une vague tache de lumière en provenance de la fenêtre de sa mère était visible sur le mur de l'escalier. Et sur ce mur il voyait aussi une grande ombre voleter et se déformer à mesure que sa mère bougeait dans son bain. Il se sentit honteux et prédateur. Il monta la dernière marche, puis s'approcha doucement de la porte de sa mère, en proie à une angoisse luxurieuse.

Sa mère nue était debout dans la baignoire remplie d'un peu d'eau et elle lui tournait légèrement le dos. Elle plongea un gant de toilette dans l'eau qui entourait ses pieds, puis elle se redressa pour se laver les épaules avec amour. Quand elle leva le bras, le garçon aperçut les poils de l'aisselle, clairsemés mais aussi noirs qu'un essaim d'araignées. L'eau du gant ruisselait sur les seins de la femme, puis sur le bouclier de son ventre. Elle avait des cuisses longues et solides, légèrement écartées, semées de fraîches gouttelettes. Elle se pencha encore pour plonger la main dans l'eau et l'ampleur de son geste fit osciller ses seins. Elle se redressa lentement, sa main pressant le gant le long de ses cuisses puis contre son ventre, avant de le tordre et de le glisser entre ses jambes. Elle le passa de nouveau sur ses seins, puis sur une épaule, et elle s'en tapota le cou avec une douceur extasiée. Sa peau unie semblait luire dans l'obscurité.

Elle lança un coup d'œil en direction du garçon. Son visage ne changea pas d'expression. Son regard croisa celui de Manfred, puis s'en éloigna en glissant. Elle se pencha de nouveau vers l'eau du bain. Sa main tournoya longtemps dans cette eau, pour que le gant s'en imprègne entièrement. Elle se redressa. Un moment, l'eau s'écoula du gant oisif tenu près de la hanche. Puis elle le porta vers sa poitrine pour se laver les seins. Elle s'arrêta brusquement, essora le gant, le laissa tomber par terre. Sans quitter la baignoire, elle se retourna pour prendre une serviette sur la table de toilette. Alors elle pivota de nouveau vers son fils, la serviette serrée contre le buste comme une large ceinture. Son regard croisa celui de son fils, sans le moindre reproche.

Trois

Bien qu'il fût de bonne heure, la matinée semblait s'affaisser et languir tandis que Manfred se déplaçait lentement et en silence dans la salle de bains. Au-dehors, le ciel était d'un blanc livide, plus hivernal que printanier. Une bruine irrégulière saupoudrait les maisons et les toits. L'ardoise luisait faiblement, l'herbe humide s'incurvait. D'ordinaire, le vieillard aurait souffert d'un temps aussi maussade, mais c'était jeudi et les jeudis étaient toujours sans nuages à cause de la promesse qu'ils recelaient pour lui. Leur couleur était indélébile.

Tout en écoutant le grondement lointain et optimiste de sa bouilloire, Manfred examinait son visage dans le miroir de la salle de bains. Le froid matinal était piquant et la peau du vieillard se tavelait de taches blêmes et réprobatrices. Ses yeux papillonnaient d'un point à un autre sur le verre mince et croisaient seulement par intermittence leurs reflets. Il se réjouit en constatant que ses yeux n'avaient rien perdu de leur charme. Brouillés et lumineux, ils n'avaient pas changé. C'étaient toujours ses yeux.

Le reste était vieux. Son visage était effondré, implosé.

Autrefois il en avait conçu de la tristesse, mais désormais les transformations annuelles dues à l'âge étaient presque excitantes. Faire la connaissance de tant de visages en évolution constante le distrayait. Voilà bien une tâche capable de soulager ses jours. Parfois, cette activité lui donnait même un air de souffrance, ou de sagesse. Et il savait y prendre plaisir.

Mais son cou le déprimait. C'était un sac de bourrelets, de plis et d'affaissements. Son menton lâchait une voile bulbeuse de chair et de chaume sur sa gorge. Quand il tournait la tête, son cou oscillait et s'allongeait pour le faire ressembler à une volaille lugubre, dissipée. Il s'étonnait que les gens ne manifestent aucune révulsion à la vue d'un tel délabrement, mais il comprenait alors qu'il n'avait rien d'exceptionnel. Voilà exactement comment les gens imaginaient les vieillards.

Manfred fut surpris de se trouver vieux. Ce constat évoquait une évolution impossible, improbable. Comment était-ce arrivé ? Il n'avait pas remarqué la venue de la vieillesse. Comme d'autres, il avait compté les années et elles s'étaient présentées à lui avec la régularité implacable de son déclin, mais un jour les preuves constatées par ses yeux lui tendirent une embuscade imprévue. Il soupçonna quelque injustice. Il se demanda si d'autres gens de son âge se considéraient comme étant vieux. Sans doute que non. Le territoire commun partagé par tous ces gens était celui de leur jeunesse, et non l'accident de leur décrépitude.

Les cogitations du vieillard firent long feu lorsque son ventre rugit de douleur. La première saillie de la journée. Il s'effondra, s'accroupit jusqu'à ce que ses fesses touchent ses talons. Cette position était appropriée, car la présente crise ressemblait à une constipation aiguë. Une épaisse et douloureuse massue pesait en travers de son ventre. Il se mit à haleter, le souffle court, peu convaincant. La sueur jaillit alors sur son front. Il releva la tête et regarda le plafond. Il se mit à compter.

À cinquante, la douleur se mua en une aimable peccadille. Sur le visage du vieillard, la transpiration refroidit très vite et il se mit à trembler de froid. Il se lava rapidement le visage, l'eau froide engourdissant alors les chairs flasques, inutiles. Au loin, la bouilloire cliqueta et le moral de Manfred remonta un peu. Il enfila sa robe de chambre et enroula deux fois sa large écharpe verte autour de son cou informe.

« *Ferme ta putain de gueule !* »

Bien qu'étouffée, l'injonction fut tonitruante. Apparemment, M. Webb passait encore une matinée difficile. Manfred entendit les premières salves sonores du mobilier brisé qui accompagnaient toujours les différends que Webb avait avec ses diverses amies. Une femme se mit à gémir d'une voix ivre. Manfred se demanda à quoi pouvaient bien ressembler les nuits de Webb si ses matinées étaient aussi impressionnantes.

« *Regarde ce que t'as fait, espèce de sale conne !* »

Manfred alluma une cigarette pendant que son café refroidissait. De nouveau, sa douleur se manifesta, renouvelant les transactions de la journée. Il se dit qu'il allait s'habiller. Ç'allait être une journée oisive et dépeuplée, rien à faire et personne à voir. Le coup de téléphone habituel du jeudi constituerait l'événement majeur de cette journée. Il mettrait son costume anthracite pour aller avec son visage anthracite.

Une porte claqua, puis la femme invisible et sanglotante

approcha en criant, tout près sembla-t-il. Manfred entendit quelque chose cogner contre sa porte d'entrée, puis une série de marmonnements vindicatifs et alcoolisés. La chérie de Webb venait apparemment de se faire éjecter. Un grand nombre de ses liaisons s'achevaient ainsi. Tout en buvant son café, Manfred se demanda à contrecœur s'il devait faire un geste compatissant. Il savait qu'il serait stupide de se mêler des intrigues romantiques de Webb, mais s'il ne faisait rien, cette femme risquait de s'endormir dans le couloir et ce serait vraiment assommant.

Il termina son café et, bon gré mal gré, s'approcha de la porte. Lorsqu'il l'ouvrit, il faillit trébucher sur la forme humaine allongée sur le seuil. La femme était recouverte d'un drap sale et elle était parfaitement immobile. Manfred espéra que Webb ne l'avait pas assassinée. Avec précaution, sa main secoua légèrement cette forme humaine, sans trop savoir ce qu'il touchait. Il n'y eut pas de réaction. Paniqué, il secoua plus violemment le corps allongé.

« Mademoiselle, gazouilla-t-il avec inquiétude. Bonjour, mademoiselle... ou madame ? Vous allez bien ? »

Le corps se propulsa soudain en position assise, toujours enveloppé dans le drap.

« Fous le camp ! dit-il. Fous-moi le camp d'ici ! »

Manfred se redressa, terrifié, puis le drap tomba du visage de Webb. Une rage inexpliquée l'empourprait.

« Alors ça, merde alors... » Il s'interrompit en reconnaissant Manfred. « La petite salope m'a enfermé en dehors de chez moi. »

Cette réflexion parut décupler sa colère. Manfred resta là, bouche bée, tandis que Webb se remettait sur pied, nu comme un ver, et se jetait de tout son poids contre la porte de son appartement. Ses poings et ses pieds la martelèrent tandis qu'il hurlait sa fureur. Le vacarme qu'il faisait équilibrait une cacophonie similaire en provenance de l'intérieur. Webb s'arrêta pour écouter un moment.

« Elle est en train de me bousiller mon appart, cette salope. Je vais la tuer ! Je le jure devant Dieu, je vais lui tordre le cou ! »

Il se lança une fois encore contre la porte en battant violemment des bras. Manfred remarqua alors le jeune Noir debout sur le palier de l'étage supérieur, dans le virage de la cage d'escalier. Il portait seulement un short et il avait les yeux tout embrumés de sommeil déçu. Le jeune Noir regarda Manfred, puis l'obèse nudité de son autre voisin. Webb poursuivait ses assauts contre sa propre porte, tandis que ses parties génitales bondissaient horriblement chaque fois qu'il sautait en l'air.

« Arrêtez un peu, pour l'amour du ciel ! s'écria le jeune homme. J'essaie de dormir. »

Webb fit la sourde oreille. À moins que, dans sa fureur, il n'ait rien entendu. Le jeune homme descendit alors d'un étage. Il se campa près de Manfred en observant calmement les simagrées de Webb.

« Que se passe-t-il ? demanda-t-il à Manfred.

— Je crois qu'il a eu une petite altercation avec une femme. Elle l'a viré de chez lui.

— On a du mal à croire qu'il puisse avoir une femme quand on le regarde. »

Manfred dut reconnaître que les deux hommes offraient un contraste poignant dans leur nudité : le jeune homme si grand et svelte, Webb un agrégat de défauts et d'obésité.

« Qu'allons-nous faire de lui ? » demanda le jeune homme avec un dégoût méditatif.

À cet instant précis, Webb donna un grand coup de pied dans le panneau inférieur de la porte. Il y eut un craquement terrifiant. Webb hurla et s'écroula en avant, son nez percutant de plein fouet le tapis du couloir. Il saisit à deux mains son pied blessé et essaya de souffler dessus pendant qu'un mélange de sang et de morve lui coulait du nez.

« Mon pied ! Mon putain de pied. Elle m'a cassé le pied. Je vais étrangler cette ordure. »

Le jeune homme le considéra avec une expression proche de l'admiration. Il sourit à Manfred.

« Il faut au moins lui concéder ça : il est têtu. »

Ils transportèrent Webb sur le canapé de Manfred. Garth, le jeune Noir, se révéla exercer la profession d'infirmier. Il examina le pied de Webb, déclara que le fou furieux n'avait pas le nez cassé, puis il s'éclipsa rapidement, en laissant Webb fulminer sous prétexte qu'un Noir venait de l'examiner.

Maintenant que Garth était parti, Manfred regarda son invité indésirable avec un grand énervement. L'homme était toujours nu, hormis le drap crasseux maintenant drapé autour de ses hanches boursouflées. Même si Webb s'exprimait désormais avec davantage de logique et de calme, Manfred était terrifié à l'idée que cet homme s'évanouisse ou vomisse sur le canapé. Il regardait sa montre avec angoisse. Il ne trouvait aucun expédient pour se débarrasser au plus vite du malotru.

« Monsieur Webb... Monsieur Webb ? Comment vous sentez-vous maintenant ? »

Webb leva vers lui des yeux larmoyants. Manfred poussa une tasse de café en direction de son voisin. Le premier objectif, c'était de le ramener à un minimum de raison. Webb grommela en signe de protestation, marmonnant d'une voix épaisse qu'il ne voulait pas de café, putain. Manfred se sentit désespéré. Cet épisode risquait de lui prendre toute la sainte journée.

« S'il vous plaît, il faut que vous en buviez un peu – vous vous sentirez beaucoup mieux ensuite, je vous assure. »

En son for intérieur, Manfred en doutait, mais il lui fallait certainement faire un geste quelconque. Il referma la main ramollie de Webb autour de la tasse, puis alla s'habiller dans sa chambre. Il alluma la radio installée près de son lit, afin d'oblitérer le bruit des nouvelles jérémiades de Webb. Un morceau de musique incongru emplit alors la petite chambre. Manfred ne prit pas la peine de changer de station. Il s'habilla rapidement, apaisé par la banalité du refrain. Il entendit Webb vaciller jusqu'à la salle de bains, puis les bruits, reconnaissables entre tous, d'un copieux vomissement. Il s'étonna de ce que Webb eût réussi à rejoindre la salle de bains. Pas de doute, il avait vomi dans le lavabo. Manfred sourit. Il trouva presque sympathique ce clown fou.

Quand Manfred revint dans le salon, il découvrit sa nouvelle affection soumise à rude épreuve. En effet, la tasse de café de Webb était renversée par terre, à côté d'une sinistre tache couleur chocolat. Quant à Webb, assis à la table, il fredonnait gaiement. Il avait essuyé presque tout le sang sur son visage et il semblait requinqué.

« Tiens, bonjour, Manny. Tu veux bien me faire un putain de café, s'il te plaît ? »

Manfred ramassa la tasse tombée à terre et battit en retraite dans la cuisine. Il était déjà huit heures passé. Il n'avait pas d'autre choix que de virer ce balourd. Il versa un peu d'eau tiède dans la tasse de Webb, puis se hâta de retourner au salon pour prévenir une nouvelle catastrophe. Webb regardait les photos sur le buffet. Manfred se dépêcha de le rejoindre. Webb saisit un vieux tirage dans un cadre terni, puis s'assit. Il souriait d'un air bénin tandis que Manfred posait devant lui la seconde tasse de café.

« C'est qui, la gamine sur la photo ? demanda Webb. Elle est mignonne. C'est ta fille ? »

Manfred pâlit.

« C'est une photo de ma femme du temps où elle était jeune fille.

— Elle est morte aujourd'hui ? s'enquit Webb.

— Non. »

Nerveusement, les lèvres sèches, Manfred alluma une cigarette. Il tendit le paquet à Webb.

« Non merci. C'est qui, le vieux croûton avec elle ?

— C'était son père. Mon beau-père.

— Il est mort, lui ?

— Oui. »

Webb parut plus satisfait de cette réponse.

« On dirait un vrai homard. Tu l'aimais bien ?

— Je ne l'ai jamais connu. Il est mort pendant la guerre. Ma femme l'aimait beaucoup. C'était un célèbre médecin à Prague. Il a découvert des traitements pour plusieurs maladies. Il a été tué par les Allemands.

— Dommage qu'il ait pas découvert de traitement pour les balles de fusil. »

Un ange passa. Manfred foudroyait son voisin du regard. Webb paraissait intrigué.

« Tu n'as pas d'autre photo d'elle adulte ?

— Non. »

Manfred inhala avec désespoir. Sa cigarette avait un goût amer, comme du sang ou du cuivre. Webb renifla.

« Aucune ?

— Aucune.

— Tu te moques de moi.

— C'est la seule photo que j'aie de ma femme. » La voix de Manfred était scrupuleuse, prudente. « Elle n'a jamais permis à quiconque de la photographier après cette photo. »

Webb pouffa d'un rire vulgaire. « Elle était pas un peu toquée, alors ? »

Manfred déglutit lentement, la bouche sèche. Il aspira la fumée de sa cigarette au plus profond de ses poumons et sentit sa poitrine protester par des contractions violentes. Il eut soudain les yeux pleins de larmes et faillit s'étrangler. Il exhala un mince filet de fumée grise et soupira.

Webb continua. « Elle est où maintenant ? »

Manfred resta un moment silencieux.

« Nous sommes séparés.

— Ça, j'avais deviné, pignouf. Je veux dire, elle est où maintenant ?

— Elle vit à Londres.

— Ça t'arrive de la voir ? »

Manfred sourit tristement. C'était une question délicate. « Pas vraiment, répondit-il d'un ton évasif.

— Est-ce qu'elle te manque ? »

Manfred fut stupéfié par la véhémence de son voisin. Il ne comprenait pas pourquoi Webb se montrait aussi curieux. À moins que ce ne fût pour conforter l'une de ses innombrables théories biscornues sur la perfidie biologique de la gent féminine. Il n'avait aucune envie de parler d'Emma et de ses complexités avec cet homme. Elle ne supporterait pas des questions aussi insistantes.

« Oui. Elle me manque. »

Webb sourit sombrement, sans doute au souvenir d'une souffrance intime. « Pourquoi vous êtes-vous séparés ? demanda-t-il. Elle baisait avec un autre ? »

Manfred trembla de rage. Il en avait assez entendu. Ses poings se crispèrent violemment. Il maîtrisa sa colère et tenta de changer de sujet.

« Vous ne croyez pas que vous devriez faire la paix avec votre jeune femme ? demanda-t-il aussi doucement qu'il le put.

— Non mais sans blague. Je vais casser la gueule à cette petite traînée.

— N'est-ce pas un peu excessif ?

— Quoi donc ?

— Ne serait-il pas préférable de trouver une solution plus agréable à votre différend avec cette fille ? »

Webb considéra son interlocuteur d'un air effaré. Il parut soupçonner quelque subtile moquerie. « Non, dit-il. Faut être dur avec ces gonzesses. On peut pas les laisser prendre le dessus. Même si elles pensent qu'à ça. Faut pas leur donner la moindre satisfaction. Faut les mener à la dure, pour qu'elles en fassent jamais à leur guise.

— Je doute que la violence engendre beaucoup d'affection, rétorqua calmement Manfred.

— J'en ai rien à branler de l'affection.

— Mais vous désirez sans doute davantage qu'une simple obéissance résignée. L'obéissance ne suffit pas, n'est-ce pas ? Quel avantage peut-on y trouver ? »

C'était maintenant Webb qui semblait stupéfié par la

véhémence de Manfred. Le vieillard commença de regretter d'avoir parlé sur ce ton. Ce n'était pas un sujet agréable et, de toute évidence, son hôte n'en revenait pas qu'on pût défendre pareil point de vue. En tout cas, Manfred perdait son temps. Il n'avait rien à voir avec les sordides chamailleries de Webb.

« Pardonnez-moi, monsieur Webb. Ça ne me regarde absolument pas. »

Webb lui jeta un regard gêné. La dureté de son expression s'adoucit un peu. Il haussa les épaules.

« Y a pas de mal, dit-il. Vas-y, cause. J'écoute toujours les opinions d'un homme. Ça me coûte rien. »

Manfred perdit courage. Jamais il n'avait voulu se lancer dans une discussion approfondie sur la mécanique de la passion avec cet homme. Il maudit sa propre maladresse et il se creusa la tête pour trouver une phrase évasive.

« Je crains que mes opinions sur les femmes résultent d'une expérience très pauvre. »

Webb pouffa de rire comme un chat qui tousse, puis il écarta le drap pour dévoiler ses parties génitales grises et ratatinées. Il sourit fièrement et montra du doigt son pénis, posé sur sa cuisse telle une ampoule rabougrie.

« Tu vois ça ? Cette queue est entrée dans plus de quatre cents... non... cinq cents femmes. Elle a vu toutes sortes de chattes, ça oui. Les blanches, les noires, les Françaises, les Ritales, les Yankees – je les ai toutes baisées. Et je continue. »

Manfred essaya de sourire.

Webb poursuivit. « Et toutes ces centaines de gonzesses ont adoré ma queue. Elles ont toutes dit que c'était la plus grosse et la meilleure qu'elles avaient jamais vue. » Sa main flatteuse, facétieuse, donna une pichenette à son organe noueux. « Aujourd'hui j'ai cinquante-cinq ans et je baise toujours trois femmes par semaine. Minimum. Tous ces jeunes à cheveux longs sont des petits merdeux. Qu'est-ce qu'ils connaissent aux femmes, ces morveux ? Moi, j'ai eu plus de femmes que n'importe quel type de ma connaissance. Et jamais, au grand jamais, j'ai payé pour ça. Jamais ! Ce qu'on peut pas baiser à l'œil mérite pas d'être baisé, voilà ma devise. »

Au grand soulagement de Manfred, il remit le drap sur ses couilles pompeuses et tant vantées. Puis il se pencha en avant et eut un sourire nostalgique.

« Une fois, j'ai même baisé une danseuse classique. Une fille adorable – des pieds minuscules, mais elle avait des nichons géniaux et des cuisses d'acier. Elle a bien failli tourner de l'œil en découvrant la taille de ma queue. Elle a cru qu'elle pourrait jamais la faire entrer, vu qu'elle-même était toute menue. Mais dès que je l'ai collée dans sa chatte, elle a adoré ça, elle en redemandait. Nom de Dieu, un sacré bon coup. »

Blême, Manfred éteignit sa cigarette.

Webb agita avec énergie le bras de son voisin. « Mais le meilleur coup que j'aie jamais tiré, c'était une Juive. Neuf fois en une seule nuit, sans débander. Elle connaissait un truc ou deux. J'ai été le premier prépuce qu'elle ait jamais eu. Bon Dieu, elle en a bien profité, ça je peux te le dire. Elle l'a bien testé. » Il arriva à sa conclusion avec une hilarité anticipée. « Suis mon conseil, Manny. Fais ton Hitler. Baise autant de Juives que tu peux ! »

Il partit d'un éclat de rire tonitruant. Les mains de Manfred tremblaient lorsqu'il alluma une autre cigarette. Pour lui, il était crucial de se rappeler que Webb était ivre. Cet homme se rendait à peine compte de ce qu'il disait.

Mais lui-même ne pouvait en supporter davantage. En tout cas, pas ça.

« Vous avez été marié, n'est-ce pas ? » s'enquit Manfred.

Le soupçon renfrogna le visage de Webb. « Quel rapport avec le reste ?

— Vous avez bien été marié ?

— Ouais. Et alors ?

— Elle s'est enfuie ? »

Le visage de Webb pâlit et se renfrogna encore. « Comment le savais-tu ?

— Je ne le savais pas.

— Alors ?

— Un homme trahit toujours ses soucis. Ce n'est pas très compliqué. »

Webb était mécontent, de toute évidence. Son visage s'assombrit et il sembla envisager la possibilité d'une bagarre avec son voisin. Néanmoins, se rappelant peut-être sa nudité et son exil involontaire, il se ravisa. Sa bouche fit une moue irritée.

« Ouais. Elle s'est tirée avec un connard de Birmingham. Cette traîtresse. En tout cas, bon débarras. J'espère qu'il dérouille régulièrement la salope. J'aime les femmes, mais les épouses c'est pas des femmes. C'est rien que des salopes. »

À la grande joie de Manfred, Webb se mit à sangloter comme un poivrot. Manfred ne ressentait aucune pitié pour lui ni pour ses épreuves comiques. Cet homme appartenait à la classe des innombrables miséreux abrutis de l'Angleterre, le prolétariat le plus stupide et le plus déprimant d'Europe. La camaraderie de Manfred avait des limites.

Le vieillard se leva de la table et traversa le couloir pour rejoindre la porte de Webb. Il frappa doucement et entendit un bruit de pas traînants de l'autre côté. Il sentit la présence toute proche de quelqu'un dans l'appartement. De nouveau, il frappa doucement.

Une voix de femme répondit :

« Va te faire foutre, gros porc ! Je compte pas me barrer d'ici avant d'avoir ton putain de fric. »

Manfred sourit.

« Bonjour, mademoiselle ? J'habite l'appartement voisin. M. Webb y est actuellement. Je suis venu vous dire que vous pouvez maintenant partir sans risquer de vous faire battre. »

La jeune femme ne répondit pas. Soudain, un bonheur absurde submergea Manfred. Cette conversation lui plaisait étrangement – c'était un échange galant avec une fille sans visage. Comme des bribes de chansons à demi entendues, elle lui parut étrange, presque romantique. D'ordinaire, les journées du vieillard étaient simples – solitaires et prévisibles. La plupart du temps il n'échangeait pas un seul mot avec un autre être humain. Et cette matinée équivalait déjà à un mois entier d'excitation.

« Mademoiselle ? Vous m'avez entendu ? Vous pouvez partir maintenant.

— Écoute, mon gars, je sais pas qui t'es, mais je vais nulle part avant d'avoir touché mon pognon. Je suis pas une entreprise de charité.

— Mais il vaudrait peut-être mieux partir maintenant, dit Manfred à la porte. Si vous restez, il risque de faire du grabuge. Il est très violent.

— Es-tu un de ses amis ?

— Non. »

La fille invisible parut amadouée. « Est-ce qu'il t'a envoyé ?

— Non. »

Le verrou claqua et la porte s'ouvrit légèrement, toujours bloquée par la chaîne. Deux yeux perçants, grossièrement cernés de mascara, apparurent dans la fente entre la porte et le chambranle.

« C'est quoi ton nom, chéri ? demanda la fille.

— Manfred.

— Alors écoute voir, Manfred chéri. Je viens de passer toute la nuit avec cette grosse merde. T'as vu comme il est. Après une épreuve pareille, on peut tout de même pas demander à une fille de se barrer les mains vides, non ? Dis-lui qu'il pourra récupérer son appart quand il m'aura donné le fric qu'il me doit. »

Manfred rougit. Il prévit toute sortes d'obstacles aux exigences financières de la donzelle.

« Je doute que M. Webb ait actuellement de l'argent sur lui. Il est tout à fait nu, vous vous souvenez ? Vous auriez sans doute plus de chances de trouver ce que vous cherchez dans son appartement. Dans ses poches, peut-être. »

La fille eut un sourire complaisant. « Tu crois peut-être que j'ai pas déjà essayé ? Y a rien dans ses poches. Sois mignon et demande-lui où il planque son fric. Dis-lui que, si je suis pas payée, je vais flanquer un sacré bordel chez lui avant de partir. »

Manfred jeta un coup d'œil à la tranche de visage visible dans l'entrebâillement de la porte. Cette jeune femme semblait très séduisante. Même si elle croyait être dans son bon droit, elle paraissait beaucoup trop jeune pour manifester la ténacité fatiguée de la professionnelle blasée. Il décida donc de faire appel à quelque chose comme son bon sens élémentaire.

« S'il vous plaît, partez avant qu'il n'arrive. Si j'avais cet argent, je vous le donnerais avec joie. Je vous en prie, je ne pense qu'à votre sécurité. M. Webb est un homme au tempérament très coléreux. »

Elle plissa les yeux. « J'en ai rien à secouer de son tempérament. Je veux seulement palper mon putain de fric. »

Manfred faillit désespérer. « Attendez une seconde », dit-il.

Il regagna son appartement en toute hâte. Webb s'était apparemment endormi. Il avait la tête lourdement posée sur la table, les bras croisés sur l'énorme baudruche de son ventre nu. Manfred espéra que cette posture était bien inconfortable. Il rejoignit sa chambre et regarda dans son portefeuille. Il y prit deux billets, puis retourna dans le couloir. La porte de Webb était de nouveau fermée. Il frappa. La porte s'ouvrit, et le joli minois barbouillé de la fille apparut une fois de plus. Il essaya de lui adresser un sourire galant.

« Regardez. J'ai apporté un peu d'argent. C'est tout ce que j'ai, mentit-il. Prenez-le, je vous en prie, il faut absolument que vous partiez maintenant. M. Webb s'est endormi, mais il va bientôt se réveiller. S'il vous plaît, partez. »

Il brandit l'argent sous le nez de la fille, dont les yeux brillèrent légèrement. « Combien que t'as là ? demanda-t-elle avec brusquerie.

— Vingt livres. »

Elle éclata d'un rire perçant et indigné. « Vingt biftons ! Sans doute que t'as perdu la boule. Vingt biftons pour toute une nuit plus une pipe ! »

Manfred fut soudain déprimé. Le visage de la fille n'avait pas tressailli lorsqu'elle s'était fendue de cette phrase ignoble. Seul Manfred avait honte de son travail nocturne. L'indignation de cette fille était affreusement déplacée. Ce n'était pas lui qui avait bénéficié de ses services à elle. Chicaner sur le prix de la lubricité d'un autre, voilà qui était plutôt difficile à avaler.

« C'est tout l'argent que j'ai, dit-il tristement en évitant de la regarder. Si vous acceptez cette somme et que vous partez, au moins vous partirez avec quelque chose. Mais si vous attendez, vous n'obtiendrez rien sinon d'autres ennuis avec M. Webb. S'il vous plaît, prenez-les. »

La fille réfléchit un moment. « D'accord, dit-elle. Je prends les biftons. Mais t'as de la chance de me plaire. Je ferais ça pour personne d'autre. »

Manfred mit deux heures pour se débarrasser de Webb, plus une autre heure pour le calmer lorsqu'il découvrit les dégâts occasionnés par la fille dans son appartement. Quand Manfred réussit à s'esquiver, Webb fulminait toujours, nu et crasseux. C'était un homme incroyablement répugnant.

Manfred, qui avait raté son petit déjeuner, était maintenant assis au café *Mary's* où il s'offrait un déjeuner tardif. Son appétit s'était envolé. Assis devant son assiette inentamée, il eut tout loisir de réfléchir aux événements de la matinée. Pour la première fois de sa vie, il avait parlé avec une prostituée en sachant pertinemment que c'en était une. Il sourit. Il avait gardé ça pour la fin. Pendant la guerre il avait vu de nombreuses putains et leurs nombreux clients. Ces filles lui avaient toujours fait honte.

Elles le rendaient coupable d'une virilité qu'il partageait avec des hommes comme Webb.

C'était un curieux manège. Rendre visite à une prostituée était encore plus curieux. Quel plaisir pouvait-on bien y trouver ? L'imposture clinquante de la sueur vénale. La masturbation semblait très noble en comparaison.

« Café, Manny ? »

Manfred sursauta. Il sourit au nez crochu de Mary. Il aurait aimé que les Gentils d'Angleterre cessent d'employer ce diminutif révoltant de son prénom. Emma avait toujours affirmé que c'était là une insulte fort mal déguisée, mais Manfred savait qu'il s'agissait seulement d'une maladroite familiarité. Le goy amical aime à vous rendre aussi ridicule qu'il l'est lui-même.

Il pivota sur sa chaise lorsque la vieille serre tremblotante de Mary approcha la cafetière au-dessus de sa tasse. C'était un risque permanent qu'on prenait avec elle. La plupart des habitués avaient été maintes fois ébouillantés. Un jour, quelques jeunes ouvriers d'un chantier voisin avaient apporté leurs masques de soudeurs au café et ils les avaient mis en simulant la panique dès que Mary s'approchait d'eux. Manfred avait beaucoup ri, mais cette blague avait bouleversé Mary. Contrairement à Manfred, elle ne se considérait pas comme âgée.

« Quand tu veux, croassa-t-elle en minaudant.

— Merci », répondit Manfred.

Mary regarda la nourriture intacte dans l'assiette de son client. « Comment était ton plat ?

— Excellent, merci, Mary. »

Le sourire de la patronne déborda alors de sensualité. « Ce que j'aime chez toi, Manny, c'est tes manières adorables. Y en a pas beaucoup qu'entrent ici avec des manières comme les tiennes. »

Mal à l'aise, Manfred rougit. Il se demanda comment combiner cette courtoisie sans pareille avec une requête pour qu'on lui fiche la paix. Mais tout effort fut superflu, car Mary s'éloigna bientôt d'un pas traînant pour mettre le grappin sur un autre client assis à une table voisine. Manfred ouvrit son journal – une déclaration d'absorption à laquelle il avait toujours recours pour dissuader toute tentative de conversation dans les cafés. Ses yeux, qui ne lisaient pas, parcouraient les gros titres.

Il mourait d'envie de téléphoner à Emma immédiatement. Mais c'était impossible. Il n'avait pas l'autorisation de l'appeler avant le soir. Il serait inutile d'essayer de l'appeler plus tôt. Elle raccrocherait tout simplement. Il avait essayé des centaines de fois et avait échoué à chaque fois. Les interdictions d'Emma étaient simples. C'étaient ses exigences qui étaient complexes.

Sa femme lui était rationnée. Un appel par semaine. Une rencontre par mois. Des quota nets et précis. Désormais, c'était tout ce qu'il avait d'Emma. Une sorte d'amour pâli, assassiné. Plus de vingt ans passés avec un appel par semaine et une rencontre par mois. Ses jours s'écoulaient sans Emma, endeuillés. Il en souffrait affreusement. La femme qu'il aimait mais sans qui il vivait. La femme qu'il aimait mais perdait.

Il y eut un cri de douleur étouffé quand un malheureux client fut éclaboussé de café brûlant par la cafetière de Mary. Manfred se concentra sur son journal. Selon un gros titre, l'État d'Israël faisait subir des atrocités à quelqu'un. Manfred, Juif portatif, considérait le Nouvel Israël sans surprise ni déception. Ce n'était pas son rêve personnel qui se voyait ainsi terni. Il le prévoyait depuis belle lurette. Ça ne pouvait pas se passer autrement. La leçon apprise par les victimes du siècle. Les bons s'affaiblissent et les méchants prospèrent. Après la guerre, il avait perdu de nombreux amis à cause de son dégoût pour le talisman de la nouvelle Sion. Et il s'amusait presque de voir le rêve virer à l'aigre. Les prévisions ménageaient de menus plaisirs. Pour Manfred, en tout cas.

L'homme que Mary venait d'éclabousser de café brûlant s'excusait maintenant auprès d'elle en rougissant. C'était un très jeune homme à lunettes et aux cheveux clairsemés. La vieille Mary savourait de toute évidence la déconfiture de son client. Malgré ses manifestations outrancières de maternage hypocrite, Mary n'aimait aucun de ses clients. L'homme lui jeta quelques pièces dans la main et fila, le visage empourpré de douleur et de gêne. Manfred le regarda traverser la rue comme un voleur, en se faisant presque écraser par la camionnette d'un marchand de nouveautés.

Un silence inconfortable se rétablit dans le petit café tandis que les autres clients tentaient d'ignorer l'ignominie de leur collègue disparu. Manfred entama la procédure de son propre départ. C'était une manœuvre délicate. Mary n'aimait guère voir ses clients s'en aller. Même lorsqu'ils avaient fini leur repas et payé, elle prenait néanmoins leur départ comme une insulte personnelle.

Pour sortir du café *Mary's*, il fallait se défiler en douce. Une fois votre repas terminé, vous pouviez boire en paix la moitié de votre café ou de votre thé, mais seulement la moitié. Si Mary soupçonnait que votre tasse se vidait, elle fondait sur vous pour la remplir. Devant votre tasse à moitié pleine, vous attendiez, peut-être en lisant (peu de gens entraient dans ce café sans journal – leur lance contre le dragon). Quand le reste avait assez refroidi pour être avalé d'un coup, vous reposiez votre tasse en vitesse avant de prendre la poudre d'escampette. Il était vain de laisser votre tasse à moitié pleine et de filer quand Mary regardait ailleurs. Un café ou un thé non terminé plongeait la vieille femme dans une colère noire. Lors de votre visite suivante au café, Mary allait éternuer, tousser, cracher voire pisser dans votre nourriture.

Manfred buvait sa tasse à petites gorgées en essayant de ne pas penser à sa femme. La fréquence imprévisible de ses élancements commençait à l'inquiéter. D'ordinaire, *Mary's* était l'un des endroits où sa douleur était la plus constante : la surcharge alimentaire semblait toujours provoquer son ventre dolent à quelque espèce de protestation. Mais aujourd'hui, cela ne s'était pas produit. Comme toujours, la non-manifestation de sa compagne la douleur le tracassait.

Il retourna à son journal. L'ÉGALITÉ RACIALE S'ÉLOIGNE, SELON LA COMMISSION D'ENQUÊTE. Il parcourut l'article des yeux. Apparemment, certains groupes ethniques (il sourit en pensant que lui-même faisait partie d'un de ces groupes) avaient un accès très restreint à l'emploi et aux libertés civiques élémentaires. Pas vraiment un scoop. Manfred ne comprenait rien à ce *problème* de discrimination raciale, tout comme il ne comprenait rien au *problème* juif ou au *problème* irlandais ou à n'importe lequel de tous ces *problèmes* du même tonneau. Aucun de ces problèmes n'en était un pour lui. Il aimait la différence, il aimait la couleur. Il se souvenait de l'Angleterre avant l'arrivée de toutes ces couleurs bariolées. Il se souvenait de l'ennui et de la monotonie de cette suprématie blanche.

Garth, le jeune homme qui vivait à l'étage au-dessus de chez Manfred, ne semblait pas avoir trop de problèmes d'emploi. Le matin même, il avait appris à Manfred qu'il était infirmier en chef, une fonction qu'il décrivit de manière saisissante comme étant celle d'une « nonne à couilles ». Il travaillait dans un hôpital tout proche. Déjà, Webb s'était amèrement plaint de devoir vivre dans le même immeuble que ce qu'il appelait un « chocolaté ». Contrairement à lui, Manfred y voyait la bénédiction du cosmopolitisme. Garth lui plaisait. C'était sans doute un garçon facile à vivre. La fureur de Webb fut à son comble lorsqu'il découvrit que la petite amie de Garth était blanche. Le vieillard se demanda comment le couple se débrouillait dans cette ville où les Webb pullulaient.

UN JUGE TUÉ DANS UNE VOITURE PIÉGÉE À NEWRY. Manfred remarqua Mary qui entrait lentement dans la cuisine et il vit sa chance de s'éclipser. Il attendit un peu pour s'assurer que la disparition de l'irascible patronne n'était pas une feinte. LE MINISTRE DES FINANCES ANNONCE DES BAISSES D'IMPÔTS. Mary ne réapparut pas et il vida sa tasse. Ses yeux parcoururent le journal (LE COMITÉ SÉNATORIAL REPOUSSE SES CONCLUSIONS) une dernière fois. Subrepticement, il fit signe à la jeune serveuse acariâtre dont tout le monde, y compris Mary, semblait ignorer le nom. Il poussa vers elle une poignée de menue monnaie et elle le gratifia d'un regard de cruche pleine de ressentiment. Il eut un faible sourire et partit.

Il respira plus librement dès qu'il eut atteint le sanctuaire du trottoir. L'espace d'un instant, il considéra la folie qu'il y avait à continuer de déjeuner au *Mary's*. C'était davantage un champ de bataille qu'un café. Mais il avait bien du mal à affronter seul les premiers repas de la journée et il ne trouvait aucun autre endroit où aller. Et puis il ressentait une affection bizarre pour Mary. Il ne voulait pas lui être déloyal.

En faisant tintinnabuler ses clefs au fond de sa poche, Manfred rentra lentement chez lui en flânant. Malgré l'absence de sa douleur, son moral avait une fois encore et inexplicablement rejoint le beau fixe. Même son âge et son infirmité devinrent l'occasion de fêter cette bonne humeur nouvelle. Son appartement se trouvait à moins de deux kilomètres de là. À son rythme post-gériatrique désormais naturel, il pouvait espérer y être pour le dîner. Cette pensée le fit sourire.

Sur la vitrine, entourée de boiseries, d'un chemisier, Manfred aperçut les couleurs remémorées d'un Londres lointain et brouillé, brun et or. Il était parfois difficile de se rappeler que le passé n'avait absolument pas été en noir et blanc, contrairement à ce que la plupart des gens s'imaginaient. Les tonalités ocres et beiges des magasins de Whitechapel, les somptueuses boiseries qui entouraient les vitrines et qui venaient des meilleurs arbres hébreux. Il avait passé des après-midi entiers à les regarder. Le verre avait autrefois réfléchi l'image d'un jeune garçon. Aujourd'hui, il ne regardait plus les vitrines des boutiques. Il essayait d'éviter le regard inquiet de son incarnation présente.

Soudainement, un faible soleil frappa son visage comme la gifle d'un enfant. Aveuglé par la poussière et cet éclat imprévu, il leva les bras pour se protéger les yeux. Aussitôt, il s'empêtra les genoux et trébucha. Une furieuse douleur explosa dans son ventre tel un roulement de tambour assourdissant. Il poussa un cri de stupéfaction tandis que l'air s'échappait de ses poumons en tournoyant. Il eut un hoquet désespéré, qui décupla sa douleur. Passe, pria-t-il, passe maintenant.

Capitulant enfin par lassitude, il allait s'effondrer à genoux quand un colley dépenaillé surgit d'un portail ouvert en aboyant et en grondant autour des chevilles du vieillard. Manfred réussit à se redresser dans un déchirement du bas-ventre. Il décocha un coup de pied qui manqua sa cible et l'impétuosité de sa tentative faillait le faire tomber.

« Salopard ! » brailla-t-il.

Vexé, l'animal aboya de plus belle en évitant avec adresse un autre coup de pied, puis il attaqua avec encore plus de férocité.

Un homme vêtu d'un manteau crasseux appela l'animal. Le chien fut lent à obéir, car il décrivit encore quelques cercles vicieux autour des jambes de Manfred avant de s'éloigner en trottinant avec satisfaction. Manfred se tapota les jambes et se prépara à faire très mauvais accueil aux excuses de l'homme. Mais le goujat se contenta d'un sourire avant de s'éloigner en félicitant son clebs.

Cet incident venait de se produire devant la boutique d'un boucher et bientôt le boucher en personne sortit pour considérer l'événement. Cet homme au tablier sanglant et au sourire piqué d'une cigarette semblait avoir tué tout ce qu'il désirait tuer ce jour-là, et il était en mal de conversation.

« Tout va bien ? »

Manfred sursauta à cette nouvelle apostrophe en cette journée surpeuplée. « Oui, merci », marmonna-t-il. Ses mains se collèrent contre sa chemise, en quête de la douleur qui l'avait obligé à se plier en deux. Elle avait apparemment disparu. Le bâtard fou lui avait rendu service.

« Quelle honte », opina le boucher amical.

Manfred leva les yeux vers le visage luisant, masqué de fumée. « Je vous demande pardon ?

— Ça devrait pas être permis, poursuivit le spécialiste ès viandes. Y devrait y avoir une loi contre ça.

— Oui. »

L'homme devint conspirateur, philosophe. « On devrait faire comme en Alabama. »

Manfred s'essuya le front. « Et que fait-on en Alabama ?

— On les laisse se balancer dans le vent, sourit le boucher.

— Je vous demande pardon ?

— On les branche. On les pend haut et court. Les rues seraient plus propres. »

Satisfait, le boucher souhaita bon vent à Manfred et, le dos voûté, rentra dans sa boutique. Manfred reprit sa marche, terrifié. Tout à trac, son quartier semblait infesté de bandits et de cinglés. Webb était le genre d'individu qui s'insérait aisément dans ce monde. C'étaient les hommes tels que Manfred qui n'y avaient pas leur place.

Un avion léger déploya sa trajectoire sonore à travers le ciel, dans le grondement de ses moteurs. Manfred adorait ce bourdonnement. Ce n'était pas comme le hurlement prédateur des avions à réaction. Le monde perdit beaucoup lorsqu'il perdit les turbopropulseurs. L'air se réchauffait et le soleil pimpant était intimidant. Ce n'était pas une lumière pour personnes âgées. Par-dessus le marché, son costume anthracite devenait trop chaud et Manfred se mit à transpirer. Il était fatigué. Il eut envie d'être de retour chez lui, de se rafraîchir.

Mais il appréhendait la solitude de son appartement – inutile de presser le pas pour retrouver ce lieu désert. Il n'y avait personne pour remplir les endroits vides de son logement. Un appel par semaine, une rencontre par mois. Au fil des années de solitude, les pièces et les murs s'étaient imprégnés de l'absence d'Emma. Et cette solitude s'empilait comme des vieux journaux – la solitude et la culpabilité. La culpabilité dans l'évier et sous les tapis, la solitude entassée dans les placards, dans les interstices des conserves de soupe et de tomate.

Il espaçait ces conserves afin que les placards paraissent moins vides qu'ils ne l'étaient vraiment. Il remplissait son réfrigérateur de la même manière et peuplait ainsi sa petite existence dérisoire. Il tenait scrupuleusement à avoir juste assez pour lui-même. Le moindre surplus engendrait des pensées de l'absente. Il n'attendait personne et n'espérait personne. Une partie d'elle appartiendrait toujours à Manfred et il avait appris à se débrouiller avec ça. Mais lorsqu'il récurait sa cuisinière, quand il nettoyait son réfrigérateur ou ses étagères, il ne réussissait jamais à éliminer complètement la vieille poussière de la solitude et de la culpabilité.

Ce soir-là dans sa cuisine, le vieillard entreprit de préparer la thermos de café turc qui l'aidait d'habitude à passer la soirée. Ce breuvage lui assurait une nuit paresseuse, dyspeptique – telle qu'il les aimait. Il regarda l'horloge murale de la cuisine. Il était tard. L'immensité solitaire de la nuit l'attendait. Il restait souvent debout toute la nuit, insomniaque, et il lisait ou sirotait simplement son café quand il ne réfléchissait pas douloureusement. Depuis sa plus tendre enfance, il aimait l'obscurité. Il avait parfois le sentiment que c'était seulement la nuit qu'il devenait réellement lui-même.

La plupart du temps, bien sûr, il dormait. Ses souvenirs étaient un lourd fardeau, qui parfois l'abattait. Pour lui le sommeil avait changé de nature. Il ne le revigorait pas comme autrefois. Il était devenu la conclusion impartiale de ses journées, un appel malchanceux contre la lassitude. Mais ce soir-là, il allait dormir. Il n'était pas encore minuit et l'idée de survivre aux blêmes heures insomniaques d'avant l'aube n'exerçait pas sur lui la moindre séduction.

Par ailleurs, au beau milieu de la nuit, il avait tendance à examiner les anciennes lettres d'Emma et il désirait éviter l'angoisse qu'elles créaient en lui. Il y avait jadis pris plaisir, mais il les avait lues si souvent que ce plaisir s'effritait beaucoup. Il lui arrivait même de passer des nuits entières à seulement contempler l'unique photo qu'il avait d'elle. Il la sortait de son cadre pour passer doucement les doigts dessus. Les bords cassants de cette photographie rebiquaient, le cœur d'encre se brouillait dans l'obscurité pâle. Bientôt l'image se dissolvait entièrement, laissant seulement le papier craquelé et les marques de doigts.

Cette photographie et les quelques traces de l'écriture d'Emma étaient tout ce qu'elle lui avait laissé. Ce n'était rien : des esquisses, des rapports, l'écume de la rumeur. Ses nuits étaient vides d'elle et il se sentait seul. Le temps lui-même avait changé pour lui dans sa solitude. Le temps solitaire était un temps différent. Il n'était pas, ainsi qu'il l'avait imaginé autrefois, plus lent. Il était en fait beaucoup plus rapide que le temps normal. Il filait telle une poignée de rivière. Pour l'homme solitaire, l'étoffe précieuse du temps se dévaluait.

Il sombrait dans la torpeur lorsqu'il entendit résonner la sonnette de l'immeuble. Il attendit en espérant que Garth ou Webb réponde. La sonnette résonna encore. À contrecœur, il sortit dans le couloir. Derrière le verre dépoli de la porte d'entrée, il discerna la silhouette d'une femme debout dans la lumière de l'ampoule du portail. Il ouvrit la porte. La jeune putain de Webb se tenait là devant lui, avec un sourire confiant.

« Rebonjour, dit-elle.

— Bonsoir. »

Elle fouilla dans son sac à main, puis elle tendit la main vers Manfred. Il regarda avec méfiance les doigts de la fille. Ils serraient deux billets de dix livres.

« Tu as été si gentil ce matin. Impossible de garder ton argent. »

Manfred était confus. « Mais... ? »

La fille eut un sourire tolérant. « T'en fais pas pour moi. J'en ai eu pour mon argent avec ce gros porc. Quelques amis à moi lui ont réglé son compte comme il faut.

— Je vois. »

Elle tendit de nouveau la main. « Alors, tu veux pas récupérer ton argent, c'est ça ? »

Elle lui fourra de force les billets dans la main. Le vieillard rougit et bafouilla des remerciements sans suite.

La fille poursuivit dans la même veine loquace. « T'as pas envie de faire ami-ami avec cette saleté de Webb. C'est une vraie merde. Vraiment pas ton genre. »

Manfred rougit encore plus. Il vit Garth approcher à partir de l'autre côté de la rue. Désespérément, il tenta de se débarrasser de cette fille avant l'arrivée de son jeune voisin. « Eh bien, merci beaucoup. C'est très aimable à vous de me rembourser ainsi.

— Bon Dieu, ce que tu causes bien. Sans blague. » Sa voix était saturée de toute la suavité doucereuse propre aux femmes vulgaires.

Manfred essaya de sourire, mais remarqua avec inquiétude que Garth traversait maintenant la rue.

« Merci encore, marmonna-t-il. Il faut vraiment que je rentre. Je crains de me fatiguer pour un rien. » Il arbora un sourire factice pour Garth qui montait les marches de la maison.

« Bon, écoute, chéri, dit la fille. Je m'appelle Mandy. Passe-moi un coup de fil si ça te chante. Je vais te donner mon numéro. »

Elle lui tendit une carte de visite et Manfred perdit tout courage lorsque Garth lui adressa au passage un grand sourire coquin accompagné d'une œillade. Le vieillard rougit pour la troisième fois.

Mandy observa la déconfiture de Manfred et son visage se durcit. « Tu devrais pas avoir honte qu'on te voie parler avec moi.

— Je n'ai pas honte, mentit-il. Absolument pas. »

Le sourire de la fille était neutre, mais elle se sentait toujours offensée. « Bref, merci pour ce matin, dit-elle. Faut que j'y aille. Y a une voiture qui m'attend. »

Manfred regarda de l'autre côté de la rue et vit une grosse voiture garée près du trottoir. Un serpentin de fumée de cigarette sortait par la vitre ouverte et il aperçut l'ombre d'un ruffian agité, assis derrière le volant. Son cœur s'attrista pour cette fille. Malgré toute sa faconde et son sourire aguicheur, elle parut soudain petite. Trop minuscule, en fait, pour supporter de tels parasites.

« Excusez-moi si je vous ai offensée, dit-il gentiment.

— T'inquiète pas, j'ai l'habitude. Si je me froissais pour si peu, j'aurais plus qu'à me pendre. C'est tous les jours et deux fois le dimanche. »

Son sourire papillonna brièvement sur ses lèvres et elle

tourna les talons, en lui lançant un pimpant au revoir. Manfred la regarda monter dans la voiture avec ses hauts talons bancals. Le moteur toussa, puis le véhicule démarra et s'éloigna. Manfred referma la porte.

Garth l'avait attendu dans le couloir. Il regarda la carte de visite dans la main de Manfred. Il sourit. « Était-ce la fille de ce matin ? demanda-t-il.

— Oui. Je lui ai donné un peu d'argent pour me débarrasser d'elle. Elle est venue me le rendre.

— Je vous attendais au cas où il y aurait eu du grabuge, dit Garth. Notre ami Webb est arrivé aux urgences ce soir. Quelqu'un lui a refait le portrait dans les grandes largeurs. Il a refusé de me parler, mais d'après ce que le médecin m'a dit, je crois que le mac de cette fille lui a flanqué une bonne raclée.

— Est-il gravement blessé ?

— Pas vraiment. Quelques côtes cassées, des contusions, quelques points de suture au visage. Son état semble bien pire qu'il ne l'est en réalité. Mais ce Webb est un sacré numéro. Il a essayé de se bagarrer avec un des brancardiers. Et il a tout bonnement refusé de me parler. Voilà un mois que j'habite ici et il ne m'a toujours pas adressé la parole. »

Manfred eut un sourire gêné. « Il a des opinions très affirmées. »

Soudain, le ventre de Manfred se mit à se contracter et à diffuser ses élancements. Malgré lui, il porta la main à son abdomen en grimaçant.

Garth observa le visage du vieillard brusquement crispé de douleur. « Vous allez bien ? »

Paniqué, Manfred tenta de sourire. « Ce n'est rien. Je

souffre souvent d'indigestion. » Le souffle coupé, il se plia en deux, tandis que la douleur atteignait son paroxysme.

« Je trouve ça un peu violent pour une indigestion », dit Garth d'un air dubitatif.

Manfred se redressa.

« Voilà, dit-il. Rien de grave, comme vous pouvez le constater – rien de bien sérieux. Je me sens très bien maintenant. Bonne nuit. »

Garth devina qu'il serait futile d'interroger davantage son voisin.

« Bon, dit-il, si ça s'aggrave, n'oubliez pas que je suis juste au-dessus de chez vous. Après tout, c'est mon métier. »

Avec un large sourire, il prit congé et gravit les marches. Manfred s'attarda quelques instants dans le couloir. Il se massa le ventre, lequel semblait désormais entièrement vidé de toute sensation. En ouvrant la porte de son propre appartement, il entendit la porte de Webb qui s'entrebâillait. Il se retourna et vit le visage écrabouillé de son voisin. Webb lui fit signe d'approcher.

« C'était cette petite effrontée à la porte ? chuchota-t-il.

— Oui », répondit Manfred d'un air las.

Déjà, cette journée n'avait que trop duré. Il perdait patience.

Webb jeta un coup d'œil à droite et à gauche dans le couloir.

« Qu'est-ce qu'elle voulait ? demanda-t-il.

— Elle est venue me rendre l'argent que je lui ai donné ce matin.

— Ah, ouais, je te dois une fière chandelle pour ça, Manny.

— Bah, ça n'a pas d'importance. Bonne nuit. »

Il pivota sur les talons pour mettre un terme à cet excédent de conversation.

Webb le siffla. Il avait encore autre chose à ajouter.

« Elle voulait te dire quoi, la poupée de la jungle ? Vaut mieux que tu fasses gaffe là. Tu veux pas subir le même sort que lui, pas vrai ? »

Il tapota du doigt le bandage qui lui entourait le crâne. Le carré de gaze qui dissimulait son œil gauche lui donnait un absurde air de pirate.

« Écoute, Manny, reprit-il. Attends un peu. Je vais leur régler leur compte, à ces enfoirés. J'ai plein d'amis très bas placés. Quant à cette petite conne – j'ai des projets spéciaux pour elle. Faut que t'attendes un peu et tu vas voir, mon pote. Ils vont pas en revenir. »

Il eut un sourire fiévreux.

Vingt minutes plus tard, Manfred était allongé dans son lit. Les couvertures venaient à peine de se réchauffer et maintenant la douleur était taraudante plutôt qu'insupportable. Il se sentait rompu, mais bien. Ses pensées étaient épaisses et lentes. Il savait que dehors la nuit squelettique égrenait ses vaines lueurs : violettes, vertes et autres exploits chimiques. Il ferma les yeux, reconnaissant de ces ténèbres privées.

Ce soir-là il avait téléphoné à Emma. Comme toujours, elle était restée silencieuse, écoutant sans mot dire ses plaintes et sa douleur. Il lui avait parlé longtemps mais sans rien lui dire. Comme toujours l'appel téléphonique lui avait gâché la soirée et rendu Emma encore plus indispensable. Mais maintenant sa tête palpitante s'abandonnait à de vertigineuses histoires d'amour sans pénitence. Alors que le sommeil approchait, un filet de salive s'échappa de sa bouche ouverte et se fraya un chemin le long de sa joue avant de former une petite flaque fraîche au bord de l'oreiller, où il enfonça son front épuisé en sombrant dans le sommeil.

Quatre
(1942-1947)

Après Beda Foumm, la guerre sembla terminée pour Manfred. Son unité ainsi que deux autres reçurent l'ordre de nettoyer ce qui restait des morts italiens. Ce fut un travail horrible. Les cadavres étaient mous, aussi informes que de la grosse toile. Le sable et la poussière rendaient monotones les uniformes et les visages des morts. Certains corps avaient été écrasés en galette ou en bouillie, d'autres étaient des imbroglios de fragments isolés mélangés à des morceaux d'autres cadavres. Certains, noirs et raides, avaient été calcinés, d'autres se démantibulaient dès qu'on essayait de les déplacer. Si les têtes et les troncs étaient carbonisés, écrabouillés ou simplement broyés, il semblait y avoir une étrange quantité de mains, coupées ou encore attachées. Ces mains paraissaient excéder affreusement les autres vestiges humains. La main avait sans doute été plus résistante que les autres parties prisées de l'anatomie humaine. Manfred détestait surtout ramasser les mains. Il avait beau porter des gants, le ramassage de toutes ces mains mortes ressemblait à une grossière parodie de poignée de main. Il préférait les saisir par le poignet sanglant plutôt que de toucher les doigts glacés.

Ils mirent environ six heures. Chaque fois que Manfred touchait un nouveau cadavre, sa bouche se desséchait encore un peu plus. Les autres soldats semblaient s'endurcir au fur et à mesure qu'ils s'acquittaient de cette corvée de cadavres, mais pour Manfred l'horreur et la peur augmentaient à chaque minute. Le foulard qu'il portait sur la bouche et le nez était trempé de sueur et il toussait et hoquetait convulsivement. Lorsqu'ils firent une pause pour manger, il faillit hurler. Il poussa un autre corps dans la tranchée, puis recula en chancelant lorsqu'une masse informe, visqueuse et rôtie se déversa de la cage thoracique béante.

Quelques rares hommes mangèrent. Ils burent du thé sucré et fumèrent d'infectes cigarettes. Leurs regards ne se croisaient pas, personne ne parlait. La connivence secrète de la honte, qui venait de se créer entre eux, les réduisait au silence. Le thé qu'ils buvaient ne réussissait pas à les désaltérer et, lorsque le lieutenant blond leur commanda de se remettre au travail, la langue de Manfred était toujours gonflée et râpeuse.

Ils finirent juste avant la tombée de la nuit. Le désert était crépusculaire et miraculeux ; le soleil couchant incendiait les crêtes sablonneuses et le ciel s'épaississait de couleurs meurtries. Ils nettoyèrent les véhicules en dernier. Ce fut le pire. Des flaques de sang noir étaient tout ce qui restait des occupants des tanks détruits. Dans d'autres véhicules, le métal s'était tordu et courbé pour former des berceaux autour des corps noircis comme pour les protéger dans la mort ainsi qu'ils n'avaient pas réussi à le faire dans la vie. Il fallut démembrer de nombreux cadavres avant de réussir à les extraire. Ils étaient tellement mutilés qu'ils venaient aisément par morceaux, avec des bruits écœurants. Un half-track avait été dévasté par le feu au point que la fournaise avait incrusté ses deux occupants dans leur siège, l'un d'eux presque réduit à une ombre plaquée sur le châssis métallique. Manfred avait ôté et gratté ce qu'il pouvait, mais il ne réussit pas à effacer la marque noire laissée par les corps sur les sièges métalliques ; il eut beau frotter, il ne réussit pas à éliminer ces ultimes taches.

Après Beda Foumm, la guerre sembla terminée. Quelle guerre pouvait-il encore y avoir après celle-ci ?

Il devait y avoir encore beaucoup de guerre et la tache des cadavres devint bientôt anodine. Mais Manfred n'oublia jamais Beda Foumm. Le poids que la mort accordait à la forme humaine, l'excédent de mains, la bouche sèche de la peur et de la honte. Les hommes morts avaient ressemblé à des chiens morts. Des yeux laiteux, une chair déchue, réduite en poussière. Morts, ils n'avaient plus rien d'humain. Ils étaient devenus superflus. Une chose dont il fallait se débarrasser – de la viande morte, un sac d'os.

Il en avait été marqué d'une manière qu'il ne pouvait pas comprendre. Enfant, il avait toujours eu du mal à croire à la mort. Les vivants goûtaient à des sensations si puissantes qu'il semblait impossible que toute cette vigueur pût simplement s'interrompre. Lors du décès de son père, l'incident avait été sans douleur – presque comique. Mais à Beda Foumm, il avait été terrifié. Ce n'était pas la puanteur ou l'horreur qui l'avait atterré. Ce n'était pas le pire aspect des morts ; le pire aspect des morts, c'était leur abrupte et muette absence de vie, leur évidence inaltérable, insupportable.

Benghazi, El Agheila, Sollum, Bir Hakeim, El Alamein.

Douze jours de combat, quatre jours de repos. Dix-huit mois d'aller et retour ininterrompus. Les Britanniques faisaient le yo-yo entre l'Égypte et la Libye, l'avancée et la retraite, tout en laissant des corps en chemin. Le bruit courait qu'Auchinleck, le commandant des forces britanniques, était tellement bigleux qu'il croyait se déplacer en ligne droite.

La guerre avait commencé, cessé, puis recommencé. Maintenant la Yougoslavie était tombée. Les Britanniques avaient évacué la Grèce. Les Allemands se battaient contre les Russes ; les Japonais se battaient apparemment contre tout le monde. Les Britanniques capitulèrent à Tobrouk et la BBC rapporta que sept cent mille Juifs avaient été massacrés en Pologne. Ces événements ne troublèrent apparemment pas les soldats camarades de Manfred. Ils se contrefichaient de qui gagnait la guerre, pourvu qu'eux-mêmes finissent par rentrer en Angleterre sains et saufs. La seule chose qui les inquiétait, c'était que les Allemands bombardent les villes anglaises. Ils passaient le plus clair de leur temps à essayer de tromper l'ennui du désert et à supporter les brèves flambées de meurtre auxquelles ils participaient.

El Alamein, Bir Hakeim, Sollum, El Agheila, Benghazi. Douze jours de combat, quatre jours de repos. Manfred était artilleur. Entretien, stockage, réquisitions et barrages simulés, telles étaient ses tâches essentielles. Il avait été enrôlé au cours de la deuxième années de la guerre (la vraie première année de guerre, selon beaucoup). Moins de quatre mois plus tard, il avait embarqué pour l'Afrique du Nord. Saul, son frère le plus âgé, se battait déjà en Birmanie, mais George, son autre frère, avait filé en Amérique avec une fille de Clapham. Manfred suivait un chemin intermédiaire entre le héros et le lâche. Lors de sa conscription, il était devenu soldat sans plaisir ni répugnance.

Sa mère, qui se moquait de lui depuis plus d'un an tandis que son frère se battait pour son pays, pleura amèrement le jour où Manfred partit à son tour. Quand il atteignit l'Afrique, Manfred cessa de lui écrire. Les simagrées ridicules de sa mère le révoltaient. Et puis il savait qu'elle ne l'avait jamais aimé de bon cœur. Maintenant que la guerre l'avait efficacement soustraite à l'existence du fils, celui-ci pouvait ignorer sa mère sans en concevoir la moindre culpabilité.

Manfred était un soldat indolent, solitaire et frugal. Il n'était guère populaire auprès de ses camarades du bataillon qui lui reprochaient sa judéité et son nom allemand. Peu habitué à la compagnie des jeunes gens de son âge, Manfred se sentait mal à l'aise. Les autres hommes manifestaient une animalité tapageuse – ils se vautraient dans toutes les vulgarités licencieuses de la soldatesque. Il rotaient, pétaient, juraient et copulaient avec entrain. L'un de ces soldats, un caporal chétif au visage juvénile, manifesta d'emblée ses talents très particuliers. Sidney Tapper était un ancien ajusteur âgé de vingt-cinq ans et originaire de Barnet, doté d'un instinct commercial proche de la rapacité. Tapper considérait comme sien l'argent du bataillon. C'était le seul soldat que Manfred connaissait et qui ne méprisait pas les Arabes. Ils occupaient une position de choix dans son palmarès international des petits malins et il savait qu'il pouvait mettre sur pied de juteuses affaires avec une telle nation.

Tapper s'occupait des putains pour le bataillon ainsi que pour de nombreux autres. Où qu'ils se trouvent, en

Égypte ou en Libye, Tapper mettait la main sur des femmes – « des filles propres à des prix très convenables ». Alors qu'il était dans les arrières d'El Alamein, il réussit à réquisitionner un camion pour emmener une douzaine de joyeux lurons à la chasse à la chatte à Alexandrie où il entretenait de nombreux contacts, à la fois impressionnants et mystérieux. Or Tapper s'était pris d'une affection parfaitement excentrique pour Manfred, à qui il offrait gratuitement bon nombre de ses services salaces. À force de cajoleries, il réussit à le convaincre de se joindre à l'expédition d'Alexandrie. Le voyage se résuma à trois heures de cauchemar brinquebalant et délirant à travers le désert obscurci. Il débarquèrent dans un quartier sordide de la ville. L'endroit était odorant, les filles dodues et insolentes. Les braves Anglais se mirent au turbin. Parce que les chambres étaient rares, la plupart des soldats copulèrent au regard de tous les autres. Manfred observa la scène bouche bée, tandis que ses camarades pelotaient et brutalisaient les femmes. Un soldat s'agenouilla au-dessus de sa putain allongée, déboutonna son pantalon et éjacula sur les jambes de la femme avant même de pouvoir la pénétrer. Quant aux femmes, elles témoignaient d'une patience admirable. Elles paraissaient étrangement sereines en comparaison des passions dévorantes des soldats.

Manfred et Tapper passèrent la nuit sur les marches de l'établissement, en buvant du gin coupé de citron vert et en riant face aux étoiles réunies au grand complet. La chasteté de Manfred impressionna Tapper. L'ancien ajusteur semblait y voir la preuve de quelque interdit hébreu. Contrairement aux autres, il était fasciné par la judéité de Manfred, par sa curiosité et sa naïveté. Et puis l'obsédaient sombrement les récits des massacres de Juifs qui filtraient de l'Europe. Tapper avait une haute opinion du sens des affaires manifesté par les Juifs, une qualité qui les rendait dignes de sa considération illimitée. Il n'en revenait pas de voir Manfred, un Juif allemand, se battre sans équivoque dans cette guerre alambiquée.

« Écoute, ami Tapper, dit Manfred d'une voix éméchée. Reste fidèle à cette maxime – c'est la seule règle de la guerre. Les bons s'affaibliront tandis que les méchants prospèreront. Elle te permettra de rester dans le droit chemin. »

Tapper avait un autre ami. Spike était un géant écervelé. Sa stature et sa force devinrent aussi légendaires dans le bataillon que sa stupidité. Il parlait inlassablement de son épouse, une fille aux yeux étroits sur une photo tachée. Alors que le pauvre Spike guerroyait, cette épouse s'était installée chez la mère et le frère du soldat. Les remarques paillardes sur l'épouse et le frère se voyaient punies avec une prompte et terrifiante violence. Spike brisa un nombre incalculable de mâchoires, de nez et de côtes sans réussir à effacer les sarcasmes fielleux de ses propres soupçons. Manfred avait pitié de lui. L'expression permanente d'injustice ahurie de Spike touchait Manfred, qui se comportait aimablement envers le colosse. La gratitude de Spike était servile et gênante. Les trois hommes devinrent amis sans le vouloir vraiment et trompèrent l'ennui de la guerre en une coalition embarrassée.

Car la guerre était ennuyeuse et belle. C'était comme l'école, mais avec de vrais fusils et des vrais morts. Les batailles étaient sporadiques, les hommes passaient le plus clair de leur temps dans une luxure indolente ou des rêveries floues sur l'avenir et la paix. Auchinleck avait été supplanté par un autre général, une maigre fouine à béret. Ce général se rendit bientôt célèbre à cause des victoires spectaculaires qu'il remportait grâce à la méthode antique et respectée consistant à brader la vie de ses hommes. Les journaux l'adoraient et les soldats perplexes recevaient des lettres de leurs épouses où elle évoquaient la grande considération qu'ils accordaient sans doute à cet homme au crâne aplati. Le soir, dans les mornes plaines glacées et sablonneuses, les hommes se requinquaient en imaginant les châtiments qu'ils pourraient lui infliger. Ils se surnommaient eux-mêmes ses *gitons* – la prédilection de leur général pour les officiers d'état-major les plus affriolants était de notoriété publique. Les plus beaux soldats rêvaient d'attirer son attention lors d'un défilé avant d'être retirés du front pour rejoindre son harem dissolu.

Après Beda Foumm, les camarades de Manfred cessèrent d'écouter les nouvelles transmises par la radio – à leurs yeux cette guerre était devenue une chose fantastique, aussi lointaine et inintéressante qu'une fable assommante. Manfred, de son côté, se mit à l'écouter davantage. Car pour lui la guerre était désormais une histoire. Une histoire dépourvue de toute ressemblance avec sa propre expérience de soldat. Les Américains venaient de débarquer en Afrique du Nord française : Casablanca, Oran et Alger furent repris. Pendant une semaine et demie, dans un répugnant camp de repos, Manfred graissa des pièces d'artillerie. Le bruit courait que l'aviation américaine régnait sans conteste dans le ciel africain. Manfred passa deux semaines sur un lit de camp infesté de vermine dans un hôpital de campagne australien, pour se remettre d'une épaule démise lors d'un match de football, une épaule qui n'avait pas été correctement soignée. Avant l'arrivée de l'hiver, Rommel fut chassé de Tobrouk et Manfred put alors se vanter de son seul fait d'armes de toute la guerre lorsqu'il tua une mule arabe par accident avec une mitraillette allemande récupérée sur le champ de bataille.

En novembre, ils étaient de retour à Benghazi. Les Arabes ne les accueillirent pas à bras ouverts. Les Allemands n'avaient guère été populaires et les autochtones libyens ne faisaient pas grande différence entre ces diverses armées de Blancs. Tapper prit le contrôle d'un bordel allemand fort bien organisé, créé par quelque caporal très entreprenant qui avait eu la bonne idée de laisser derrière lui ses livres de comptes. Pour la première fois depuis dix-huit mois, Spike perdit un combat lorsqu'il se fit terrasser par trois Néo-Zélandais aussi costauds que lui.

L'hiver arriva, plus impitoyable que le précédent. Le désert fut harcelé sans trêve par des vents violents et glacés. Les hommes dormaient les mains dans le pantalon, les paumes serrées autour des testicules pour les réchauffer. Au réveil, ils avaient le visage gercé et cloqué. L'offensive (surnommée *l'Inoffensive* par Eddy Dunn, le meilleur éclaireur du bataillon) ralentit, puis s'arrêta. Les Libyens ignoraient autant que possible ces infidèles et ils observaient le désert qui punissait la bêtise des hérétiques. Le ressentiment et l'ennui épaississaient les jours, les ralentissaient. Parfois, un soldat se faisait assassiner après avoir accosté une épouse arabe. La radio leur serinait qu'ils étaient en train de gagner la guerre d'Afrique, mais de toute évidence on parlait d'autres conscrits. Leur propre version de la guerre se résumait à l'immobilité et à la futilité.

En mars, les Allemands contre-attaquèrent. Les batailles furent vicieuses mais absurdes : l'énergie de l'ennemi déclina bientôt. L'artillerie britannique bombardait durant des jours d'affilée. L'air était saturé de fumée, noire, grise et bleue, telle une énorme chambrée de fumeurs de pipe. Spike était tellement épuisé qu'il s'endormit sur son siège de servant de pièce d'artillerie et aucun de ses camarades ne put le réveiller malgré les pinçons, les coups de pied et de poing. Un tir de barrage allemand anéantit trois obusiers de dix pouces. Un canon se fendit sur toute la longueur comme une banane trop mûre, les dépouilles éventrées des servants restèrent sur le sable, tel un reproche.

Au bout de plus d'un mois de massacres insomniaques, les Britanniques atteignirent Tunis. Manfred et les autres s'arrêtèrent à Sfax. En moins d'une heure, Tapper organisa un boxon local. Mais ses collègues dormirent durant tout son baratin de prix sacrifiés. Alors Tapper prit une Jeep et partit à la recherche de Sud-Africains libidineux.

Les hommes dormirent pendant presque deux jours. Les Allemands n'avaient pas entièrement évacué Tunis, mais personne ne prit la peine de creuser des trous d'homme. Ils s'endormirent à l'endroit où ils s'étaient arrêtés, prêts à mourir plutôt qu'à creuser encore. Hébété de fatigue, Manfred dormit et rêva des morts de Beda Foumm. À son réveil, il marcha parmi les formes assoupies des autres hommes, qui tous évoquaient à s'y méprendre des cadavres épuisés. Il les regarda frissonner et gémir, en proie à leurs propres rêves douloureux. Il les prit en pitié, tous ces soldats endormis qui rêvaient.

C'était la fin de l'après-midi et le désert changeait de couleur à chaque minute. Manfred vola quelques cigarettes à un Spike comateux et se prépara un peu de thé. Assis sur le toit d'une remorque, il regardait le désert sombrer dans les ténèbres tandis qu'autour de lui cinquante hommes dormaient. Le désert leur appartenait. La guerre en Afrique était terminée. L'Italie serait bientôt conquise et la guerre risquait de s'achever avant l'été. Le désert avait été semé de cadavres et tous étaient retournés à leur point de départ. Assis sur le toit de la remorque, Manfred ne se sentait pas engourdi, il ne s'interrogeait pas sur les raisons d'un tel carnage. Il regardait ces hommes endormis avec qui il partageait cette guerre. Il observa leurs visages qui disparaissaient dans l'obscurité et la guerre lui parut magique. C'était de la magie noire, mais de la magie malgré tout.

Lorsque l'unité de Manfred débarqua en Italie, toute l'armée italienne s'était rendue. La chute de la Sicile ne leur avait pas laissé le moindre espoir. Les combats en Sicile avaient été brefs, mais sanglants. Des histoires circulaient. À Catane, une unité retardataire de commandos allemands s'était battue jusqu'au dernier homme avec un acharnement absurde. Tant les Américains que les Britanniques avaient liquidé des prisonniers. Désormais, la guerre ne faisait plus semblant de ne pas être horrible. Les hommes méprisaient maintenant les Italiens – oubliant qu'ils étaient morts comme les autres à Beda Foumm. Lorsqu'on annonça qu'à partir de maintenant l'Italie se battrait aux côtés des Alliés, on entendit des grommellements unanimes. Malgré tout, les hommes furent contents de quitter l'Afrique. L'Italie promettait des réconforts et des plaisirs qui avaient été impossibles dans le désert.

Ils débarquèrent à Reggio de Calabre. Les Allemands avaient occupé Rome, mais les hommes avaient toujours confiance en une campagne rapide. Les Américains avaient pris Salerne, puis Naples était tombée après de lourdes pertes. Le bataillon de Manfred s'arrêta devant

Loggia. On caserna les hommes dans un petit village dévasté où tous les hommes jeunes étaient absents, soit sur le front soit morts. Tapper mourait d'envie d'atteindre Naples. Les Italiens avaient une réputation d'excellence commerciale qui remontait à la Renaissance et à l'empire romain. Déjà, ce pays était devenu un exemple d'occupation sordide. La guerre avait transformé les hommes en brutes épaisses, les femmes en putains et en voleuses. Tapper imaginait les Américains courant à travers tout le pays avec le pantalon sur les chevilles et son cœur se brisait à l'idée que d'autres que lui récoltaient cette manne financière.

Le bataillon de Manfred détruisit le petit village. Au bout de quelques jours, les rues et les maisons prirent un air miteux et coupable. À la fin de la première semaine, les rues débordaient des immondices des soldats et toutes les maisons étaient noires de crasse. Un vieil homme doté de deux filles ravissantes fut battu à mort. Les soldats accostaient toutes les femmes âgées de plus de douze ans et de moins de soixante. Certaines de ces femmes, qui refusaient de céder aux avances de la soldatesque, étaient violées ou battues. Manfred fut surpris de la facilité avec laquelle des hommes qu'il connaissait battaient des femmes, parfois en public. Il vit un aimable caporal du corps des transports rosser une jeune villageoise. Elle avait protesté contre les louches cajoleries du soldat et il avait perdu patience. Il la roua de coups de poing au visage. Il s'arrêta seulement lorsqu'un de ses camarades lui cria un reproche paresseux. Manfred se lassa bientôt de croiser des femmes au visage tuméfié, à la mâchoire déboîtée. Il était arrivé quelque chose de grave à tous ces hommes et la violence, organisée ou individuelle, était devenue une chose élémentaire. Les officiers se montraient indulgents lorsqu'on ne pouvait ignorer de telles exactions. Les punitions qu'ils administraient alors n'étaient jamais sévères – comme si la destruction d'un pays occupé était une conséquence malheureuse mais naturelle de la guerre. Manfred eut honte des siens.

On les envoya à Cassino. Les Allemands reculaient devant l'avancée des troupes alliées et il y avait peu de combats. Les officiers relâchèrent leur attention et l'unité en oublia les règles élémentaires de la survie. Des hommes se firent tuer par pure négligence – à cause de tireurs embusqués, de mines, de pièges. Tout le monde pensait maintenant que la guerre s'achèverait bientôt et les morts avaient moins d'importance, tant était grande la hâte d'en finir avec tous ces combats.

Les Allemands installèrent néanmoins une forte position défensive dans le monastère de Monte Cassino. L'avance des Alliés s'arrêta et l'on fit venir des pièces d'artillerie lourde. Mais la consigne arriva des sphères supérieures de l'armée : il ne fallait pas bombarder le monastère. Il était trop ancien et beaucoup trop célèbre pour qu'on le détruisît. Les Italiens étaient désormais des alliés et l'on ne pouvait endommager leurs monuments antiques. Les hommes se plaignirent : on allait mettre des mois à déloger l'ennemi sans un feu nourri d'artillerie. Personne ne les écouta.

Cassino fut un mauvais rêve. Les deux armées formaient un goulot d'étranglement mortel. Les combats étaient intermittents mais terribles. Un autre mauvais hiver arriva et la neige ou la boue engorgea les lignes de communications. Parfois, les victimes étaient si nombreuses et le temps si atroce qu'on abandonnait les morts là où ils étaient tombés, certains disparaissant dans les flaques de boue, d'autres écrasés sous les pneus et les chenilles.

Les hommes furent bloqués là durant de longs mois. Ils devinrent déprimés et amers. Leurs espoirs s'évanouirent et la guerre parut susceptible de durer éternellement dans cet intermède délirant ayant pour cadre l'Italie intérieure. Même Tapper ne gagna pas d'argent pendant trois mois. Pour Manfred, l'épisode de Monte Cassino se mua en un lugubre agrégat des horreurs : les pires atrocités se déroulaient avec toute la monotonie lénifiante d'une liste qu'on égrène, d'un appel qu'on fait.

Le cuistot du bataillon mourut quand un obus allemand percuta la cuisine du mess. Un baril de pétrole s'était enflammé et mit le feu au cuistot. On entendait ses hurlements au-dessus du vrombissement des flammes. Les traits du malheureux se tordaient affreusement tandis qu'il brûlait. Quelques hommes tentèrent d'éteindre les flammes et furent eux-mêmes brûlés. En fin de compte, un gros sergent, natif de Tyneside, prit son pistolet et abattit l'homme en feu. Le corps tomba en arrière et continua de se consumer au sol. Manfred ne mangea rien pendant trois jours.

Eddy Dunn fut tué par un tir ami. On découvrit son corps dans le chaos boueux d'une position avancée, ouvert d'un trou béant entre les côtes et la hanche, ses mains griffant toujours l'air. L'officier commandant la batterie qui avait tiré sur Dunn pleura comme un enfant.

« C'est pas de ma faute, sanglotait-il à répétition. Je l'avais pas vu. »

« C'est pas de ma faute. Je l'avais pas vu. »

Une unité des transmissions réquisitionna une ferme pour un nouveau quartier général et y trouva les cadavres en décomposition de toute une famille, les parents ainsi que les quatre enfants, dans la cuisine, un repas à moitié mangé en train de moisir devant eux sur la table. Un obus avait transpercé le toit avant d'exploser à l'intérieur si bien que tout y était déchiqueté, sans aucun dégât extérieur visible. Les hommes des transmissions pestèrent contre cet inconvénient et, laissant tous les membres de cette famille sans sépulture, se mirent en quête d'un autre Q.G.

Les Américains avaient été arrêtés à Anzio et de nombreuses histoires circulaient sur le massacre qui en avait résulté. La boue de Cassino sécha lentement et, vers la fin avril, les conditions de vie redevinrent presque tolérables. Ils reçurent l'ordre de bombarder le monastère. Début mai, le bataillon de Manfred participa à un bombardement d'artillerie impliquant deux mille canons. Le vacarme de ce tir de barrage fut terrible. Manfred ne s'était jamais habitué au fracas des pièces d'artillerie et chaque détonation était un coup de boutoir qu'il ressentait dans les os, comme un effroi soudain. Chaque minute de ce chaos lui semblait la dernière de sa vie. Certains hommes devinrent sourds. Un servant mourut d'une crise cardiaque.

Ils lancèrent des obus par milliers et furent en retour lourdement bombardés. Ils perdirent le contact avec le commandement. L'infanterie commença d'avancer et les artilleurs continuèrent leur tir de barrage au hasard, arrosant le terrain sans la moindre discrimination, avec tout l'automatisme du zèle aveugle. Ils noyèrent leurs propres hommes sous un déluge d'obus. L'assaut prit une dimension hallucinée, les hommes travaillaient sans réfléchir tandis que les canons bondissaient et reculaient comme de joyeuses marionnettes.

Lors de cet assaut final sur Monte Cassino, Manfred apprit de quoi étaient capables ses semblables. Quelqu'un avait réussi à convaincre des milliers d'hommes qu'il était de leur plus haut intérêt de monter par deux fois à l'assaut des cent tonnes de l'artillerie ennemie. Si l'on pouvait convaincre les hommes de mourir, alors on pouvait aussi les convaincre sans difficulté de tuer. De sa position d'artilleur avancé, Manfred regarda à travers la fumée des hommes tuer d'autres hommes avec une vigueur dénuée de tout remords.

Ils firent leur percée après une semaine de bombardements constants. Lorsque les canons se turent enfin, Manfred eut longtemps les oreilles qui tintèrent et il vomit de manière spasmodique. Les Polonais furent les premiers à entrer dans le monastère. Les Allemands, bien que vaincus, continuèrent de se battre farouchement. Quand la bataille fut terminée, les routes étaient couvertes d'hommes. La petite ville de Cassino était mutilée. Les rues étaient tavelées de cratères, grands et petits, qui s'étaient remplis d'une matière visqueuse, verte et brune. Quelques traces de bâtiments s'élevaient encore çà et là, mais la plupart, tout comme les arbres, l'herbe et les habitants, avaient été anéantis.

Le bataillon de Manfred avança à travers la ville assassinée et les hommes furent heureux d'échapper à la corvée de nettoyage de ce chaos. De l'autre côté de Cassino, ils s'arrêtèrent devant un champ de mines allemandes où s'étaient égarés trois enfants italiens en guenilles. Manfred, Tapper et Spike regardèrent impuissants les enfants paniqués courir vers eux. Deux marchèrent sur une mine et furent volatilisés. Un officier polonais qui parlait un peu d'italien hurla à l'enfant survivant de ne pas bouger. L'enfant s'arrêta net, minuscule silhouette effondrée au milieu du champ mortel.

Les Polonais firent venir sur le champ de mines deux sapeurs allemands prisonniers. On les interrogea sur la position des mines. Suivant leurs instructions, un soldat polonais essaya d'atteindre l'enfant rescapé. Il marcha sur une mine et fut tué. Suivant les nouvelles consignes des prisonniers allemands, un autre Polonais fit une seconde tentative pour sauver l'enfant. Lui aussi sauta sur une mine. Fou de rage, l'officier polonais abattit les deux Allemands avec son revolver. À bout de nerfs, Spike traversa le champ de mines d'un pas furieux, saisit le petit garçon et revint vers nous en suivant une ligne absolument droite.

Après l'assaut meurtrier sur Monte Cassino, les événements paraissaient prévisibles et ridicules. Les Américains quittèrent Anzio au bout de quatre mois de combats. Spike fut blessé d'un éclat d'obus à la jambe droite. Manfred et Tapper rendirent visite à leur malheureux ami dans une villa miteuse qui servait d'hôpital militaire. Tapper ne réussit pas à voir Spike. Il fut aussitôt assailli par des garçons de salle américains qui avaient apparemment des propositions juteuses à lui faire. Laissé à lui-même, Manfred entra d'un pas chancelant dans la mauvaise salle et vit les demi-hommes d'Anzio, les amputés multiples de la bataille pour la tête de pont. Une salle blanche meublée d'une multitude de lits occupés par des hommes réduits à leur tronc, sans bras ni jambes, bandés, engoncés, ligotés. Une infirmière arriva bientôt et le chassa d'un air furieux. Cette salle était une zone interdite, une zone coupable et honteuse.

Rome fut libérée. Les Alliés remontèrent vers le nord et traversèrent le milieu de l'Italie. Douze jours de combat, quatre jours de repos. Les conséquences humaines étaient partout visibles. Villages et faubourgs oblitérés, parfois un cadavre allongé au bord de la route. Des enfants crasseux. Cent horreurs, cent crimes. Cet été-là, le Premier ministre rendit visite au régiment de Manfred à Sienne. Il se montra belliqueux et jovial. Les Britanniques et les Américains traversaient la France, tandis que les Japonais se faisaient expulser de tout l'Extrême-Orient. Churchill mit sur pied une brigade juive, que Manfred fut invité à rejoindre par son supérieur hiérarchique. Manfred refusa, à l'irritation évidente du colonel. Il expliqua qu'il n'avait pas la moindre envie de se faire arrêter par les nazis en uniforme de la brigade juive. Le colonel le congédia avec mépris.

La guerre avait encore un an devant elle. Douze jours de combat, quatre jours de repos. Ce fut une année épuisante que le sommeil ne pouvait guérir. Les pays tombaient et les capitales étaient libérées en une succession aussi morne que coûteuse. Manfred et Tapper passèrent l'hiver sur le front, près de Bologne. Spike avait rejoint une autre unité et Tapper ne trouvait plus autant de plaisir à trafiquer. Le bataillon avait été plus que décimé, un grand nombre de ses meilleurs clients avaient été tués ou bien étaient rentrés en Angleterre avec une pension d'invalidité. Écœurés et engourdis par la guerre, Manfred et Tapper s'ennuyèrent ensemble durant encore quelques mois stériles.

Des nombres croissants de bataillons épuisés étaient envoyés vers le sud pour administrer les arrières et faire office de force de police dans les provinces occupées. Les représailles anti-fascistes étaient fréquentes et brutales. Même si pour ces crimes on arrêtait et on punissait peu, les Alliés s'efforçaient de maintenir la paix, du moins en apparence, entre ces Italiens ennemis. Ce travail était très convoité : c'était une affaire beaucoup moins éprouvante et dangereuse que le front. Manfred et Tapper se portèrent volontaires. Lorsqu'un officier de liaison militaire remarqua que Manfred parlait allemand, on demanda à Tapper et à lui-même de se porter volontaires pour un service militaire dans l'Allemagne de l'après-guerre. Devinant là une opportunité financière sans précédent, Tapper supplia Manfred d'accepter cette offre. Manfred obtempéra. La guerre, malgré toute sa morosité et ses horreurs, avait admirablement pris le contrôle de la vie de Manfred. Il était plus facile de continuer ainsi. Et puis, Manfred était trop fatigué pour dire non. Ce printemps-là, il apprit que son frère avait trouvé la mort en Birmanie. Sa mère lui écrivit une lettre pleine d'amertume, où elle lui reprochait obscurément la mort de Saul. Le fils ne fut pas sensible à l'injustice de ce reproche. En effet, la guerre lui avait montré qu'on pouvait reprocher n'importe quoi à n'importe qui, et que tout le monde avait les mains sales. La mort anonyme de Saul ne constitua ni une surprise ni une blessure. Il ne ressentit rien d'autre que la honte de ne rien ressentir.

En ce nouveau mois d'avril, des combats firent rage sur la Ligne Gothique, vers le nord, mais Manfred et Tapper trouvèrent que leurs conditions de vie s'amélioraient considérablement à l'arrière. Leurs obligations étaient légères. Ils mangeaient et dormaient bien. Tapper s'autorisa même à coucher avec l'une de ses filles et il s'offrit pour la première fois une fellation avec une blonde italienne de haute altitude qui appréciait énormément la beauté de l'unique tache de rousseur sur le pénis de son mac. À l'immense stupéfaction de Manfred, Tapper lui confia qu'il avait payé cette fille. C'était à ses yeux une espèce de galanterie superflue.

La guerre était en train de mourir. Mussolini et Clara Petacci furent capturés, tués et pendus comme des cochons, la tête en bas, à Milan. Manfred ne supportait plus l'Italie. La guerre avait pourri ce pays qui n'avait nullement envie de ressentir la moindre honte, la moindre douleur. Manfred était las des églises mortes et des prêtres en maraude, des villages qui avaient assassiné leurs fascistes quand ils avaient jugé prudent de le faire. Lorsque la guerre s'acheva enfin et que les Américains eurent lâché leur grosse bombe nouvelle sur le Japon, Manfred fut heureux de décrocher.

L'Europe – en haillons, crasseuse et jonchée de tombes –, l'Europe fêta. Ivre de boucherie, le monde avait été affranchi de l'esclavage. Des villes entières d'hommes et de femmes avaient été rayées de la carte, mais le massacre laissait des rescapés. Et cela suffisait pour une fête. Les drapeaux claquèrent, les cloches sonnèrent. La victoire semblait complète. La démocratie triomphait. La justice l'emportait enfin.

Mais les morts étaient légions, les Hébreux comme les Gentils. Les victimes se chiffraient en invraisemblables millions. Et il y avait les habitués du cauchemar, ces êtres déchus, endeuillés. Comment auraient-ils pu s'abriter du grand reproche des morts futiles ? Les survivants bambochaient et chantaient pour ne rien entendre. La fête était un analgésique, une narcose coupable. L'univers était devenu un ossuaire, un charnier. Nul drapeau, nul idéal de vainqueur ne pouvait être brandi sans tache.

Manfred et Tapper rejoignirent Berlin dans un Dakota fourbu, peint en argent et noir. Ils avaient signé pour deux ans de service supplémentaire. En survolant Berlin à travers les plis de quelques nuages, ils virent que cette ville aussi avait été détruite par la guerre. Vue d'avion, Berlin blessée et ravagée évoquait mille Monte Cassino. Manfred et Tapper échangèrent un regard : ils avaient apparemment effectué un grand détour pour revenir à leur point de départ.

Deuxième Partie
Profits et Pertes

Cinq

Une fois encore, le train plongea dans l'obscurité. Les câbles ternes fixés à la paroi du tunnel défilaient derrière les vitres du wagon en un brouillard vertigineux, impartial. Le visage de Manfred semblait peint sur la vitre noire qui lui faisait face, gris et miroitant dans le fracas du train. Les yeux du vieillard luttaient pour s'ajuster à la lueur nicotinée des ampoules nues du wagon. Sur un siège voisin, un Antillais saoul crachait férocement sur les lattes en bois du wagon. Une vague curiosité attira le regard de Manfred vers cet espace crasseux. L'homme lui grommela quelques mots incompréhensibles, peut-être une invitation à donner son avis. Manfred tourna la tête.

Le vieillard restait calmement assis dans l'obscurité expressive. Le wagon était occupé par quelques autres passagers, sales et déprimants. Pour faire passer ce voyage sans cigarette, Manfred observa ses compagnons. Il remarqua l'austère montagne d'une dame d'âge mûr, assise à sa gauche, en face de lui. C'était un monument charnu, d'où suintait la fierté de l'obésité. Sur son cou, les bourrelets de chair avaient même un aspect vaguement élisabéthain, son visage rose et boursouflé était brutal, repoussant.

Remarquant le regard stupéfié de Manfred, elle se renfrogna, les yeux en boutons de bottine sous la protubérance imparfaitement ridée du front. Elle fusilla du regard les pieds du vieillard, puis tourna la tête avec un ricanement méprisant. Soudain inquiet, Manfred jeta un coup d'œil à ses chaussures. Ah, marron. Quel idiot ! Un costume anthracite et des chaussures marron – quelle erreur ! Il pensa alors que son chapeau mou était vert bouteille, encore une alliance de couleurs très contestable. Il eut conscience de son ridicule et regretta de ne pas avoir davantage soigné sa tenue. C'était pourtant un jour particulier. Et il aimait se montrer à son avantage.

Mais il se sentait toujours nerveux les jours où il avait rendez-vous avec Emma. Il avait du mal à se concentrer. Les matinées passaient souvent dans la brume de l'appréhension et de la peur, tandis que son cœur s'emballait comme celui d'un Roméo en culottes courtes. Il importait de se préparer. Ce jour-là, malgré le froid, il ne portait pas de gants. Dès qu'ils se retrouvaient, Emma lui prenait toujours les mains entre les siennes. Et en cette occasion unique, il ne voulait pas tenir ses mains à l'abri de ce contact. Ses mains devaient rester accessibles. Froides pour être réchauffées. Fraîches pour être enflammées.

Holloway Road. La station fila en un clin d'œil. Par petits groupes, les gens s'approchaient des wagons qui ralentissaient. L'Antillais bondit sur ses pieds, chancela, puis se dirigea vers les portes du wagon en suivant la trajectoire obstinément oblique de l'ivrogne. La grosse dame assise face à Manfred éructa un ricanement volubile et dégoûté. La désapprobation crispa le globe de son visage tout entier. Elle se trouvait apparemment tout à fait digne de sa propre indignation. Cette attitude plut à Manfred. Cette grosse dame était une parfaite commentatrice.

Le train s'arrêta, les portes s'ouvrirent, l'Antillais délirant jaillit, tel un obus, sur le quai. En proie à la confusion, il pivota sur lui-même en marmonnant d'une voix pâteuse et indignée. Il semblait ignorer le nom de cette station et il tenta d'interroger un adolescent qui montait dans le train. Tolérant et concentré, le jeune garçon contourna l'obstacle. Le poivrot ainsi snobé poussa un long cri strident qui se répercuta tout le long du quai noir de crasse. En l'absence de la moindre réponse, il se mit à tituber en tous sens.

Un jeune couple monta à bord du train. Le garçon resplendissait en arborant le désordre réglementaire de la jeunesse, mais la fille était époustouflante en robe mince avec ses cheveux couleur paille et pleins de santé. Ils s'installèrent juste en face de Manfred, le garçon flanqué par la matrone ulcérée, les genoux de la fille à une trentaine de centimètres de ceux de Manfred. D'un mouvement de colère, la grosse dame se carra sur son siège pour s'écarter autant que possible du jeune homme. Manfred essaya de ne pas regarder la fille. La douleur contractait tous les muscles de son buste. La beauté de cette fille le mettait à la torture.

L'Antillais ivre remonta dans le train au moment précis de la fermeture des portes du wagon. Une manche de sa grosse veste resta coincée entre les bourrelets caoutchoutés de la porte et il se mit à brailler en se débattant pour se libérer. Ses cris avinés étaient d'une violence gênante dans l'ambiance courtoise et feutrée du wagon brinquebalant. L'homme réussit à dégager sa manche, puis il s'assit en sombrant dans un silence outragé. La grosse dame s'indigna tant et plus, pendant que les mains de Manfred calmaient la douleur de son ventre.

Le train s'ébranla en un mouvement laborieux, son moteur hurlant jusqu'au régime supérieur de chaque vitesse avant de retrouver un vrombissement plus supportable. À chaque changement de régime, les têtes des passagers oscillaient comiquement d'avant en arrière. La grosse dame tremblait de manière visible et Manfred lui-même ressentait chaque trépidation à travers la réplique synchrone de son propre ventre.

Devant lui, la jeune fille se tourna vers son amoureux débraillé. Son souffle ébouriffa les cheveux du garçon quand elle lui murmura quelque chose tout près du visage. Dans la paranoïa induite par tous ces chuchotis, Manfred soupçonna une moquerie. Il sentit son malheur grandir encore. Son père avait été hanté par les doubles et par la terreur qu'ils provoquaient. Enfant, Manfred avait jugé cette attitude comique, une tare qui diminuait encore la dignité paternelle. Mais depuis qu'il avait quitté sa femme, toute personne croisée et qui lui ressemblait au moins un peu décuplait le poids de sa perte. C'étaient des fantômes, des voleuses d'âmes. Et la fille assise devant lui était un sosie de la jeune Emma. Son visage, ses cheveux, ses postures mêmes étaient des fac-similés de l'épouse de Manfred, trente ans plus tôt. Il se sentit blessé de devoir contempler ce jour-là cette jeune fille dont le visage appartenait au passé – alors qu'il était si désireux de retrouver l'empreinte originale de ces traits graves et obsédants.

Bien sûr, au cours de ces quelques décennies passées, Manfred avait croisé de nombreuses femmes et jeunes filles qui lui rappelaient son fol amour brisé. Mais la ressemblance avait rarement été aussi exacte, aussi poignante. Elle lui occasionna une ruée vertigineuse de souvenirs inattendus. De lieux et d'événements qu'il avait oubliés. Il souffrit violemment de comprendre tout à coup quelle part d'Emma il avait perdue en l'abandonnant à l'oubli vorace. Et à son tour, cette jeune fille perdrait sa jeunesse, dévorée par ce même oubli. Et peut-être jusque dans les souvenirs imparfaits du jeune homme assis près d'elle.

Redoutant que sa fascination ne devînt trop évidente, Manfred tourna son regard vers la grosse dame. Le Noir dépenaillé venait de s'installer à gauche du monument adipeux, lequel ne savait plus très bien de quel côté se pencher. Son aversion du poivrot luttait contre son dégoût du garçon assis de l'autre côté. Lorsque l'Antillais aviné essaya d'engager une aimable conversation, les yeux de la matrone pâlirent, durcis de répugnance. Elle croisa sèchement les jambes, la chair surnuméraire de ses vastes cuisses cascadant alors sous le nylon du pantalon. Manfred sourit en voyant l'Angleterre de la grosse dame s'écrouler sous ses yeux de fouine. Des Noirs, des jeunes et des Juifs. Jamais elle n'aurait pu rêver conglomérat plus exhaustif de sa détestation.

Il se surprit à regarder une fois encore la jeune fille. Ses yeux marron avaient une nuance foncée presque mate qui absorbait la lumière – et, comme toute beauté, ne rendait rien. En présence d'une belle femme, le vieillard pensait toujours à la mort. En présence de la beauté, il voyait surtout l'avenir de cette beauté. L'âge, la ruine et la mort. Telles étaient les échéances qui accordaient à la beauté sa date de péremption. La perfection engendrait toujours l'évocation de sa ruine. Une fois défigurée, la beauté bénéficiait d'un autre traitement. Quant à Manfred, il avait résumé cette fille à son visage et à sa silhouette. C'était une partie d'elle, et non le tout. Les préjudices encourus par la beauté n'étaient pas très différents de ceux qui s'appliquaient à la laideur. Avenantes ou rébarbatives, les femmes restaient dissimulées par l'architecture de leur chair. La beauté n'était pas une vraie aubaine.

« Hrnthmnth garrgthh tthhhee bbbhhhrrraggghnnm », bafouilla l'ivrogne.

Il pivota sur son siège pour gratifier d'un sourire fraternel la grosse femme (massivement dissimulée par l'architecture de sa chair). La réprobation plissa de nouveau son énorme faciès quand les doigts bruns et boudinés du Noir papillonnèrent en une hyperbole autochtone. Elle saisit craintivement son sac à main.

« Nrrggtgth garrfgghhh mnrghh », ajouta-t-il en souriant joyeusement.

Son oubli personnel était ensoleillé, il désirait seulement partager les joviales vérités dont ses pensées errantes venaient de lui faire part. Il se retourna pour faire face à la nouvelle station qui avait fait son apparition derrière lui. Caledonian Road. Une sensation de déjà-vu illumina son cerveau comme un soleil miteux et l'avenir parut s'éclaircir. Après avoir fait des adieux pleins d'émotion mais aussi de dignité à la rotondité voisine, il réussit à se remettre sur pieds et à chanceler vers la porte. Le jeune homme observait d'un air amusé. La fille se détourna, peu intéressée par cet opéra de la misère.

Le train s'arrêta et se libéra de son chargement humain. Le poivrot fou descendit sur le quai d'un pas un peu plus assuré que la fois précédente. Alors qu'il quittait le wagon, la grosse dame marmonna sèchement que *de telles créatures* ne devraient pas avoir le droit de voyager avec des citoyens décents. Manfred, d'une neutralité méticuleuse, eut un faible sourire. Qui était-il donc pour séparer, juger, quantifier les coupables et les innocents ?

Une petite bande de Londoniens clinquants montèrent à bord du train, lequel repartit une fois de plus. Caledonian Road s'éloigna, souvenir de crasse et de tuiles. Manfred se déplaça inconfortablement sur son siège. Il avait davantage de mal à empêcher ses yeux inoffensifs de se poser sur la jeune fille assise à un mètre à peine devant lui. Il remarqua que le jeune homme l'observait, lui. Le bras de ce dernier enlaça les épaules de la fille pour l'attirer plus près de lui en un geste évident de propriétaire. Manfred baissa les yeux et examina une fois encore ses chaussures innocentes.

Le vieillard se sentait de plus en plus oppressé par l'éclat juvénile du couple. Il se rappela l'époque lointaine où la jeunesse avait aiguillonné toute sa génération, mais tout particulièrement lui-même. Lui aussi avait été jaloux, possessif avec frénésie. Le moindre regard équivalait alors à une incitation à la haine. Et il s'amusait maintenant à faire une telle comparaison entre le jeune homme et lui-même. Ils partageaient déjà beaucoup dans leur amour respectif de ce double.

Le train ralentit. Momentanément, le wagon fut plongé dans l'obscurité. Quand les ampoules se rallumèrent, le train s'était arrêté en silence dans les ténèbres indistinctes d'un tunnel. Aussitôt, les conversations amollies sombrèrent dans le silence et l'inquiétude s'empara de tous les passagers. Tous les regards cherchèrent le sol, à l'exception notable de la matrone corpulente qui continua de scruter les visages, les vêtements et les ongles des autres passagers. Elle tenait à manifester son tempérament imperturbable.

Silencieux, Manfred maudit les coups d'œil impudents de la grosse dame.

Comme l'arrêt se prolongeait, Manfred se mit à craindre d'être en retard pour son rendez-vous avec son épouse. Ces arrêts dans les tunnels duraient parfois une demi-heure, voire davantage. Il ne supportait pas l'idée d'être en retard. Dès que c'était le cas, Emma ne l'attendait pas et ce rendez-vous raté provoquait toujours chez lui davantage de douleur et de colère qu'il n'aurait cru possible. Il regarda sa montre.

Le jeune couple entama une nouvelle conférence à mots couverts, leurs têtes brillantes réunies, arrogants de santé. Les yeux du jeune homme s'attardaient sur Manfred, hostiles et appréciateurs. Son visage se marbrait d'une couleur désagréable dénotant la colère. Pacifique, le vieillard baissa les yeux. Moyennant quoi, les jambes fuselées de la jeune fille emplirent son champ de vision. Manfred sentit le compagnon de la belle bouillonner un peu plus. Le silence était atroce. Avec ferveur, le vieillard pria pour que le train redémarrât aussi vite et bruyamment que possible.

Le jeune homme marmonna une imprécation sonore. Malgré lui, Manfred leva les yeux et croisa ceux de la jeune fille, fixés sur lui. L'expression de la fille était neutre, de toute évidence elle ne comprenait rien. Sous le coup de la panique, la gorge du vieillard se contracta. Le garçon ricana. Manfred prit conscience du dégoût qu'il inspirait à son jeune voisin. Ridiculement, le genou gauche du vieillard se mit à trembler de manière incontrôlable. Il croisa la jambe gauche sur la droite pour tenter d'arrêter ce tremblement comique, mais bientôt les deux jambes se mirent à frémir malgré lui. Encouragé, le jeune homme libéra la fille de son étreinte et il se pencha vers Manfred.

« Tu t'es bien rincé l'œil, espèce de vieux dégueulasse ? »

Manfred déglutit, scandalisé et sans force. Tous les passagers du wagon, vaguement émoustillés par cet incident, le regardaient maintenant. Le vieillard était honteux et terrifié. C'était trop injuste. Rougissant jusqu'à la racine des cheveux, il lutta pour retrouver l'usage de la parole. Le garçon le provoqua de nouveau, les yeux brillant d'une juste indignation.

« Alors, connard ? »

Manfred tenta de répondre qu'il n'avait rien fait de mal. Mais ses paroles furent couvertes par le rugissement du moteur qui repartait et le train se remit à bouger. Sa tête bondit en arrière et il comprit aussitôt qu'il venait de passer pour un cinglé, pour le pervers typique. Le jeune homme éclata d'un rire bruyant et s'adossa à son siège, satisfait. Son bras protecteur enlaça de nouveau les épaules de la jeune fille. La sueur jaillit sur le front du vieillard. La grosse dame scruta le visage de Manfred avec un triomphe ostensible. De toute évidence, cet incident venait de confirmer la plupart des soupçons qu'elle nourrissait à son égard. Et elle en paraissait ravie.

Au grand soulagement de Manfred, le train entra dans la station de King's Cross. Le jeune couple descendit du wagon, le garçon gratifiant Manfred d'un dernier ricanement en guise d'adieu. Manfred se sentait écrasé de honte. Le bref courant d'air de la gare lui balaya agréablement le visage, apportant quelque soulagement, tandis que le train s'ébranlait de nouveau.

Manfred respirait plus librement. Il avait peine à croire

à ce qui venait de lui arriver. Il se rappela avec une précision désagréable qu'en plusieurs occasions lui-même avait jadis eu une réaction similaire. Il s'en était pris à des hommes qui, croyait-il, avaient eu une attitude luxurieuse envers Emma. Il avait failli attaquer un vieillard décrépit dans un café de Soho. Peut-être que ce pauvre vieux s'était seulement souvenu de sa propre version perdue d'Emma.

De nouveau, Manfred examina son visage sur une vitre du train. Le dégoût du jeune homme s'expliquait aisément. Il était bel et bien un personnage pathétique. Simplement vieux, comiquement vieux. Pour les jeunes, tous les vieux se ressemblaient – asexués, dépourvus de la moindre identité. Maintenant, il avait même le nez du vieillard. Son nez avait affreusement changé. Il avait grossi pour acquérir la couleur violacée de l'appendice du vieux poivrot. Du temps de sa jeunesse, de tels organes lui donnaient la nausée. Et maintenant il arborait la même infirmité. Il pouvait examiner cette sensation de l'autre point de vue – de l'intérieur vers l'extérieur. Il était stupéfiant, d'une laideur spectaculaire, un vrai farfadet humain.

Quand Manfred eut seize ans, Tom Richler, un camarade de classe, l'emmena rendre visite au vieux grand-père de Richler, qui habitait une pension de Portsmouth. Le vieillard déclara fièrement être âgé de plus de cent ans, même si sa famille savait qu'il avoisinait sans doute les quatre-vingt-quinze ans. Ignorant les grimaces réprobatrices de Tom, Manfred avait demandé au grand-père comment on se sentait à un âge aussi avancé.

« Vous autres, les jeunes gens, vous êtes pour moi des fantômes. Des rêves. » Le vieillard sourit. « Votre monde est irréel. La plupart des gens avec qui j'ai autrefois partagé le monde sont morts. Vous me croyez solitaire et presque défunt. Mais pour moi, c'est vous qui existez à peine. »

Le sentiment d'obsolescence de Manfred n'incluait pas de tels réconforts. Le jeune homme qu'il venait de rencontrer avait été beaucoup trop réel. C'était Manfred lui-même qui leur semblait éphémère. Il était exilé de leur monde concret, trépidant. Apparemment, il n'avait même plus le droit de regarder. Jusqu'à sa taille qui le trahissait. Il avait autrefois été de taille moyenne, mais il était maintenant plus petit que la plupart des gens. Et puis, les jeunes poussaient vite, les hommes comme les femmes. Maintenant, les écoliers le regardaient de haut. Il n'avait pourtant pas rétréci. Il n'avait pas besoin de rétrécir – simplement, le monde poussait désormais sans lui.

Il regarda la grosse dame assise en face de lui. Pour elle, la vieillesse et la laideur étaient une croix négligeable à porter. Le vieillard lui adressa un doux sourire. Il regarda ses propres mains, puis ses pieds. Il regarda le reflet sur la vitre. Il était vieux. Il était flasque, malade et ratatiné, mais il était toujours *là*. C'était toujours son monde, à lui aussi.

*

La pluie s'était muée en une faible bruine dans l'air terne. Les allées goudronnées de Hyde Park scintillaient tandis que les chaussures marron de Manfred les parcouraient. Le lugubre plafond nuageux avait un peu remonté et Manfred était de nouveau heureux. Son pas acquit le rythme d'une marche décidée. C'était le genre de matinée où il faisait bon être vieux. La vigueur n'avait pas sa place par une matinée aussi maussade.

Il regarda au loin la portion assourdie de Park Lane où des hommes en costume déambulaient lentement en réglant leurs petites affaires. Il se demanda si la pluie allait dissuader Emma de venir. C'était improbable, mais il laissa cette éventualité le torturer brièvement. Une rognure minuscule de douleur se recroquevilla dans son ventre. Son pas hésita, puis reprit son cours normal. Le pincement disparut. Il se demanda s'il devait parler de sa douleur à Emma. C'était une pensée futile, une question réglée d'avance. Il savait très bien qu'il ne le ferait pas.

Un homme et son chien arrivèrent en vue. C'était une créature massive, peut-être un labrador. Sa tête énorme et veloutée était trempée d'humidité et son moral semblait au plus bas. C'était davantage un exercice pour le maître que pour le quadrupède. Bien que sans laisse, ce chien trottait lugubrement près de l'homme, en méprisant ainsi la liberté de l'herbe. Cette folie inoffensive fit sourire Manfred. Il comprenait la réticence de l'animal.

« Splendide matinée », lança l'homme en passant.

Manfred sursauta, peu habitué aux apostrophes amicales en plein centre-ville.

« Oui. Oui... certes », répondit-il avec maladresse.

L'homme ne l'entendit pas. Son chien et lui continuaient de trottiner, sans doute vexés par l'apparent manque de courtoisie de Manfred. Ce jour-là, les rapports humains, aussi insignifiants fussent-ils, se révélaient déjà problématiques.

Manfred s'arrêta à la croisée des chemins. Ce minuscule carrefour lui était familier. Il tournait toujours à gauche de façon à aborder leur banc dans le sens contraire du chemin suivi par Emma. Ces dispositions étaient discrètes et tacites. Il avait souvent été tenté de tourner à droite et de suivre le chemin emprunté par Emma. Il ne le fit jamais, mais ce choix, cette possibilité lui plaisait. Il tourna à gauche.

Son front commençait à le démanger sous le rebord du chapeau mou. Il glissa les doigts sous le ruban intérieur et se frotta les tempes pour les rafraîchir. C'était un geste qui le calmait toujours hors de toute proportion. Une passante, flattée par ce qu'elle prit pour une marque de courtoisie vieux-jeu, lui adressa un sourire amène. Manfred installa son chapeau selon un angle seyant et glissa ses mains glacées au fond de ses poches.

Tout en marchant, il pensa qu'il n'avait jamais imaginé une seconde qu'Emma et lui finiraient ainsi, à partager ces brefs et furtifs rendez-vous. Dans leur jeunesse, la vision de leur propre vieillesse incluait des tableaux sentimentaux où de joviaux grands-parents se voyaient entourés par plusieurs générations de rejetons reconnaissants. Rien n'aurait pu leur évoquer la solitude déracinée de l'ultime vérité. À l'époque, il n'aurait jamais cru cela possible. Et même aujourd'hui, c'était difficilement admissible. Les probabilités et ses ternes mathématiques l'avaient vaincu. Elles lui avaient volé ses rêves de grâce pour les réduire à des bouche-trous, à des spectres inconsistants. Les probabilités avaient fait de lui un imbécile.

Comme il franchissait un virage du chemin, leur banc fut soudain visible. Il aperçut la silhouette assise d'une femme vêtue d'un manteau sombre. C'était Emma. Elle était arrivée avant lui. Son pouls accéléra et le plaisir lui dessécha soudain la bouche. Elle était arrivée avant lui. Son pas se fit majestueux. Le cœur dans la bouche, il marcha jusqu'au banc et s'assit.

Ils restaient silencieux. Manfred se racla la gorge, luttant contre la palpitation nerveuse de son crâne. En s'asseyant, il n'avait pas pris garde aux gouttes de pluie sur le banc et cette eau glacée avait déjà commencé d'imbiber son pantalon et de lui geler les jambes. Au loin, il vit un clochard frigorifié plonger le bras dans une poubelle publique. C'était un spectacle étrangement rassurant. Manfred soupira et parla à son épouse.

« Je n'étais pas sûr que tu viendrais », dit-il.

Le vieillard resta assis sur le banc longtemps après le départ d'Emma. L'air s'était lentement déchargé de son humidité, s'asséchant et refroidissant. Manfred serra l'une contre l'autre ses mains gercées. Malgré le froid, son front transpirait encore. Il se dénuda la tête et se frotta de nouveau le front. À ses pieds, il repéra une mince bande de papier portant l'inscription suivante : DÉCHIREZ SELON LA PERFORATION / SAISISSEZ LE CONTENU ET ARRACHEZ-LE.

Comme toujours, le vieillard se sentait blessé par cette rencontre. Les silences avaient été plus longs qu'à l'ordinaire tandis que tous deux cherchaient tristement les mots les plus neutres possible. Ils avaient beaucoup parlé de Martin et de Julia, l'épouse de ce dernier. Manfred le regrettait. Chaque jour, son fils l'intéressait moins que la veille. La superstition de l'affection paternelle survivait rarement à la maturité de la progéniture. Manfred ne réussissait pas à aimer son fils. Emma en était consciente, mais elle ignorait cette absence de sentiment comme elle ignorait tant d'autres choses. Qu'il en fût ainsi, cela faisait partie du protocole complexe de leurs rendez-vous.

Indépendamment des sujets qu'ils venaient d'aborder, Manfred ne l'avait pas regardée. Il n'avait pas vu le visage de sa femme depuis plus de vingt ans. Il n'avait pas le droit de la regarder. C'était l'une des raisons pour lesquelles Emma l'avait quitté (car, même s'il était parti, c'était elle qui l'avait réellement quitté). Une fois par mois, Manfred s'asseyait sur ce banc, sans jamais la regarder, les yeux aveugles et humides. D'abord presque insupportable, cet embargo, cette cécité était bientôt devenue naturelle. Cette attitude relevait presque du confessionnal. Comme un chrétien, il s'adressait sur le ton de la pénitence à son épouse invisible. Elle lui prenait la main, gantée ou non. Il sentait une chaleur sèche, ferme et merveilleuse.

Lorsqu'il tombait des cordes, elle ne venait pas. Certains jours, il restait là pendant une heure tandis qu'il pleuvait, qu'il neigeait ou qu'un vent violent soufflait par bourrasques et que le parc tout entier frémissait autour de sa silhouette solitaire. Il ne comprenait pas très bien pourquoi elle continuait à le retrouver ainsi. Après les douze premiers rendez-vous, c'était devenu un rituel inaltérable, une manière pour lui de mesurer sa propre existence. Leurs rencontres avaient toute la logique alambiquée d'une intoxication.

Comme toujours ces jours-là, il avait mal au cou. Ses doigts enserrèrent sa nuque pour calmer la douleur. Il avait beaucoup de mal à ne pas tourner la tête vers elle quand elle parlait. Les muscles de son cou se nouaient tandis qu'il luttait contre la tentation de la regarder pour voir les autres histoires que le visage d'Emma lui racontait. Il savait que, s'il essayait de jeter un coup d'œil à Emma, elle se lèverait tout simplement avant de s'en aller. Elle l'avait fait à maintes reprises. Il savait qu'elle l'observait constamment et minutieusement, pour s'assurer de la cécité de son mari. Il était toujours conscient de cet examen invisible. Son propre visage le chatouillait et le démangeait, car il imaginait les yeux de sa femme qui dessinaient et redessinaient encore ses propres traits.

Il constata avec surprise qu'il s'interrogeait très rarement sur l'apparence d'Emma. Néanmoins, la jeune sosie d'Emma qu'il avait vue dans le train modifia son point de vue. Il se mit à spéculer. Lorsqu'elle avait eu l'âge de cette fille, Emma avait été incomparable, d'une beauté affolante. Elle incarnait un mélange de toutes les autres beautés. Son visage était un paysage – une carte des plaisirs évoquant les arbres, les cigarettes, les bons repas parmi d'autre bonheurs. Le visage défait de Manfred était maintenant une ruine, mais Emma n'aurait sûrement pas autant changé. Elle garderait encore des traces de ce qu'elle avait été. Sa ressemblance avec la fille du train serait encore saisissante.

De l'autre côté du parc, rendus muets par la distance, une minuscule bande d'oiseaux s'envola. Manfred se demanda vaguement si leur hivernage était très éloigné. Eût-il été oiseau, il serait resté ici. Un grand jeune homme mince passa devant lui en trottant, ses jambes nues et noueuses fumant légèrement. Tout le monde semblait mobile, sauf Manfred. Il s'adossa au banc, allongea les jambes et croisa les chevilles.

L'invisibilité d'Emma pour ses propres yeux était presque devenue indifférente à Manfred. Il ne l'avait jamais vraiment vue. Elle avait toujours été trop présente dans ses pensées. L'avaient obscurcie les motifs de l'obsession qu'il avait tissés autour d'elle. Lorsqu'elle était enceinte, il l'avait un jour regardée, allongée sur le divan près du piano, et la présence incroyable de cette femme, de cette altérité qui portait un enfant, sous son toit, l'avait frappé de plein fouet. Depuis cet instant, Emma était devenue quelqu'un d'autre. Il comprit que, lorsqu'il la regardait et l'aimait, c'était surtout lui qu'il voyait et qu'il aimait. Sur le divan ce jour-là, il avait été frappé et blessé par son altérité. Alors, très vite, il ne l'en avait aimée que davantage. Cet instant d'isolement, de parfaite et minuscule autonomie de son épouse, brûlait dans son cœur.

Il n'avait pas parlé à Emma de la fille du train. Il ne s'était pas senti suffisamment sûr de la réaction de son épouse. Désormais, il lui disait peu de choses qui risquaient de déraper. L'humeur d'Emma relevait des mots croisés, mystérieuse ou fantasque. Ce jour-là, elle lui avait dit qu'il paraissait malade. Manfred avait répondu qu'il se remettait d'un rhume et, un temps, Emma avait traqué ce mensonge trop évident. Malgré lui, l'ombre qui pesait sur le cœur de Manfred avait alors failli se lever. Mais Emma perdit rapidement tout intérêt pour ce sujet et parla d'autre chose.

Le vieillard songea bientôt à rentrer chez lui. Le bois humide sous son corps était encore froid et maintenant il avait les cuisses frigorifiées. Il savait que cet inconfort lui occasionnerait plus tard des pointes de douleur, mais pour l'instant il était insensible à tout excès inflammatoire. Il se sentait heureux de rester encore un peu là. Il était agréable d'être, même brièvement, affranchi de la douleur, et son épaule percevait encore les ondes du contact d'Emma assise auprès de lui. La chaleur de son épouse n'avait pas réussi à traverser ses vêtements, mais la sensation demeurait et il la cajolait davantage que l'étreinte sèche des mains d'Emma autour des siennes. Il décida de s'attarder encore.

Ils ne se reverraient pas avant un mois. Manfred se demanda s'il ne serait pas mort avant. Le mal en lui faisait lentement son œuvre, mais il ne pouvait être sûr de rien. S'il devait mourir, il aurait peut-être souhaité une dernière rencontre plus dramatique, mais il savait qu'il n'y aurait jamais droit. Il décida qu'en tout état de cause il était satisfait.

Il alluma sa deuxième cigarette de la journée et se réconcilia avec le froid. Un autre homme passa devant lui en courant. Cet homme était plus lourd que le premier, l'effort le faisait haleter davantage. Manfred eut un sourire de plaisir. Concentré et prêt, il restait assis dans un silence indolore.

Six
(1947-1950)

Par un mois de novembre implacable, Manfred rentra en Angleterre. La guerre avait beaucoup changé Londres. La ville était tavelée de gravats et de poussière. Des rues entières avaient disparu, des trous et des béances ponctuaient presque tout l'ancien quartier de Manfred comme une denture cariée. Berlin avait été assassinée et enterrée par la guerre, mais Londres continuait de vivre vaille que vaille, blessée mais robuste. Pour Manfred, il était plus facile de supporter Berlin.

Londres était parsemée de petites réunions maladroites d'anciens camarades, méconnaissables dans leurs vêtements civils. Leurs discours étaient uniformément timorés et furtifs. Beaucoup avaient sombré depuis la fin de la guerre. Beaucoup étaient hébétés et pauvres. À leur retour, ils avaient découvert leur vie davantage en ruine que leur foyer. On leur avait volé leur emploi quand il n'avait pas disparu purement et simplement, leur épouse s'était évaporée ou elle était morte. Ils n'étaient certes pas les héros qu'ils avaient compté incarner. Ils découvrirent que le fruit de l'admiration civile pourrissait rapidement. Les distinctions de classes reprenaient tranquillement leur droit. Les officiers, avec lesquels ils avaient mangé, dormi et partagé les latrines, disparurent dans leur monde étanche. Les hommes étaient isolés. Avec un casque en fer-blanc sur le crâne et un pistolet à la main, ils avaient oublié toutes les difficultés que la vie risquait fort de leur apporter bientôt. Ils se sentirent dupés, trahis. On les lâcha dans la nature avec un costume de démobilisé et une valise en carton – des vêtements bon marché pour gens bon marché. Ils étaient chez eux.

Comme Berlin, Londres accueillait certains de ces rares Juifs qui avaient survécu aux camps et bon nombre de ceux qui avaient fui l'Europe avant la guerre. C'étaient des Juifs blessés, que des souffrances informes avaient rendus cataleptiques. Leur présence en ville était un reproche. Les suicides se multipliaient. Les Gentils britanniques furent lents à sympathiser. Toute l'Europe avait été démolie, et eux-mêmes avaient souffert et saigné si longtemps que les morts juifs semblaient perdus dans la foule. La forme de ce massacre dégoûtait, mais *la perte*, la diminution réelle du nombre des vivants, passait presque inaperçue au milieu de la boucherie générale.

La guerre avait meurtri Londres, mais la guerre avait été gagnée. La victoire était cruciale. C'était une feuille de vigne pour la honte et les souffrances de la ville. Lorsqu'il rentra chez lui, Manfred vit tout ce que Londres avait perdu sans rien gagner en retour. Comme des milliers d'autres soldats épuisés, Manfred erra à travers la ville brisée dans son costume à deux sous et ses chaussures en carton. Londres faisait pénitence ; boutiques qui ne vendaient rien, cafés sans nourriture, maisons vides. La ville était pie, bâtarde. C'était un brouillard flou de pittoresque remémoré, la mort de l'espoir ancien.

Manfred trouva un emploi chez un lugubre compagnon menuisier de Bethnal Green. Le salaire était dérisoire, mais suffisant pour lui permettre de louer une chambre miteuse près de Petticoat Lane. Sa mère protesta. Elle était furieuse qu'il ne revînt pas vivre avec elle. À l'en croire, la guerre lui avait coûté deux fils. La mort de son frère rendit encore plus humiliant le refus de Manfred d'habiter avec elle. Elle se sentit trahie et elle se plaignit injustement et amèrement de la rareté des visites de son benjamin. Mais plus elle se plaignait, moins Manfred venait la voir.

Son nouveau travail lui plaisait. Et son employeur maussade était un artisan merveilleux et instinctif. Après le métier de soldat, Manfred trouva la menuiserie absorbante et belle. L'odeur et le contact du bois neuf emplissaient ses journées. Lorsqu'il rentrait chez lui, il ôtait les copeaux de bois pris dans ses cheveux, mais l'odeur citrique des planches restait. Il apprit que le bois pouvait être souple et malléable, une page blanche où dessiner. À mesure que ses mains devenaient plus habiles, son esprit s'apaisait. La guerre datait d'hier, mais elle semblait oubliée.

Ses soirées étaient variées, mais le plus souvent solitaires. Parfois, il buvait avec quelques anciens camarades du bataillon dans une succession de bars lépreux de Whitechapel. Il rendait visite à sa mère et écoutait sans amour ses doléances ainsi que ses chagrins.

Mais le plus souvent, il se contentait de marcher dans son quartier jusqu'à ce qu'il se sentît assez fatigué pour dormir. Les lumières de la ville le calmaient. Leur lueur jaune évoquait à ses yeux le comble de la vie civile. Les fenêtres éclairées lui avaient toujours redonné espoir, à l'homme fait comme au jeune garçon. Des projets se formaient lors de ces promenades sans but. Il fumait d'innombrables cigarettes infectes et échafaudait de fragiles projets. Comme tous les hommes de sa connaissance, la guerre avait ralenti la vie de Manfred. Certains de ces hommes commençaient à peine de reprendre le cours normal de leur existence. Manfred était plus lent. Il continua de marcher dans les rues proches de sa chambre en repoussant son avenir nuit après nuit.

Alors Tapper revint. Six mois après le retour de Manfred à Londres, il reçut une lettre chez sa mère. Apparemment, Tapper avait quitté Berlin en quatrième vitesse après que certaines de ses affaires eurent tourné en eau de boudin avec ses amis américains. Ses entreprises naissantes avaient été tuées dans l'œuf par les Américains et Tapper avait fui Berlin peu de temps après Manfred, avec des liasses de dollars cousues dans tous les vêtements qu'il possédait. Il cherchait maintenant de nouvelles opportunités pour ses talents très particuliers. Il croyait avoir découvert la poule aux œufs d'or. Il avait déjà retrouvé Spike pour l'enrôler dans ses nouveaux projets. Il suggérait une rencontre avec Manfred à sa nouvelle adresse, les Assassins, sur Commercial Road.

Une semaine plus tard, les trois hommes se rencontrèrent aux Assassins. Manfred était mal à l'aise. Il avait déjà assisté à trop de réunions désespérées où des hommes cherchaient à ranimer les passions enfouies de leur amitié du temps de guerre. D'habitude, ces passions étaient enterrées trop profond et ces hommes n'avaient plus rien à partager sinon les pâles récits de leur guerre commune, avec une hilarité déclinante et des sourires vides.

Comme prévu, la femme de Spike l'avait plaqué pour s'acoquiner avec son frère. Cruellement, Spike s'était retrouvé au ban de sa famille pour cette raison même. Tous le jugeaient responsable de la situation à cause de sa passivité. Le pauvre Spike but comme un trou en racontant ses malheurs. Les grandes injustices, qu'il avait toujours semblé craindre et attirer tout à la fois, s'étaient concentrées sur lui et Spike était tout sauf surpris par son infortune présente. Manfred remarqua aussi qu'il paraissait avoir beaucoup vieilli.

Tapper ressemblait plus que jamais à un jeune voleur à la tire. Il avait toujours été différent, particulier, même et surtout lorsqu'il était détesté. Tapper était assis au bar, vêtu d'un costume à la vulgarité criarde, il se moquait de l'aimable Spike et de ses malheurs ; alors le moral de Manfred remonta en flèche. Il furent bientôt ivres. Les souvenirs de la guerre restèrent enfouis, ils évoquèrent l'avenir. Tapper exposa son projet.

Londres grouillait de réfugiés juifs, dit-il. Ceux qui étaient arrivés avant la guerre s'en tiraient mal, mais ceux qui étaient arrivés au cours de ces deux dernières années étaient en train de se noyer. Ces gens cherchaient désespérément un foyer. Tapper comptait leur fournir ces foyers tant désirés. Il n'y avait rien de plus simple ni de plus lucratif.

Tapper dit que c'était Manfred qui lui avait donné cette idée. Il n'avait pas oublié les innombrables conversations dans le désert, quand il avait si souvent cuisiné Manfred sur sa judéité. Tapper avait été affamé de détails ; l'intriguait surtout le refus catégorique de Manfred de changer de nom, de troquer contre un autre patronyme son nom beaucoup trop allemand, beaucoup trop juif, alors même que dans cette guerre il s'était révélé bien difficile à porter.

Maintenant, poursuivit Tapper, les Juifs changeaient frénétiquement de nom. Dans tout Londres, on amputait à tour de bras et on jetait aux orties les berg et les stein. On leur substituait des versions anglaises plus neutres – des tombereaux de Green, de Brown et de White. Des blagues alors très en vogue s'interrogeaient sur le nombre de couleurs différentes que pouvait arborer un Juif. Et Tapper se rappelait la ténacité avec laquelle Manfred s'était accroché à son unique couleur.

L'idée de Tapper était simple. Il achèterait des maisons, beaucoup de maisons, si possible des rues entières. Puis il les louerait aux nouveaux Juifs de Londres. Il créerait ses propres ghettos lucratifs et, en passant, rendrait aussi service aux Juifs.

La cerise sur le gâteau, c'était que, même si les Juifs étaient exploités, humiliés et détestés, si eux-mêmes amputaient leur nom de toute judéité, Tapper allait faire le contraire. Il allait modifier son nom pour le rendre *davantage* juif. Alors il articula fièrement les trois syllabes de son nouveau patronyme : *Tapperstein*. Qui pourrait davantage bénéficier de la confiance des Juifs terrifiés et scarifiés de Londres, qu'un propriétaire nommé Tapperstein ? Il allait faire figure de rédempteur. Il allait toucher le gros lot.

Manfred, dans son ébriété, en resta bouche bée. Tapper leur dit, à Spike et à lui, qu'il avait besoin d'eux. Manfred ferait office de gérant et d'encaisseur de loyers. Spike serait l'homme de main, toujours prêt à user de ses poings. Avec le nom de Tapper(stein), le visage de Manfred et les muscles de Spike, il allaient convaincre, ils allaient séduire. Les opportunités étaient illimitées. Tapper n'en revenait pas qu'aucun petit malin de Juif n'y ait pas déjà pensé. La mise en route serait peut-être difficile, mais il avait juste sauvé assez d'argent de Berlin pour mettre cette juteuse affaire sur pied.

Maintenant, tous les trois étaient ronds comme des queues de pelle. Tapper laissa entendre qu'il s'occupait déjà de quelques filles vers Notting Hill. Le maquereautage de son ami ne dérangea nullement Manfred. Il était trop saoul pour émettre la moindre objection. Le projet de Tapper relevait de la magie – il était absurde mais merveilleux. Les trois hommes baignaient dans l'euphorie de la bière, Manfred et Spike promirent d'une voix pâteuse de travailler pour Tapper. Alors leur futur employeur s'écroula ivre mort sur la table et Spike se mit à pleurer à cause de sa femme. Après avoir fait le serment d'être le capitaine du navire envapé de Tapper, Manfred rentra chez lui.

Le lendemain matin fut un purgatoire. La tête de Manfred était à la fois morte et à vif, sa chair blême infestée de crampes. Il s'était déchiré la manche et entaillé le bras lors d'une chute oubliée, tout son corps se convulsait de douleurs diffuses. Crucifié par la souffrance et le remords, Manfred se lava, s'habilla et partit travailler d'un pas chancelant. Lorsqu'il arriva encore groggy à la menuiserie, il découvrit avec une stupéfaction hébétée son employeur en grande conversation avec un Tapper miraculeusement frais. Dès qu'il remarqua la présence de Manfred, Tapper le salua d'un large sourire et lui annonça qu'il venait tout juste de présenter au menuisier la démission de Manfred. Celui-ci travaillait désormais au service de Tapper.

Moins d'un mois plus tard, Manfred se réjouit. Ils avaient déjà acheté un grand nombre de biens immobiliers et, ainsi que Tapper l'avait prédit, ils trouvaient sans problème des locataires. Tapper avait un talent inouï pour ces acquisitions. Il harcelait les propriétaires de tous les immeubles dégradés qu'il pouvait repérer. Il les cajolait avec des récits atterrants de la dépression de l'après-guerre, des logements publics et du caractère incessamment invendable de leur bien. Il réussissait à les convaincre qu'il leur rendait service. En général, ils vendaient vite et avec soulagement.

Il avait mis au point deux techniques de base. Parfois, il proposait un tiers de la valeur d'une maison et concluait l'affaire. En d'autres occasions, il payait le double de ce que valait réellement quelque ignoble masure. Et dans tous les cas, il finissait par s'en tirer à son avantage. Quand il achetait bon marché, les propriétaires voisins paniquaient en apprenant une telle dégringolade de la valeur de leur bien, puis Tapper entrait en scène et leur réglait bientôt leur compte dérisoire. S'il payait une maison plus que son prix réel, les autres propriétaires de la même rue entendaient parler de ce prix faramineux et sentaient la bonne affaire. Prenant Tapper pour un imbécile, ils lui demandaient de faire une offre les uns après les autres, et Tapper payait chaque parcelle de moins en moins cher.

Tapper comprit qu'il était facile d'acheter ; il savait que la vente relevait d'un art beaucoup plus instable. Une fois instillée dans un esprit l'idée qu'il pouvait vendre quelque chose, alors toute vente inaboutie était un échec patent. Le désir croissant de vendre pouvait seulement faire diminuer le prix. Tapper se mit à accumuler des rues entières, commençant par payer rubis sur l'ongle et finissant par acquérir une rangée de maisons pour le quart de leur valeur cumulée. C'était un génie.

Les rumeurs selon lesquelles il logeait ensuite des Juifs, des Nègres et des Chinois diminuaient encore le prix qu'il devait payer. Il prenait grand soin d'alimenter personnellement ces rumeurs et d'y ajouter une kyrielle de ses propres détails sensationnels. Durant plusieurs semaines, un journal à diffusion nationale publia une série d'articles apocalyptiques sur une vaste opération immobilière orchestrée par le milieu chinois pour s'emparer de Camberwell. Toutes ces informations se fondaient sur une rumeur d'effondrement des prix de l'immobilier, concoctée par Tapper un soir qu'il gisait ivre sur le plancher du bar des Assassins. À un certain moment, il acheta presque une maison par jour. Sa cupidité était sans limite, ses ambitions ne connaissaient nul obstacle.

Tapper était un poète de l'argent. Il comprenait à merveille la métrique malléable du prix et de la valeur. Le prix était pour lui une fiction. Rien n'avait de valeur tant qu'un acheteur n'y croyait pas. Manfred le regardait embobiner et donner le tournis à tous les vendeurs. Ses costumes vulgaires et son visage enfariné d'éternel adolescent ne réussissaient pas à entamer son autorité. Les vendeurs durs à cuire se liquéfiaient devant lui. Tapper croyait mordicus que son prix était le seul concevable. Une fois que Tapper avait procédé à son évaluation, le prix était non négociable, fixé pour l'éternité.

Parfois, il ne visitait même pas les biens qu'il achetait. Dès qu'il les avait acquis, il s'en désintéressait tout à fait. L'immobilier n'était certes pas sa passion. C'était l'achat qui l'excitait. L'acte de l'achat était tout. Ses petits yeux chafouins s'embrumaient et rougissaient pendant qu'il marchandait. Ses mains tremblaient, sa peau se couvrait d'une pellicule de sueur grasse. Et quand une vente se révélait trop facile, il en était presque déçu. Son unique talent lui procurait un plaisir démesuré.

Comme promis, Manfred s'occupa des locataires et des loyers. Un grand nombre de ces immeubles étaient délabrés et sordides, mais les locataires se montraient rarement querelleurs. Manfred remarqua qu'apparemment il leur faisait peur. Ils se montraient excessivement respectueux, voire ouvertement obséquieux. Il essaya de paraître sympathique et amical, mais en vain. Ses flatteries passèrent simplement pour une technique coercitive plus subtile que la réprimande et les menaces habituelles.

Il avait affaire à des familles détruites par la pauvreté. Il redoutait de frapper à la porte de nombreuses maisons. Il entendait certains refrains invariables, inévitables. On allait le payer la semaine suivante. Pour l'instant on n'avait pas la somme due, mais on attendait une rentrée d'argent imminente. Les piètres excuses et les suppliques larmoyantes lui devinrent bientôt insupportables. Il essaya de maquiller la comptabilité afin d'accorder à certaines familles un délai supplémentaire d'une semaine ou deux. Mais Tapper se montrait impatient et brutal. Il conseilla la fermeté à Manfred. La charité, expliqua-t-il, leur ferait perdre leur emploi à tous les trois.

Le sort des enfants surtout désolait Manfred. Tous semblaient misérables, sous-alimentés, craintifs. Il savait que de nombreuses mères menaçaient leurs enfants du spectre du *receveur des loyers*. Il s'attristait de passer à leurs yeux pour l'incarnation du mal. Les enfants lui jetaient des regards terrifiés.

Il découvrit bientôt la raison de leur peur. Il entendit certaines rumeurs sur les méthodes utilisées par Tapper pour traiter les arriérés de loyer et autres sources d'irritation. On parlait d'expulsions sommaires, de menaces et même de passages à tabac. Ce n'était pas un hasard si Spike, le colossal Gentil au pas pesant, était omniprésent dans tous les immeubles appartenant à Tapper. Spike terrifiait les locataires. Beaucoup pensaient que M. Tapperstein était tombé sous sa coupe. Un peu plus tôt, il y avait eu quelques problèmes lorsqu'un rival s'était indigné des succès rapides de Tapper(stein). Les vitres du bureau miteux de Tapper furent brisées et sa voiture endommagée. Il y eut des effractions et des menaces. Spike et deux de ses amis encore plus musclés que lui réglèrent violemment ce différend. Là encore, Tapper prit grand soin de faire circuler parmi ses locataires le récit de cette mise au pas : peu de ces derniers prirent ensuite le risque de payer leur loyer en retard. Cette menace avait beau être diffuse, elle eut des effets immédiats. Ces gens avaient tellement souffert aux mains de tellement d'autres gens que la coercition voilée de Tapper parut presque inoffensive. Il n'y eut pas la moindre plainte.

Cette situation mettait Manfred mal à l'aise. Mais la servilité fut chez lui plus forte que la révolte. L'énergie et la conviction de Tapper étaient ahurissantes. Tapper connaissait bien son ami. Il maintint la fiction selon laquelle Manfred ignorait tout des filles dont il s'occupait dans toute la ville. Les deux hommes savaient pertinemment que les objections de Manfred resteraient en sommeil tant qu'il pouvait feindre l'ignorance. Manfred avait besoin de Tapper. Il dériverait de manière beaucoup plus dangereuse si jamais il s'écartait du sillage indomptable de son employeur. Ainsi, il se contentait volontiers d'être remorqué par Tapper.

Même s'il gagnait désormais beaucoup plus d'argent que par le passé, Manfred habitait toujours son ancienne chambre de Petticoat Lane. Elle était toujours aussi misérable et peu pratique, mais elle normalisait d'une certaine manière le chemin que sa vie avait pris. Le soir, lorsqu'il la retrouvait, tous les excès et l'électricité de Tapper lui semblaient lointains et irréels. Chez lui, Manfred réussissait à rassembler sa personnalité falote face à la domination écrasante de son employeur.

Il ne se promenait plus dans son quartier en rêvant à des projets d'avenir. Ces projets survivaient encore, mais réduits à la portion congrue. Manfred avait honte de son nouveau travail. Il se mit à rester éveillé pendant la nuit, allongé sur son lit, fixant des yeux l'étrange luminescence de son plafond souillé. Il laissait la fenêtre ouverte et l'air obscur, froid ou chaud, se déplaçait dans la chambre, brassant les papiers et balayant la poussière sur les étagères. Dans ses pensées, grouillaient les visages des locataires qu'il avait vus ce jour-là. Les pauvres Juifs brisés qu'il volait. À son chevet, dans la chambre enténébrée et par la fenêtre ouverte, la ville semblait lui chuchoter des confidences tandis qu'il restait allongé là, pour pardonner, pour expier.

Six mois après avoir commencé de travailler pour Tapper, Manfred rencontra Emma. Il venait de collecter les loyers dans un groupe de maisons de Hatch Street. La qualité particulière de la matinée l'avait déjà empli d'optimisme. La lumière neutre, lavée, semblait receler maintes promesses. Ce n'était pas le genre de journée qu'on consacrait à prendre l'argent des pauvres, mais aucune journée ne convenait à cette activité, ce qui n'empêchait pas Manfred de continuer à le faire.

Lorsqu'il eut fini de collecter les loyers dans les immeubles habituels de la rue, Manfred chercha le nouvel immeuble que Tapper venait d'acheter. C'était une grande bâtisse délabrée dont le flanc élevé lui faisait face. À une fenêtre de ce mur, il aperçut une jeune femme debout devant un miroir, qui se coiffait avec une brosse. Il discernait mal ses traits, mais sa posture et la grâce de ses gestes étaient saisissantes. Il regarda longuement et son pas se ralentit. Il sortit de son sac un nouveau livre de comptes. Lorsqu'il leva de nouveau les yeux, il découvrit avec surprise une vieille femme, toute osseuse et ratatinée, qui se brossait les cheveux à la même fenêtre. La jeune fille avait disparu comme si elle n'avait jamais existé. La vieille dame jeta un coup d'œil par la fenêtre et son regard croisa alors celui de Manfred. Le receveur des loyers porta la main à son chapeau et la vieille dame inclina la tête en un geste patricien.

Quand il frappa à la porte, ce fut la vieille femme qui lui ouvrit. Lorsqu'elle comprit qu'il était le receveur des loyers, elle le guida dans la cuisine, le seul lieu convenable pour les représentants de commerce et leurs émules. Elle prépara du thé pendant que Manfred, assis sur un tabouret filiforme, essayait d'expliquer la raison de sa venue. Quand la vieille femme découvrit que Manfred était juif, sa morgue s'atténua. Quand il la complimenta à cause de son thé, elle devint volubile.

Elle lui apprit qu'elle vivait seule avec sa nièce. C'était une famille de Juifs tchèques. La vieille dame avait quitté Prague avant la guerre, mais la jeune fille et ses parents avaient été fait prisonniers durant l'occupation. Toute la famille avait été liquidée. Sur une quarantaine de parents, il ne restait plus que la vieille femme et sa nièce.

Après la guerre, la vieille femme avait recherché sans espoir quelques parents survivants. Des Juifs éplorés, tant britanniques qu'américains, avaient mis sur pied des groupes de recherche et, grâce à l'aide d'un de ces derniers, on avait découvert sa nièce à Berlin. Elle vivait alors dans une école en ruine, avec un petit groupe de femmes qui avaient survécu à Birkenau. Elle était sous-alimentée, mal habillée et muette. La jeune fille retrouva bientôt sa tante.

Elles vivaient maintenant ensemble depuis près d'un an. La santé de la jeune fille s'était améliorée et elle était devenue très jolie. Mais elle demeurait silencieuse et réservée. Elle parlait peu, et jamais de la guerre. La tante avait tenu à ce que sa nièce renonçât à son prénom de Rosza pour adopter celui d'Emma. C'était là un bon prénom anglais, un prénom qui permettrait à la jeune fille de trouver plus facilement un emploi et peut-être même un mari. Rosza devint Emma sans discuter et trouva, comme prévu, un emploi dans une mercerie de Camden Town.

Manfred ne vit pas la jeune fille tandis que la vieille dame parlait. Il entendit les doux craquements et autres frottements de quelqu'un qui marchait à l'étage sur le plancher en bois, mais la jeune fille ne se présenta à aucun moment. Il prit grand soin de paraître neutre pendant que la vieille dame lui racontait son histoire. Il était maintenant habitué à de telles histoires. La plupart des gens qui vivaient dans les maisons de Tapper avaient beaucoup souffert de la guerre et presque tous essayaient de lui en parler. Comme s'ils pouvaient s'en débarrasser à force de paroles, métamorphoser ces épisodes douloureux en pâles souvenirs par la simple vertu de leurs confidences. Manfred avait mis au point une réaction régulière, faite de sympathie et de stupéfaction hébraïques. Mais désormais, ces histoires l'émouvaient rarement. Les femmes épuisées et les hommes hantés étaient trop nombreux pour qu'on pût avoir pitié d'eux tous.

C'était néanmoins différent avec cette fille. Elle était apparue à la fenêtre comme la jeune fille d'une fable. Tandis qu'il écoutait la vieille dame, l'invisibilité de la jeune fille et le récit de ses souffrances en faisaient un personnage magique à ses yeux. Et il se moqua bientôt de savoir si, lors du premier et bref regard qu'il lui avait lancé, il s'était peut-être trompé sur sa beauté. Bref, il était ensorcelé.

Ensuite, il resta planté sur le trottoir devant leur maison. Il se sentait transfiguré, immense. Il leva les yeux vers la fenêtre où il l'avait vue. Il n'y avait personne. Baissant les yeux vers ses propres mains, il vit qu'elles étaient rouge pivoine. Son corps tout entier lui semblait cramoisi, comme ébouillanté. Alors il décida de tomber amoureux de cette jeune fille.

Le même après-midi, Manfred interrogea Tapper sur ses nouveaux locataires. Comme d'habitude, Tapper manifesta une ignorance crasse. Il n'avait pas vu la nièce et avait seulement rencontré brièvement la vieille dame. Il s'amusa de voir Manfred aussi perturbé par une femme. Mais, curieusement, il ne lui conseilla pas de corrompre la fille. Devinant quelque mystère, il se réfugia dans un silence patelin.

« Cette fille t'intéresse ? demanda-t-il enfin.

— Oui. »

Tapper éteignit son cigare à deux sous.

« Fais gaffe. Ce genre de truc mène droit au mariage si l'on n'y prend garde. »

Manfred éclata de rire.

Le lendemain était jour de sabbat. Manfred étonna sa mère en lui rendant visite. Elle semblait inerte et passive. Manfred remarqua qu'elle avait soudain l'air très âgé. Elle ne pouvait pas avoir beaucoup plus de cinquante ans, mais elle était voûtée et très mince. Il lui parla d'Emma. Elle écouta patiemment, son visage inexpressif parfaitement immobile. Manfred eut de nouveau l'impression d'être un fils. Une fois encore un lien existait entre eux, le fil le plus ténu de l'amour. Ils parlèrent toute la journée en buvant du thé froid. Sa mère lui dit qu'il devait faire sienne cette jeune fille.

Au cours des mois qui suivirent, Manfred continua de collecter les loyers hebdomadaires, chaque semaine s'organisant autour de la visite à la maison d'Emma. Il collectait donc les loyers de Hatch Street en dernier, le vendredi soir, afin qu'elle fût rentrée de son travail lorsqu'il passait. La vieille dame s'était entichée de lui et il restait le plus longtemps possible. Il découvrit qu'il ne s'était pas trompé sur la beauté de la jeune fille. Emma évoluait en silence et avec grâce dans le décor lugubre de la petite cuisine où l'on invitait toujours Manfred à s'asseoir. Depuis ses cheveux couleur caramel jusqu'à ses yeux sombres et mats, tout en elle l'émouvait. Lorsqu'elle le frôlait, il baignait soudain dans les ondes de chaleur qu'elle irradiait. Près d'elle, il bredouillait comme un enfant. Il perdait alors toute jugeote et parlait absurdement de balbuzards ou d'horticulture. Son regard réduit en esclavage restait rivé à la silhouette d'Emma. Dès qu'elle lui adressait la parole, il pâlissait et tremblait.

La vieille dame le perça bientôt à jour. Un soir qu'Emma était restée travailler, Manfred et la tante se retrouvèrent seuls. La vieille dame lui fit des reproches. Elle était lasse des tergiversations du receveur des loyers. Elle établit pour lui une stratégie amoureuse. Le manque d'assurance n'aboutissait à rien. Elle lui dit que, s'il désirait courtiser sa nièce, alors il devait annoncer directement ses intentions. La vieille dame prévoyait un succès. Ainsi, lorsque Emma rentra, il se déclara.

Deux mois plus tard, elle occupait toute l'existence de Manfred. Quand il n'était pas avec elle, il passait des journées sans lumière. Ses heures filaient, désespérées, dans la grisaille londonienne et les grands sentiments. Il était exubérant et pointilleux. Il acheta un costume de deuxième main et se mit à porter deux pantalons l'un sur l'autre afin de donner un peu de volume à ses jambes trop maigres. Il avait la tête farcie d'une musique angélique et son monde était vermeil.

Il se perdit. Ils avaient droit à peu de temps ensemble et ils étaient rarement seuls. La tante se montrait stricte et intraitable, Emma lui obéissait sans se plaindre. Le plus souvent, les deux amoureux restaient simplement assis dans la cuisine, les rares soirs où il était autorisé à passer. Manfred bavardait aimablement tandis que la vieille caquetait autour d'eux, quittant ostensiblement la pièce de temps à autre afin qu'ils puissent concocter quelque chaste projet de mariage. Il regardait son visage en parlant. C'était un visage grave, sombre mais beau. Il se sentait étouffer et s'affoler d'une chose qu'il imaginait être l'amour. C'était un sentiment pénible, aussi incendiaire à ses yeux qu'une maladie ou une blessure.

Le gradient de sa vie augmenta. Il devint imprévisible. Il y eut une rixe dans un bar à cause de la remarque vulgaire d'un ami. Manfred perdit une dent mais cassa un nez. Il devint la proie de crises de larmes irraisonnées. Toutes ses pensées étaient des fragments de l'amour. Emma devint la partie la plus tendre, la plus précieuse de son être. En présence d'Emma, il se montrait maladroit. Il renversait le café par terre, il lui marchait sur les pieds, il disait des bêtises. Un dimanche, ils partirent à la campagne au nord de la ville. Ils emportèrent du vin et des viandes froides, ils mangèrent dans un cimetière abandonné en utilisant une pierre tombale en guise de table. Quand il se mit à tomber des cordes, ils s'abritèrent sous le porche de l'église en ruine. Il lui vola un baiser tandis que la pluie tombait par les trous du toit. Elle s'abandonna contre lui, leva son visage vers celui de Manfred. La peau d'Emma fut du velours contre le visage de son amoureux.

Ils se marièrent dans l'année. La nuit précédant la cérémonie, Manfred la passa à marcher dans la ville comme il faisait souvent. Il marcha jusqu'à l'aube. L'obscurité s'approfondit, se fit plus dense, puis se dissipa graduellement au point du jour. Déjà vêtu de son habit de mariage, élégant et solitaire dans le froid, Manfred se sentait invincible. Il pensait à la jeune fille qu'il allait épouser. Récemment, elle était devenue un être opaque, obscurci par le masque que l'amour de Manfred posait sur son visage. Cette nuit-là, le jeune homme eut son premier vrai pressentiment de la mort. Malgré son euphorie, l'air semblait imprégné par la température de la mort, muscles glacés et charpente frigorifiée. Emma n'avait jamais évoqué ce qui lui était arrivé pendant la guerre, mais il la savait remplie de mort. Une semaine plus tôt, Manfred était passé assez tard chez les deux femmes. Emma était au lit. La tante tenait à ce qu'elle y restât. Elle s'affairait dans la cuisine tandis que Manfred formulait sa requête. Il se glissa jusqu'à la chambre de la jeune fille et ouvrit la porte. Il regarda à l'intérieur et vit Emma endormie, la main posée sur le visage, gardant son souffle de peur qu'on ne le lui volât. Il sortit sans la déranger et pensa alors que la pitié, oui, la pitié constituait l'essentiel de l'amour.

Il y eut beaucoup d'invités pour ce mariage juif. Des hommes et des femmes qu'il n'avait pas vus depuis quinze ans y assistèrent. Et il y eut un nombre encore plus grand d'hommes et de femmes qu'il n'avait *jamais* vus. La tante d'Emma avait enrôlé tout un régiment de matrones sentimentales et tous les gens que la mère de Manfred n'avait jamais rencontrés étaient présents. Tapper occupait une position centrale, très flatté d'être invité à une telle cérémonie juive. Il avait manifestement préparé sa prestation, et à la moindre occasion on pouvait l'entendre chanter Hatikvah à des invités stupéfiés. Manfred dut passer une demi-heure à le dissuader d'essayer d'impressionner le rabbin par sa connaissance des Saintes Écritures.

Il faisait très beau, le couperet du soleil hachait des tranches lumineuses d'espaces et d'invités comme les photos d'un passé récent. Emma était pâle et bouleversante. Ils restaient sous l'auvent du mariage, sourds aux exhortations marmonnées par le rabbin. Cet auvent filtrait l'éclat du soleil en une lueur improbable, pleine d'espoir. Manfred eut le sentiment que c'était trop beau pour être vrai.

Il espéra que l'optimisme de cet auvent présiderait aussi à leur mariage comme il devait le faire. Il espéra qu'il ne jetterait aucune ombre.

Sept

Les oiseaux pépiaient et gazouillaient derrière la fenêtre de la salle de bains de Manfred tandis qu'il déféquait ; les volatiles accordaient à cette affaire, pensa-t-il, une légère et inhabituelle atmosphère pastorale. Le siège des toilettes était maintenant tout luisant et miroitant de transpiration. Manfred s'essuya le visage avec du papier toilette. Sa panique semblait avoir atteint son apogée. Mais l'holocauste intestinal refluait. Son rectum lui paraissait brûlant et livide, comme s'il venait d'expulser une lave en fusion ou des barres de titane.

Ni la constipation ni son contraire, les vingt dernières minutes de Manfred avaient été aussi haletantes et irréelles qu'une naissance monstrueuse. Sa chair s'était dilatée au-delà de toute vraisemblance naturelle, il avait pleuré de douleur et de honte. Maintenant, son déclin était vraiment en route. Au cours de la semaine précédente, les murs impassibles de sa salle de bains l'avaient vu grommeler et grincer des dents à travers l'œil écarquillé de la cuvette. Trois jours plus tôt, il y avait eu du sang dans ses selles, et en grande quantité. Un sang très sain, un sang très sain et visqueux, brillant et coloré. Maintenant il n'y faisait même plus attention.

Tout en s'essuyant, Manfred se demanda ce que précisément augurait cette évolution nouvelle. Il ignorait presque tout de l'étiologie du colon, mais il imagina que l'expulsion de matières aussi prodigieuses désignait quelque stade final. Par ailleurs, il se sentait de plus en plus mal après ces défécations laborieuses. Pendant environ une heure ses intestins protestaient, traumatisés ou indignés comme si l'on venait de les raser grossièrement avec une lame émoussée.

De fait, lorsqu'il se releva et remonta son pantalon sur ses hanches flétries, sa colonne vertébrale lui parut transformée de fond en comble. Il avait le dos rigide et à vif comme si un corset d'acier s'était incrusté dans sa chair. Il se sentit pris de vertige, nauséeux.

Une cafetière pleine l'attendait à la cuisine. Il se servit une tasse, puis s'assit avec mille précautions dans le fauteuil le plus moelleux du salon. Comme toujours, le café l'apaisa et il sentit une fois encore combien c'était agréable de mourir. Ses problèmes de toilettes constituaient un signe indubitable – mais il espérait qu'il ne connaîtrait pas l'infortune de mourir sur la lunette. En Libye, un lugubre caporal gallois avait accédé à la célébrité en se tirant une balle dans la tête alors qu'il était aux latrines, après quoi on avait découvert son corps, allongé à plat ventre, dans la fosse à merde. Ce détail avait retiré toute tragédie au suicide du caporal et, pendant des mois, il avait constitué la blague favorite du bataillon. Manfred avait beau ne pas être fier, il se refusait à ce qu'une absurdité scatologique gâchât la dignité de ses derniers instants.

Une heure était passée depuis son combat dans la salle

de bains et Martin arriverait bientôt. Une chiée aussi désastreuse que celle-là n'était pas la meilleure manière de se préparer aux multiples irritations occasionnées par une visite de son fils. Le vieillard espéra avec ferveur que Martin ne viendrait pas avec Julia. Manfred détestait sa bru. Il était bien conscient que Martin entretenait maintes doléances et haines cachées relatives à son enfance. Il savait que son fils le considérait comme un mauvais père. Julia était la revanche que prenait Martin contre son père. La précision de son choix ne pouvait qu'être intentionnelle. Julia était une constante, une exaspérante épine au pied de Manfred.

Ils venaient de passer le week-end avec Emma. Et cette coïncidence rendait leur visite doublement indésirable. Manfred se montrait toujours plus irritable qu'à l'ordinaire lorsqu'ils avaient récemment vu son épouse. Leurs visites à Emma étaient un reproche tacite, et le tact laborieux avec lequel Julia évitait alors de mentionner Emma cachait très mal le sentiment de triomphe de la bru. Ça le rendait malade. Il ne savait pas ce que Julia connaissait de son propre mariage raté, mais il imaginait volontiers qu'elle avait tout découvert. Et puis elle plaisait à Emma, il le savait. Il se demanda quelle part cette femme avait apprise de vive voix, et quelle part elle avait deviné toute seule (sur ce chapitre elle se montrait assez perspicace et elle tirait fierté de ses talents).

Ils avaient proposé de l'emmener déjeuner dans l'un des restaurants préférés de Martin. Manfred bouillonnait de ressentiment. Il s'agissait, supposa-t-il, d'une sorte de consolation après leur visite à Emma. Un palliatif pour le garder de bonne humeur. Mais c'était une insulte à sa décrépitude que de voir maintenant son fils l'inviter, lui, à déjeuner dehors. Manfred se promit de leur rendre l'après-midi aussi désagréable que possible.

Ils arrivèrent, avec leur ponctualité habituelle. Martin semblait aussi implacablement vigoureux que d'ordinaire et, à la grande irritation du vieillard, Julia était toute rose et très jolie. Elle avait les cheveux en désordre et, détail exceptionnel, sa jupe était froissée. Manfred se demanda s'ils ne venaient pas de faire l'amour. Pareille ardeur chez son idiot de fils débordant de santé semblait improbable. Non, concéda-t-il, que Julia ne méritât point une telle passion. Il avait beau ne pas l'apprécier du tout, le vieillard ne pouvait nier les charmes de sa bru.

« Tu es bien pâle, Manfred », murmura-t-elle en lui embrassant la joue.

Manfred renifla, à la recherche d'une odeur de rut rémanente, mais ne perçut que le doux parfum du cou élégant de Julia.

Il marmonna quelques banalités, puis traîna les pieds vers la main tendue de son fils. Déjà, il avait choisi sa ruse. Sa démarche était d'une inquiétante fragilité. Il allait contrer leur générosité par la pantomime de la sénilité. Il grimaça presque en subissant la poignée de main exemplaire de son fils, puis il s'installa dans son fauteuil avec une lenteur infinie. Martin glissa la main dans sa poche en ayant l'air d'un crétin.

(Martin avait pris l'habitude d'échanger une poignée de main avec son père juste après son mariage avec Julia. C'était une tentative de geste viril, mais c'était aussi un geste dénué de respect ou de bienveillance. Le vieillard comprenait que le caractère formel, étudié, de ce contact était une autre tentative de mise à distance, une insulte voilée. Lors de leur première poignée de main, les deux hommes avaient rougi, parfaitement conscients de l'affront, mais il s'agissait désormais d'une vieille moquerie privée de sens.)

La main de Julia s'attardait parmi ses cheveux pour remettre un peu d'ordre dans leur sombre abondance. Elle s'assit et observa son beau-père d'un œil appréciateur.

« Tu as encore été malade ? » demanda-t-elle.

Manfred jeta un coup d'œil à son fils, qui restait debout, le visage tourné vers la chambre de Manfred. Cette attitude irrita énormément le vieillard. Il répondit à Julia.

« Eh bien, tu sais, les épreuves habituelles de l'âge. Passer des heures aux toilettes. » Il vit Martin grimacer de dégoût et il poursuivit dans la même veine. « Ce n'est pas que je serais constipé, tu comprends. Je fais ma grosse commission avec ponctualité. » Il eut un sourire innocent. « Oui, nul doute que je chie à l'heure dite. »

Julia marmonna quelques paroles incompréhensibles, où la sympathie et les encouragements s'équilibraient. Il la vit rougir encore. Elle comprenait sans aucun doute qu'il cherchait la bagarre. Elle lança un regard rapide (trop rapide) vers son mari. Martin prit la parole avec maladresse.

« Ça t'ennuie si nous prenons un café avant d'y aller ? » demanda-t-il à son père.

Manfred opina en silence et Martin se dirigea vers la cuisine d'un air coupable.

Leur ruse était grossière et évidente, tellement arrangée à l'avance que Manfred eut envie de rire. Ils avaient quelque nouvelle à lui annoncer avant de l'emmener déjeuner. Une nouvelle qu'ils avaient pompeusement considérée comme étant trop importante pour qu'on songeât à la divulguer dans l'atmosphère prosaïque d'un restaurant. Même Manfred fut surpris par son peu de curiosité.

« Nous avons pensé que nous pourrions prendre un café et bavarder un peu avant de sortir. »

Le tact de Julia agaça le vieillard. Il se demanda quelle patience ou quel sens de la diplomatie poussait cette femme à lui parler avec autant d'insupportables précautions. Elle semblait presque fière de réussir simplement à lui parler. Quelle répulsion avait-elle donc surmontée ? Que lui avait donc raconté Martin sur sa propre enfance et sur les manquements de Manfred en tant que père et mari ?

Son silence poussa Julia à reprendre la parole.

« Il y a une chose dont nous aimerions te parler. » Ils entendaient tous les deux des bruits maladroits en provenance de la cuisine, tandis que Martin préparait le café. « Il y a un moment que Martin voulait te le dire, mais je tenais à être absolument certaine avant que nous t'en parlions. »

Malgré son tact, malgré toutes ses précautions, le rouge du triomphe envahissait son visage et Manfred comprit alors. L'expression de Julia la trahissait. Il comprit.

Il hoqueta et postillonna, le souffle coupé par la violence de sa douleur. La brutalité de la haine lui crispa le ventre. Il fut stupéfié par l'étendue de sa rage et de sa peur. Maintenant il comprenait l'insupportable gentillesse de Julia et puis cette rougeur qu'elle ne parvenait pas à contenir. Son indignation l'étouffa littéralement. Jusqu'à maintenant, il n'avait pas su combien l'avait ravi le fait qu'ils n'aient toujours pas d'enfant.

« Manfred ? »

Il s'aperçut que Julia l'observait et que son propre visage fourbe trahissait toute sa honte. Il fit un grand effort pour retrouver son expression habituelle. Il la regarda. Elle avait même l'air d'être fertilisée. Langoureuse et remplie. La longue honte de sa stérilité avait disparu. Ces marques sur son visage s'étaient enfuies en une nuit.

« Tu as deviné, n'est-ce pas ? » dit-elle.

Incapable de maîtriser sa voix, Manfred acquiesça.

« Nous en avons seulement été certains la semaine dernière », reprit Julia dont la rougeur coquette pâlissait à mesure qu'elle saisissait l'horreur évidente de son beau-père. « Je te l'ai dit, Martin voulait t'en parler plus tôt, mais je tenais à en être certaine. J'espère que j'ai bien fait. »

Elle se renfrogna. Sa voix était autoritaire. Manfred comprit qu'elle l'avait percé à jour. Elle lança un coup d'œil vers la cuisine. Martin avait presque fini. Julia donnait au vieillard une chance de se préparer au retour de son fils. Martin n'avait pas besoin de connaître la toute première réaction de son père. D'une certaine manière que Manfred n'arrivait pas à définir précisément, Julia promettait de garder pour elle le secret de l'horreur du beau-père.

Faisant preuve d'un à-propos inhabituel chez lui, Martin revint dans le salon. Il s'assit près de Julia, dont il prit une main entre les siennes. Son regard croisa celui de son père. La consternation du vieillard ne parut pas le surprendre outre mesure. De toute évidence, il la considérait comme naturelle. Son visage était plus ouvert et plus excité que Manfred ne l'avait jamais vu. Il y eut un long silence gêné pendant qu'ils attendaient que Manfred dise quelque chose. Blême, le vieillard déglutit.

« Félicitations à tous les deux. » Le sourire qu'il essaya trembla et s'affaissa. « Pour une surprise, c'est une surprise », il se tourna vers le visage impassible de Julia, « mais je suis très content pour vous deux. » Son sourire revint avec davantage de confiance.

Galvanisé par cette déclaration, Martin bondit de son siège et s'approcha de son père, la main une nouvelle fois tendue. Gêné, Manfred tendit la sienne et son fils la serra entre ses deux mains. Martin avait les yeux humides lorsqu'il serra la main de son père et ses joues oscillèrent un peu à cause de la véhémence de son effort. Julia aussi s'était levée pour se poster de l'autre côté de Manfred. Elle s'empara de l'autre main du vieillard en riant et en sanglotant. Manfred, toujours assis, ses deux mains prisonnières des leurs, se sentit soudain dans la peau d'un patriarche de pacotille.

Cette comédie de l'émotion n'avait pas été exécutée avec assez de conviction pour durer longtemps, si bien que Julia et Martin retournèrent bientôt sur le canapé. Martin avait l'air idiot. Avec un vague sourire aux lèvres, destiné à Manfred, il dit :

« Julia doit accoucher en février. Si c'est un garçon, nous aimerions l'appeler Manfred. »

Il marqua une pause en attendant les joyeux remerciements de son père.

« Oh, je ne crois pas que vous devriez faire ça, dit Manfred.

— Oh. Mais pourquoi pas ? Nous pensions que cela te ferait plaisir. » Martin semblait blessé.

« Bon, oui, je suis touché que vous y ayez pensé, mais aujourd'hui on ne peut plus appeler un enfant Manfred. C'est un prénom désuet. C'est un prénom mort.

— Manfred ! s'esclaffa Julia. Voilà une chose bien terrible à dire. Ce n'est pas un prénom mort. C'est le tien. »

Manfred lui sourit et changea de sujet.

« Ta mère est au courant ? » demanda-t-il à Martin.

Le visage de Martin prit une expression dubitative, puis l'air comique et coupable du gamin surpris la main dans le sac.

« Oui. Nous... euh... nous lui avons annoncé la nouvelle pendant le week-end. C'est vraiment le pur hasard, si nous l'avons vue avant toi. »

Il n'aurait jamais dû ajouter cette dernière phrase. Manfred acceptait le droit d'Emma à être la première au courant. Qu'elle fût informée d'abord de pareilles nouvelles ne le dérangeait pas le moins du monde, même si ces nouvelles lui étaient désagréables. Mais le verbiage consolateur de Martin sur le pur hasard le faisait enrager. Il détestait qu'on le prît en pitié aussi ouvertement. Il se leva de son fauteuil et annonça que le café était sans doute prêt. Du pas le plus traînant possible, il rejoignit la cuisine.

Ses mains tremblaient lorsqu'il réunit les tasses. Il entendait leurs messes basses dans l'autre pièce. La douleur et la fièvre lui lacéraient le ventre. Ses intestins lui semblaient abrasés, caustiques. Il avait vu Emma depuis que Martin et Julia lui avaient rendu visite. Ou plutôt, rectifia-t-il avec un sourire amer, il avait *rencontré* Emma depuis lors. Elle savait déjà que Julia était enceinte et pourtant elle ne lui avait rien dit. Il se sentit humilié et brisé par les innombrables injustices de l'existence.

« Je peux t'aider ? »

Martin l'avait rejoint dans la cuisine, obéissant de toute évidence à son épouse. Elle ne voulait surtout pas laisser à Manfred le temps de fulminer tout seul dans la cuisine.

Martin avait l'air penaud et bouleversé. D'un index muet, Manfred désigna la cafetière. Martin la prit et se dirigea vers le salon. Mais il s'arrêta au seuil de la pièce et se retourna vers son père.

« Sois heureux pour nous, dit-il tristement. Nous avons attendu longtemps. Essaie d'être heureux pour nous. »

Manfred posa sur un plateau les tasses, les soucoupes, le sucre et le lait. Il s'en saisit et tenta de sourire à son fils.

« Le café va refroidir », dit-il.

Ils ne sortirent pas déjeuner. Ils négocièrent une heure délicate au-dessus de leur tasse de café. Manfred essaya d'être heureux pour eux. Ce fut un effort dérisoire. Il avait vu leurs deux visages s'assombrir devant sa réaction. Julia fit de son mieux pour maintenir la paix, mais à chaque minute qui passait Martin devenait plus sombre et plus révolté. La querelle allait éclater quand Webb arriva. Le voisin de Manfred sauva la situation malgré lui. Nullement gêné par la présence des invités de Manfred, il s'installa confortablement sur le canapé à côté de Julia. Au bout de quelques minutes, il se lança dans une tentative de séduction avinée de la bru de son voisin. Midi sonnait à peine, mais il était déjà tout à fait ivre. Pendant quelques minutes terrifiantes, il parut même envisager la possibilité d'une rixe avec Martin, qu'il prenait manifestement pour une mauviette et un casse-pieds.

Mais lorsqu'il apprit que Julia était enceinte, ses fanfaronnades belliqueuses et lubriques disparurent d'un coup. Il fut grotesquement, éthyliquement ravi. Il embrassa à la fois Julia *et* Martin, puis on ne put l'empêcher de filer dans son appartement pour en rapporter une bouteille de whisky dont il les força tous à goûter. Sa liesse, même si elle témoignait seulement de la bienveillance vulgaire du poivrot, fit honte à Manfred. Julia accueillit avec une indulgence sincère les félicitations hyperboliques de Webb et même Martin fit preuve de tolérance. Le whisky ainsi que l'admiration de Webb pour sa virilité le firent rougir jusqu'à la racine des cheveux. Manfred savait qu'il aurait dû manifester quelque chose de l'enthousiasme débordant de Webb. Et tandis que Martin et Julia réagissaient maladroitement à l'euphorie dégoulinante de Webb, il comprit qu'ils pensaient la même chose. Mais il était très heureux que son voisin se fût substitué aussi efficacement à lui-même. Au moins, leur bonne nouvelle recevait enfin l'accueil qu'elle méritait.

Tous attendaient depuis un moment déjà le départ de Webb, mais l'importun avait tout oublié. Au bout d'une heure, la bouteille de whisky fut presque vide et Webb sombra dans un sommeil sonore. Martin lui-même était ivre d'alcool et de satisfaction. Julia l'emmena dans la salle de bains comme un enfant et l'obligea à se laver le visage à l'eau froide. Pendant que son mari récupérait dans la salle de bains, elle demanda une cigarette à Manfred et la fuma furtivement.

« Tu la prendras quand il reviendra. Maintenant que je suis enceinte, il sauterait au plafond s'il me voyait fumer. »

Manfred ne fut guère séduit par le caractère intime de cet aveu. Il acquiesça mollement et Julia se renfrogna. Webb lâcha un ronflement particulièrement brutal et tous deux le regardèrent. La voix de Julia se fit brusque :

« Je sais que c'est difficile pour toi, Manfred, mais je sais que tu t'y habitueras. Tu vas être grand-père. Ça devrait te faire plaisir. »

Manfred inclina la tête sans mot dire.

Julia poursuivit, sans plus s'indigner de la froideur du vieillard.

« Je ne sais pas ce que tu as, Manfred, mais bientôt ça ne me fera ni chaud ni froid. Ne compte pas me gâcher l'existence. Ni celle de Martin. Nous attendons depuis trop longtemps. Nous allons être heureux malgré toi. »

Dans la salle de bains, on tira la chasse d'eau, mais il n'y avait apparemment rien dans la cuvette. Julia hésita, peut-être étonnée et désolée du ton qu'elle venait d'adopter. Elle considéra Manfred avec une expression proche de la pitié.

« Tu sais, Emma m'a conseillé de ne pas te parler du bébé. Elle m'a dit que d'ici deux mois ce serait sans importance. » Elle marqua une pause. « Elle m'a aussi dit que tu ne serais pas content. Elle a refusé de me dire pourquoi et je ne l'ai pas crue, mais elle avait raison, n'est-ce pas ?

— Non, elle avait tort », mentit Manfred.

Ils étaient partis peu après et Manfred s'était félicité de leur départ. Webb dormit pendant une heure environ et Manfred s'assit pour le regarder, en fumant et en buvant le peu qui restait encore dans la bouteille de whisky du voisin. Webb tressaillait et jappait dans son sommeil comme un vieux chien. Cet homme semblait prendre la fâcheuse habitude de s'endormir dans l'appartement de Manfred. C'était un exemple presque admirable de son immense confiance. Lorsqu'il se réveilla enfin, il déborda d'une absurde dignité. Il félicita de nouveau Manfred à cause de son statut imminent de grand-père. Martin était un fieffé crétin, dit-il, mais la fille était une poule vraiment classe. Malgré tout, devenir grand-père ce n'était pas rien. La lignée allait se perpétuer, etc., etc. Prenant sa bouteille de whisky, Webb partit.

Le restant de la journée fut saturé d'un temps épais, lourd, inhabituel. Manfred regarda ses fenêtres s'obscurcir lentement tandis qu'au-dehors tombait la nuit. Lorsqu'il alluma les lampes, il laissa les rideaux ouverts et observa les reflets de son visage et de la pièce éclairés sur l'éclat noir de la vitre. Pareilles images inversées de sa pièce nocturne le déprimaient invariablement. Les objets de son existence, le vieux mobilier et les tapis usés, les murs presque nus, le fouillis des livres non lus et son propre reflet brouillé, tout cela semblait encore plus miteux quand il le découvrait à l'envers sur le verre obscurci. Son moral dégringola et il referma les rideaux.

Martin et Julia étaient mariés depuis plus de dix ans et ils essayaient d'avoir un enfant depuis plus de la moitié de ce temps. Au bout des deux premières années, leur échec devint pesant et inexprimé. Julia surtout souffrait. Après que chacun fut examiné, sali, échantillonné, on découvrit que Julia ne pouvait pas avoir d'enfant. Elle en fut désespérée. Elle sombra dans la culpabilité. Manfred ne fit rien pour l'en dissuader et à son fils il distilla même quelques allusions bénignes sur les dangers qu'il y avait à épouser une non-Juive. Dans la partie secrète de son être qu'il réservait à ses haines et à ses envies les plus minuscules, Manfred se réjouit de la stérilité de sa bru. Il y voyait une justice. Car si son fils s'était mis à engendrer une kyrielle d'enfants, le vieillard se serait senti encore plus décati. Le manque qui tourmentait leur existence le réconfortait obscurément. Car cette absence avait apaisé le manque dans sa propre existence.

Leur nouvelle l'avait blessé et diminué comme une

perte, comme le succès inattendu d'un ami ou d'un ennemi. Cela ressemblait à un coup qu'ils lui auraient volontairement porté. De fait, les précautions de Julia prouvaient qu'elle savait qu'il le prendrait mal. C'était un défi qu'elle lui lançait. Son fils l'avait supplanté (comme toujours) d'une manière cruciale. Il se sentait contrarié, désespéré.

Il tenta en vain de trouver le sommeil. Tandis qu'il s'agitait sous le poids des couvertures trop chaudes, la douleur électrisait sa poitrine. Au bout d'une heure environ, il était brûlant, trempé de sueur, douloureux. Quand il se leva non sans mal, il regarda derrière lui les draps en désordre et vit qu'ils étaient humides, tachés de sueur.

Il s'assit dans la salle de bains et fuma sa dernière cigarette. Ses crispations intestinales s'accentuèrent pour devenir des spasmes réguliers. Il réussissait maintenant à garder la tête froide face à une telle douleur. Son abdomen lui paraissait autonome, réduit à quia. Il pensa à son fils. Martin n'avait pas encore quarante ans, que déjà il s'empâtait en un âge mûr vulgaire. Les enfants étaient supposés incarner le passé de leurs parents. Ils étaient supposés enrayer la nécrose de ce passé. Ils étaient supposés être ce passé vivant. Le vieillard se demanda dans quelle mesure son étrange séparation avec son épouse avait fait de Martin ce qu'il était. Le fait de négocier la neutralité de cet enfant divisé avait sans nul doute contribué à lui donner des habitudes de modération. Manfred eut pitié de lui.

Mais maintenant Martin allait avoir un enfant. Tandis que la nuit devenait roide et froide, Manfred se découvrit presque heureux. Il espéra que ce serait une fille. Emma méritait que le monde gardât une trace d'elle-même. Un simulacre déchirant. Manfred fut heureux de ne jamais voir cet enfant. Fils ou fille, il en fut heureux.

Lorsque Manfred eut fumé sa dernière cigarette, la lumière lustrait la salle de bains. Il se leva et ouvrit la fenêtre sans espoir. Mais à sa grande surprise, l'air frais lui rinça le visage, lui apportant l'extérieur et la vie du dehors. Il avait plu durant la nuit et il dut plisser les yeux face à l'éclat incolore des rues détrempées. Il huma l'odeur particulière des premières heures du matin ; une odeur de pain, magnifiquement matutinale. L'odeur de l'entrain.

Huit
(1951-1956)

Leurs deux premières années furent époustouflantes. Manfred fut surpris de se retrouver marié. Il fut surpris de se retrouver marié avec Emma. C'était étrange de découvrir son avenir aussi joyeusement contrarié. Sa vie changea. Elle s'adapta à Emma, comme celle d'Emma s'adapta à lui. Ces devoirs le ravissaient, c'étaient de menues obligations rutilantes. Mais il demeurait surpris.

Il se trouva recevoir une chose qu'il supportait à peine. Ainsi, la beauté d'Emma, nue, était insupportable. Il gémissait, comme sous le coup d'une douleur. L'inclinaison de ses seins, la courbe argentée de son ventre. Il en restait sans voix, piqué au vif par la géométrie d'Emma, transi par sa peau inégalable, par la sensation de grâce au plus profond et à la surface de sa chair. Une idée de la beauté, tuée en lui par la guerre, renaissait.

Durant les deux premières années ils vécurent dans un appartement tout proche de l'ancien logement de Manfred. Il conclut un arrangement avec Tapper, qui venait d'acheter une maison dans Canonbury Street pour une somme dérisoire. Manfred désira l'acheter à son employeur. Mais Tapper y avait déjà installé des locataires. En deux années, les loyers payés par ces locataires rembourseraient la moitié de la mise de fonds de Tapper. Si Manfred parvenait à payer l'autre moitié en deux ans, alors la maison serait à lui. Manfred savait que Tapper mentait et que la somme qu'il toucherait de cette transaction s'élèverait à la moitié de ce que Tapper avait payé pour la maison, mais il comprit que pour Tapper c'était là le comble de la générosité.

Manfred devint un travailleur obsessionnel. S'il n'y avait que le travail pour donner un foyer à Emma, alors c'était une chose facile. Il se mit à étudier pour passer des examens de comptable. Une telle qualification le rendrait plus utile à Tapper, dont les affaires continuaient à se développer. Par ailleurs, si le fragile édifice commercial de Tapper s'écroulait, Manfred trouverait plus facilement un autre emploi.

Emma continua de travailler à la mercerie. Ses heures étaient longues et pénibles, mais elle ne s'en plaignait jamais. Ils passaient ensemble des moments brefs, mais précieux. Ils économisaient tant qu'ils pouvaient afin de payer leur future maison et leurs deux premières années de vie commune se passèrent dans une misère presque absolue – un piano, un chat, un portrait. Les pièces de l'appartement sentaient le bacon et le charbon, les vieux murs suintaient une crasse inexpugnable. Leurs journées commençaient à six heures du matin, Emma s'asseyait en robe de chambre devant le feu qu'elle venait d'allumer, une main charbonneuse tendue devant elle comme si elle était mouillée. Assis derrière la table, Manfred étudiait les profits et les pertes pendant deux heures avant d'aller travailler, les yeux brûlants et tout ensommeillés.

Mais la robe de chambre d'Emma s'ouvrait alors, ses

jambes s'allongeaient sur le tapis ou bien son visage se tournait vers Manfred avec une certaine attitude et l'homme quittait ses manuels pour la rejoindre par terre. Dans la lumière changeante du petit jour, il découvrait de nouveaux aspects d'Emma, des recoins cachés, d'autres étendues de peau à chérir.

Le travail, ce furent deux années de matins glacés et de petits déjeuners dans le bureau du rez-de-chaussée alors que le parfum d'Emma s'attardait encore dans ses narines. Bouche bée, il fixait du regard les motifs compliqués du givre sur la vitrine de Tapper, en oubliant les bavardages d'Alice, la secrétaire mal payée mais loquace de Tapper. Il écoutait joyeusement les doléances des locataires, l'esprit ailleurs, un sourire dévoué collé aux lèvres. Tapper se plaignait de ce que son employé sombrait dans la distraction, mais il n'en faisait pas toute une affaire. Car il était très difficile d'arracher Tapper à ses obsessions.

Elle était facile à aimer. Le désir de Manfred était illimité. Les vêtements d'Emma, lâches ou serrés, incitaient son mari à les toucher. Ses fesses s'épanouissaient sous les mains de Manfred. Il observait les formes, les ondulations des muscles sous la peau de son ventre, depuis les côtes jusqu'aux hanches. Ses seins étaient comme du pain. Parfois, la nuit, elle restait allongée sur le tapis devant le feu, le dos tourné vers lui, sa colonne vertébrale nue s'incurvant comme une douce parabole. Dans la pénombre, elle avait la couleur du sable ou de certaines feuilles mortes.

Il la harcelait pour être fier de toute cette beauté. Il la pressait de s'admirer nue dans le miroir. Le regard neutre, incompréhensif, qu'elle avait pour elle-même le frustrait. Aucun tribut à la beauté d'Emma ne paraissait l'émouvoir. Le regard qu'elle s'accordait dans le miroir ne lui apprenait rien et même si le contact entre leurs deux peaux ne se contentait pas de la faire vibrer, le désir de Manfred ne la rendait nullement vaniteuse.

Mais elle aussi était ardente et parfois immodeste. Il y avait des matinées frénétiques où elle se réveillait bourrelée de remords, après l'avoir tué en rêve. Elle se pressait alors contre lui, laissant des traînées poisseuses contre la peau de l'homme. Elle pressait ses seins dans la bouche de Manfred, les durs joyaux de ses tétons. Une fois, lors de leur premier été, ils mangeaient des pêches au lit. Emma en mangea deux et tendit la troisième, bien entamée, à Manfred. Elle écarta tous ses vêtements et avança son pubis vers lui, offerte. Il ôta le noyau de la chair du fruit dégoulinant, puis approcha d'elle cette chair pour lui en frotter doucement le ventre. Le plus extraordinaire, ce fut l'odeur. Tandis qu'il frottait le fruit contre elle, la chaleur du corps d'Emma emplit la chambre d'odeurs de pêche, de parfums lents et entêtants. À la fin, il n'eut plus entre les mains que la peau veloutée du fruit. Sur les jambes d'Emma les traînées tièdes avaient séché avant de redevenir liquides.

Il lui semblait avoir tellement plus que ce à quoi il pouvait s'attendre. Avec elle, la vie paraissait illimitée, impossible. Il s'imaginait aisément passer encore vingt ans à simplement l'écouter chanter ou à la regarder poser le menton au creux de sa main. Il ne pouvait imaginer le moindre déclin. Il ne pouvait imaginer la moindre ruine. Et il s'en inquiétait.

*

Le 14 juin 1952, Manfred et Emma emménagèrent dans la maison dont ils étaient désormais propriétaires. Ce jour-là, Manfred eut le sentiment d'être enfin établi. Tandis qu'Emma déballait leurs affaires, il déambula dans les pièces vides et nues en respirant l'air du propriétaire. Il se sentit plus grand, plus fort. Il réussissait à peine à croire que cette maison était la leur, qu'elle ne s'en irait pas. C'était une bâtisse, un édifice de brique, d'ardoise, de bois et de verre. Rien ne pouvait être plus substantiel. Il était fier de ce qu'il venait d'offrir à Emma. Debout près d'une fenêtre, il pressa la main contre un mur ; c'était solide et plat, c'était aussi lourd que l'amour.

Comme le jour tombait, il interrompit les déballages d'Emma et lui demanda de rester debout près d'une fenêtre. Bien qu'impatiente de ranger leurs affaires, elle se montra tolérante et amusée. Il lui dit que cette maison était à elle. Il la lui offrait fièrement, sans s'attendre à des remerciements. Voilà, lui dit-il, ce qu'il désirait faire pour elle. C'était ainsi qu'il désirait l'aimer.

Cette nuit-là, ils dormirent sur plusieurs couvertures étalées à même le plancher. Au bout de quelques heures d'insomnie, il la réveilla à force de baisers et ils firent l'amour en silence sur ce lit de fortune. Il se sentait trop fier pour dormir, trop excité pour la laisser dormir. Ils bavardèrent jusqu'à l'aube, puis somnolèrent un peu tandis que la lumière du soleil entrait à flot par les fenêtres dépourvues de rideaux. Il se réveilla tard en entendant Emma chanter au loin tandis qu'elle préparait le petit déjeuner. Elle chantait une berceuse tchèque. Sa voix harmonieuse, les longs rais de soleil dans la chambre vide et l'odeur du pain grillé dans toute la maison l'emplirent de joie. Il s'habilla et se leva.

La maison était l'avant-dernière d'une rangée de constructions élevées dans Canonbury Street. Elle se trouvait à une petite cinquantaine de mètres de New River Walk, un parc étroit et minuscule, jamais plus large qu'une rue, qui reliait Islington à Highbury. Un cours d'eau relativement large courait tout le long de ce petit parc bizarre où il y avait parfois à peine la place de marcher entre la rivière et la grille. Manfred adorait l'absurdité du lieu. Il aimait s'y promener le soir avec Emma, enjambant les canards et jetant des coups d'œil indiscrets dans les cuisines lumineuses des élégantes maisons situées de part et d'autre.

Il travaillait d'arrache-pied pour payer à Tapper le reliquat du prix de vente. Les heures ou les journées supplémentaires qu'il faisait lui semblaient aller de soi. Il lui suffisait de penser à Emma et à la maison d'Emma pour reprendre aussitôt courage. L'idée de rentrer chez eux et de retrouver sa bien-aimée à la fin de la journée l'empêchait de considérer son travail comme un pensum. Il surveillait l'horloge dans le petit bureau mal chauffé, il regardait l'aiguille des minutes agiter son poing vers lui. Le temps qu'il passait au travail devint de plus en plus du temps perdu, une formation ou un apprentissage en vue du vrai temps qu'il allait bientôt passer avec elle.

Elle aussi travaillait plus dur. La mercerie s'était transformée en grand magasin. Parfois, elle travaillait tard et il était le premier rentré chez eux. Sans elle, leur maison semblait absurde, une folie des grandeurs. Il allumait les lampes et consacrait beaucoup de temps à lui préparer à dîner. Sans raison, il se sentait dépouillé tel un enfant abandonné. Quand elle arrivait enfin, il l'accueillait avec effusion. Il prenait le manteau d'Emma ainsi que ses chaussures, puis il l'installait à la table où le repas était déjà servi. Si elle se montrait lasse ou maussade, il en était déçu, voire blessé. Gentiment, elle réussissait alors à mettre un peu de joie sur son propre visage et dans ses gestes. Elle apaisait l'humeur de Manfred en se plaignant d'une collègue ou d'une cliente et il se désolait alors joyeusement en compatissant avec Emma.

Lorsqu'ils sortaient, ils se rendaient dans un club tout proche de Charing Cross. Elle portait alors sa plus belle robe, une offre à moitié prix réservée au personnel du magasin où elle travaillait. Malgré sa robe bon marché et ses cheveux non coiffés, elle était merveilleuse et elle stupéfiait tant les hommes que les femmes. Il aimait beaucoup ce petit club et la fierté que lui procurait cette belle épouse. Ils dansaient doucement ou regardaient les autres danseurs évoluer sur la piste avec toute la tendresse maladroite d'éléphants.

Ils se rendaient dans ce club avec les Rosen. Manfred avait rencontré Tom Rosen à l'école. Ils se retrouvèrent parce que Sarah, l'épouse de Tom, travaillait dans le même magasin qu'Emma. Ils devinrent tous très proches. Ces soirées étaient toujours festives et heureuses. Sarah aussi était belle, des yeux de biche, des hanches fascinantes. Tom la surnommait Châtaigne à cause de ses cheveux, aussi épais et splendides que ceux d'Emma. Ce surnom passait pour un trait d'esprit de Tom. Les deux hommes aimaient beaucoup voir leurs épouses ensemble. On aurait dit des compagnes inséparables, à la fois complémentaires et autonomes. Leurs rires et l'indépendance de leurs conversations enchantaient Manfred et Tom. Ils aimaient constater combien eux-mêmes étaient superflus quand leurs épouses étaient ensemble.

Il y avait certains soirs où elle semblait transformée en tableau. Lumineuse parmi les ténèbres et la fumée, les menus gestes qu'elle faisait devaient être ce dont il se souviendrait au cours des années futures. Elle écartait de ses yeux une mèche de cheveux humides et se penchait vers Sarah en riant. Un bijou scintillait sur le bustier de sa robe. Elle ramenait les pans de sa petite veste sur ses épaules nues tout en levant simultanément son verre, un sourire tout prêt sur ses lèvres. Elle pivotait sur sa chaise afin d'appeler un serveur, puis sa main redescendait lentement pour se poser sur l'épaule de Sarah.

Et durant toutes les soirées et toutes les années qu'ils passèrent dans ce club, son plaisir à lui était redoublé par la perspective de leur départ commun et de leur retour dans cette maison qu'il avait achetée et aménagée pour elle. Lorsqu'ils sortaient, la maison semblait encore plus belle et étonnante. Alors le charme de leur intérieur était latent, en réserve et donc plus vif. Le moment de leur départ était le meilleur. Après la fumée et le bruit du club, l'air extérieur était propre et silencieux. Ils marchaient jusqu'à Cambridge Circus pour chercher un taxi. Lorsqu'il pleuvait, les rues brillaient comme du métal et la nuit paraissait métropolitaine et somptueuse. Il regardait Emma tandis qu'elle accompagnait son amie, ses talons cliquetant comme une pendule et il était submergé du désir de l'aimer là, dans la rue.

Une fois rentrés chez eux, l'aube s'annonçait comme une rumeur aérienne et la musique douce du club s'attardait dans l'esprit de Manfred. Ils faisaient l'amour avec lassitude et langueur, leur étreinte évoquait alors les cigarettes et le jazz, puis ils dormaient tard, heureux. Il y eut des centaines de soirées similaires, chacune prolongée, sombre et belle. Elles étaient la raison de son mariage avec Emma.

Et puis il travaillait sur la maison. Quelques vestiges des talents qu'il avait appris chez le menuisier renfermé de Bethnal Green demeuraient et il travaillait là aussi d'arrache-pied. Il construisit des étagères et des placards. Il construisit des tables et des commodes. Il construisit des chaises, des portes, des armoires et des tiroirs. Il travaillait avec du bon bois, sombre ou clair. Ses mains devinrent dures et calleuses. Sous ses doigts, le bois était solide et tiède. Lui aussi ressemblait à l'amour.

Chaque matin, lorsqu'il partait travailler, il s'arrêtait dehors, face à la porte d'entrée. Il passait la main sur les briques qui entouraient le chambranle, humides ou sèches, chaudes ou froides. Il s'émerveillait à la pensée que ces briques lui appartenaient. À lui ou à elle. Cette sensation ajoutait quelques centimètres à sa taille, et bien davantage à son pas. Cette sensation avait une réalité intelligible qui lui donnait l'impression d'être vraiment un homme pour la première fois ou presque, du plus loin qu'il s'en souvînt. Tous les autres Manfred avaient été des Manfred miniature, des Manfred d'entraînement. Il devenait enfin quelque authentique version de lui-même, monogame et propriétaire.

Sa mère décéda un an avant qu'ils n'entrent dans leur maison. Elle avait à peine soixante ans. Pendant six mois elle se flétrit et déclina, tel un fruit de plus en plus sec. Elle fut enterrée par un pâle week-end. Tapper et Spike fermèrent le bureau et accompagnèrent Manfred à l'enterrement. Emma prit la main de son époux entre les siennes. Le cortège funèbre se réduisit à eux quatre. Alors qu'ils se tenaient au-dessus du cercueil de sa mère, Manfred se battit les flancs pour ressentir un peu de chagrin. Il tenta de convoquer quelque image poignante de la défunte, mais réussit seulement à se rappeler cette journée caniculaire où il l'avait vue nue.

Son frère n'était pas venu à l'enterrement. Il vivait en Amérique. Il avait écrit à Manfred pour lui demander de veiller à ce qu'elle fût enterrée décemment et pour s'excuser à cause d'une urgence incontournable dans son travail. Manfred constata avec tristesse que lui-même, le fils le moins aimé, était celui qui enterrait leur mère. Par la suite, il ne renoua jamais avec son frère.

Ce soir-là, il décida qu'il désirait un enfant – ou plutôt qu'il en avait besoin. Il était las d'être sans enfant – et il ne connaissait pas les effets d'un amour non payé de retour. Emma se montra paisible et compatissante, s'attendant à ce qu'il pleurât sa défunte mère. Il l'attira dans le lit et la surprit par l'exubérance crue de son amour. Il ressentait un désir plus doux, un désir fertile. Un mois plus tôt, elle avait parlé d'enfants et maintenant, alors qu'il restait en elle, elle comprit ce qu'il essayait de faire. Par bonheur, elle l'accepta et le serra très fort contre elle.

Martin fut conçu cette nuit-là. Lorsqu'elle découvrit qu'elle était enceinte, Manfred attendit avec impatience que le ventre d'Emma grossisse. Des mois lui semblèrent passer sans modification notable. Puis la peau de son ventre se tendit et elle se mit à gonfler. Il était aux anges, entièrement absorbé par elle. La peau d'Emma s'assombrit sur le ventre et les seins. Elle devint une autre femme, discrète, et la lubricité de Manfred en fut décuplée.

La maison, elle aussi, semblait se préparer au nouvel arrivant. Avec une maison, une carrière assurée et une épouse enceinte, Manfred eut le sentiment d'incarner une parodie de la domesticité. À certains moments, il se sentait coupable et se demandait si cette existence, ce bonheur dans le mariage, était tout ce qui existait. Il savait que cela pouvait passer pour une modeste réussite, mais il en était toujours satisfait. Il avait déjà bien assez – il avait beaucoup avec cette modeste réussite. La guerre lui avait permis de se satisfaire de peu. Avec Emma, il avait trouvé davantage qu'il n'espérait ou méritait. La grossesse d'Emma l'avait changé. Il se sentait, Dieu merci, moins viril, moins soldat. Les nouvelles contraintes de son emploi du temps et de ses habitudes ne le dérangeaient pas. C'étaient des liens de fidélité et il ne s'en irritait jamais.

Ce fut pour eux une époque de bonheur où tout semblait possible. Manfred commença même à se trouver beau. Il avait décidé que la paternité lui seyait. Cet hiver-là, Londres prit la couleur du fer-blanc. Le froid s'installa et Manfred alimentait les cheminées de toute la maison pour qu'Emma restât toujours auprès des flammes. Les diverses sources de chaleur qu'ils fréquentaient convergeaient en un foyer unique. Ils restaient longtemps au lit, il la réchauffait, il l'imprégnait de sa chaleur, de son argile. Lorsqu'elle dormait, il se torturait avec des pensées de la mort d'Emma – de leur mort commune – ou alors il se réveillait et la découvrait toute froide auprès de lui. Il craignait cette tragédie. La perte sans appel. Il se distrayait chaque nuit avec la tendre évocation d'Emma disparue.

Sa grossesse, c'étaient des soirées passées à évaluer le poids placide de sa poitrine. L'ombre qu'il jetait sur elle lorsqu'il s'arrêtait à côté du fauteuil d'Emma, plein de sollicitude et d'inquiétude. Une cuisine emplie du parfum des plats préparés par Manfred, oignons, vesces et haricots. Les après-midi où il se promenait dans l'étroit parc glacé tandis qu'elle dormait, toute gonflée et bien au chaud dans leur lit. Les matinées où il cirait les chaussures d'Emma, assis au pied du lit, tout près des pieds de son épouse. Les silences de cette dernière, ses légères sautes d'humeur. Ses nausées et sa fatigue. Ses sommes et ses siestes quand sa mâchoire tombait et qu'elle bavait un peu, mais sans laideur.

Près du terme, elle dormait presque toute la journée et, lorsqu'il ne travaillait pas, il se trouvait désœuvré. Il ne pouvait accomplir aucune tâche dans la maison, de peur de la réveiller, et pour une fois l'oisiveté obligée dans cette maison qu'il aimait lui pesait. Il se mit à passer du temps au musée. Il aimait le silence et les espaces frais de cet endroit. Il appréciait surtout la statuaire. La fraîcheur, la beauté de la pierre taillée lui rappelaient ce dont il rêvait pour sa propre famille. Il y avait maintes images de mère à l'enfant et de nudité, robuste, massive, froide et admirable. Il voyait Emma dans toutes ces femmes dévêtues en terre cuite et il se sentait lui-même appartenir au groupe de ces hommes, l'emblème d'un cavalier de marbre, lisse et parfait. Il avait envie de les toucher, de sentir la dure morsure de la pierre nègre.

Le musée lui-même était aussi important que ce qu'il abritait. Il l'aimait comme il aimait sa maison. Colonnades, cours, pilastres et chapiteaux. Une vie publique discrète, étouffée, sensuelle, éternelle. Il restait assis ou déambulait pendant des heures. Cela lui creusait l'appétit. Cela lui donnait à la fois faim et soif. Là, il lui semblait avoir tous les sens en éveil, sa chair tiède confrontée à la pierre froide. Il se sentait fécond et substantiel dans l'ampleur stérile de ces immenses bâtisses. Et lorsqu'il retournait auprès de son épouse enceinte, une trace de la noblesse du musée s'attardait quand il la voyait, paisible et comblée.

Elle donna naissance à un fils lors d'un sabbat de la fin mars. Après un travail de neuf heures auquel il ne participa nullement, une jeune sage-femme l'invita à rejoindre le chevet d'Emma. La chambre où elle reposait était terne – des murs couleur crème et des rideaux bleu sale sur une petite fenêtre. Emma était une forme recroquevillée sur le lit et, myope d'angoisse, Manfred resta assez longtemps debout, comme paralysé, jusqu'à ce qu'une autre femme lui tende une petite chose rouge enveloppée dans une serviette. Le visage congestionné était fripé, colérique. Quand il regarda ce fils, son enfant, il se sentit superflu. Il eut un sourire maladroit.

Mais lorsque Emma revint à la maison quelque jours plus tard, il avait peint, aménagé et meublé une chambre d'enfant pour son fils. Son amour pour lui était le plus intense lorsque Manfred travaillait le bois et peignait les murs de cette chambre. Cédant à un inhabituel accès de bienveillance, Tapper lui avait donné un mois de congé. Tapper et Spike avaient tous deux rendu visite à Emma à l'hôpital. Le pauvre Spike avait pleuré à chaudes larmes en voyant l'enfant et Manfred avait alors ressenti une bouffée de tendresse et de fierté.

Pendant des semaines, Manfred fut trop hébété pour réfléchir. Il pouvait seulement regarder Emma nourrir le bébé. Il aimait voir l'enfant s'alimenter même s'il ressentait parfois une jalousie écœurante lorsque cette petite chose tétait le sein. L'habileté du nouveau-né le stupéfiait. La petite main experte se posait sous le sein et de l'autre côté du mamelon en pressant par intermittence et en cajolant. Il suçait de manière irrégulière, s'arrêtant apparemment pour respirer ou pour avaler. Une pause. Une gorgée. Une pause. Une gorgée. Tous les bébés possédaient sans aucun doute ce talent, mais Manfred y voyait une idiosyncrasie particulière à son fils. Ce rythme lui paraissait menaçant, précoce et dominateur.

Ils nommèrent l'enfant Martin. Tom et Sarah Rosen leur rendaient de fréquentes visites à Canonbury Street. Ils ne passaient plus le vendredi soir dans le petit club. Même si ni Tom ni Sarah n'étaient orthodoxes, ils semblaient penser que cet enfant devait grandir dans une atmosphère entièrement juive. En privé, Tom et Manfred avaient évoqué la circoncision du garçon. Manfred voulait un médecin, Tom jugeait préférable de se rendre chez un mohel. En pareilles affaires, disait-il, la tradition ne coûtait rien. Un mohel, il n'y avait pas mieux.

Depuis longtemps Manfred se tenait à l'écart de la société tumultueuse des autres Juifs. Son père avait été le seul fournisseur de judaïsme. Il se rappelait encore les ternes après-midi effrayants passés avec le vieillard. Les enfants d'Israël, avait-il loué, entourés de chats et de Saintes Écritures. Dans sa jeunesse, Manfred avait imaginé que Dieu ressemblait à son propre père. Frêle, irritable et craignant l'obscurité. Dans les Saintes Écritures, la nuit était la peur. Il avait confondu le manque de foi de sa mère avec un défi qu'elle adressait à son père et cette apostasie patente l'avait empêché d'être divin. Il pouvait croire à un homme qu'il s'imaginait semblable à son père, mais il ne pouvait pas l'aimer. À la mort de son père, Manfred n'eut besoin d'aucun dieu, ni juif ni gentil. Il en avait soupé de ce Grand Homme et de ses sauvages bénédictions.

Emma ne dit rien. Elle ne parlait jamais du fait d'être

juive. Parfois, elle disait de quelqu'un que c'était un Gentil, mais en dehors de ces occasions on aurait eu bien du mal à savoir si elle était juive ou pas. Elle n'observait aucun rite. Elle ne parlait jamais yiddish ni hébreu (tous les Juifs apostats que Manfred avait connus émaillaient leurs discours d'expressions yiddish ou hébreu, comme s'il s'agissait de traits d'esprit ou d'ironies subtiles). Leur mariage avait certes été juif, mais ils n'avaient jamais célébré ni sabbat ni Pâque. Emma parlait peu de ses parents et Manfred n'avait jamais trouvé le courage de l'interroger sur ce qui lui était arrivé dans les camps. La judéité d'Emma était invisible. Il y croyait sur parole.

Finalement, le garçon fut bel et bien circoncis par un mohel. Manfred ne sut jamais très bien pourquoi il avait cédé. Ce compromis était un symptôme du malaise dans lequel il assumait sa paternité. Tom Rosen et lui assistèrent à la cérémonie (Tapper l'avait supplié pour venir, mais Manfred avait regimbé – la judéité feinte de Tapper devenait malsaine, croyait-il). Le mohel était un petit homme sinistre dont les dentiers claquaient et cliquetaient dès qu'il ouvrait la bouche pour parler. L'enfant se mit à hurler dès qu'il aperçut ce personnage et, quand on lui entailla le pénis, il cria de rage et de douleur. Le mohel baragouina une blague avec sa denture sonore et Manfred eut un sourire crispé lorsqu'on lui rendit son fils. Tom échangea une poignée de main avec lui et rougit.

Ensuite, le mohel essaya de vendre à Manfred quelques pierres pour son fils, du jaspe rouge censé apporter santé et sagesse au rejeton. Les dents de l'homme claquaient rapidement tandis qu'il montrait les joyaux dans ses paumes crasseuses. Il affirma qu'il s'agissait là d'une tradition juive fermement établie. Tous les bons pères juifs achetaient des pierres pour leur fils en pareille occasion. Malgré sa denture branlante, le sourire du mohel était professionnel. Tenant d'une main son fils qui hurlait, Manfred donna un peu d'argent au saint homme.

Lorsqu'il ramena l'enfant et les pierres chez lui, il cacha le jaspe dans le tiroir du bureau où il travaillait parfois. Il avait honte de cet achat, ce jaspe semblait un piètre talisman, une pure superstition. Tom éclata de rire en écoutant le récit de Manfred. Il dit à son ami que ce mohel l'avait de toute évidence pris pour un apostat, puis l'avait embobiné et roulé, en comprenant qu'il pourrait vendre à Manfred n'importe quelle saleté qu'il avait sous la main. L'idée du jaspe porte-bonheur relevait de la pure fumisterie.

Manfred fut certain que son ami disait vrai. Mais sa colère n'amoindrit en rien son malaise dû aux pierres. La banalité de l'entourloupe les rendait encore plus grotesques. Il fallait s'en prendre à l'enfant. C'était à cause de son fils qu'il venait de se faire arnaquer. Et cet épisode renforça encore l'inconfort qu'il ressentait en présence de son rejeton. Lorsque Emma lui mettait l'enfant dans les bras, il avait du mal à dissimuler son dégoût.

Deux semaines après la circoncision coupable, Manfred sortit du tiroir le jaspe méprisé et, sur le chemin de son travail, le laissa discrètement tomber dans l'étroit canal du petit parc situé derrière sa maison. Ce jour-là, il respira plus librement, mais quand, le même soir, il tenta avec confiance de prendre son enfant dans ses bras, le garçon lui parut toujours aussi étranger et déroutant. Il le rendit presque aussitôt à sa mère.

Malgré sa déception avec l'enfant, il avait toujours plaisir à les voir ensemble. Emma semblait, si possible, encore plus belle lorsqu'elle s'occupait du garçon. La taille minuscule du bébé, sa laideur potelée et ridée servaient à la mettre en valeur. Si Manfred aimait cet enfant, il l'aimait à cause de sa mère. Il n'en parlait à personne. Il avait honte. Les autres, les Rosen, Tapper et Spike, le prenaient pour un excellent père. Seule Emma savait que quelque chose avait changé en lui. Mais sans doute crut-elle ce changement temporaire. Elle ne dit rien. Elle espérait peut-être qu'avec le temps il se sentirait plus à l'aise ou que l'étendue de son propre amour pour le garçon allait l'émouvoir.

Mais lorsque Manfred fut retourné au travail, il s'aperçut qu'il était jaloux de l'enfant. L'amour d'Emma pour cette chose était tellement entier et tangible que Manfred sentait cette affection s'interposer entre eux lorsqu'ils dormaient. Si l'enfant lui-même avait été physiquement présent entre eux, il n'aurait pu s'agir d'une gêne plus palpable. Emma était bien obligée de consacrer moins de temps à son mari, maintenant qu'elle devait nourrir cet enfant affamé. Manfred ne supportait plus de regarder l'enfant téter le sein maternel ; les joues qui se gonflaient en suçotant le mamelon le mettaient en rage. La petite main autour du sein. Cet appétit exigeant et vulgaire. Presque sensuel.

Manfred avait désormais beaucoup de mal à aller travailler. Il détestait les laisser seuls ensemble à la maison. Il se mit à regretter qu'ils n'aient pas eu une fille. Emma méritait une fille. Quant à lui, il aurait pu aimer une fille sans le moindre problème. Il savait que sa haine était obscène et ridicule, mais il ne pouvait pas renoncer à sa jalousie. Il conseilla à Emma de sevrer rapidement l'enfant. À l'intention de son épouse, il répéta les théories de l'éducation stricte. Nourrir trop longtemps un enfant au sein était dégénéré et peu sage. Il alla jusqu'à écumer les librairies à la recherche de manuels de pédiatrie qui confirmaient cette théorie. Lorsqu'il en trouvait un, il le lui offrait avec un sentiment de triomphe vertueux et un très léger dégoût de lui-même.

Elle sevra l'enfant avant qu'il n'eût quatre mois. Pendant deux semaines, Martin couina et hurla. La maison devint un cauchemar de vacarme et de douleur de nouveau-né. Manfred eut l'impression que l'enfant savait ce qui s'était passé et que pour cette raison il détestait son père. Manfred et Emma se remirent à faire l'amour. Il accorda une attention toute particulière à ses seins, il les embrassait et les caressait avec ferveur, il lui suçait les mamelons avant même qu'elle n'ait fini de produire du lait. Une nuit, il se retrouva en effet avec du lait dans la bouche. Pour la première fois de leur mariage, Emma lui demanda d'arrêter. Manfred se sentit humilié et furieux. Honteux, car pris sur le fait. Et une fois de plus, l'enfant semblait avoir eu préséance. Mais Manfred s'arrêta malgré tout.

Les choses furent plus faciles lorsque l'enfant fut sevré. Le plus clair de la jalousie de Manfred s'évanouit ou perdit son aspect vénal. Il réussit même à nourrir envers le garçon une affection de propriétaire. L'enfant, de son côté, parut se calmer après sa rage due au sevrage. Une trêve tendue, gênée, fut ainsi conclue entre le père et le fils.

Les affaires de Tapper avaient brusquement connu un succès phénoménal et Manfred, une fois ses examens passés, devint indispensable. Et puis il devint prospère. Tapper lui fit cadeau du reliquat du prix de la maison et doubla presque le salaire de son employé. Manfred acheta donc une voiture, une Chrysler noire. Chaque week-end il emmenait son épouse et leur fils hors de Londres. Ils allaient passer la journée à Brighton, à Windsor, à Oxford. Il achetait à Emma des vêtements qu'à son avis elle serait fière de porter. Il remplit la maison de nouvelles babioles. Il dépensait beaucoup pour son fils mal-aimé, des jouets et des gâteries. Les achats de Manfred s'accumulaient dans la maison et avec tous ces objets il tentait de réchauffer son cœur froid.

Lorsque Martin eut un an, le temps s'accéléra pour son père. L'enfant grandissait vite. C'était comme si la vitesse de sa croissance volait une part précieuse du propre temps de Manfred. Une journée semblait être une chose minuscule ; les heures filaient, sans qu'on s'en aperçût presque. À chaque semaine qui filait, l'enfant devenait plus grand et plus fort. Un mois passait pour une éternité aux yeux du garçon, mais une telle période de temps était de l'eau entre les mains de son père. Manfred était encore assez loin de la quarantaine, mais déjà son fils lui donnait l'impression que lui-même était vieux.

Après le premier anniversaire de Martin, Emma annonça son intention de reprendre son travail. Manfred n'en crut pas ses oreilles. Car il s'agissait là d'une insulte à la prospérité nouvelle qu'il avait réussi à créer pour elle. Il ne supportait pas l'idée qu'elle pût retourner au grand magasin. Un tel travail était pour elle humiliant. Ils se disputèrent et leurs éclats de voix firent amèrement pleurer l'enfant. Manfred souligna que les modestes appointements d'Emma étaient désormais superflus. Par ailleurs, elle était mère et l'enfant avait besoin d'elle auprès de lui, au moins jusqu'à ce qu'il commençât d'aller à l'école. Manfred fut surpris par la véhémence de ses propres objections. Il n'avait pas imaginé une seconde qu'elle voulût retourner travailler. Il n'avait pas compris combien il aimait avoir Emma à la maison. Il ignorait pourquoi, mais il savait qu'il ne pouvait pas lui permettre de reprendre son travail.

Elle finit par céder. Elle prit sur ses genoux l'enfant qui sanglotait et s'assit sur une chaise de la cuisine en regardant son mari. Jamais ils n'avaient connu une dispute aussi violente. Le visage d'Emma était lointain, méconnaissable. Mais elle céda. C'était tout ce qu'il désirait. Le lendemain, il lui acheta un chapeau de luxe au magasin où elle avait travaillé. Sarah Rosen l'aida à choisir ce cadeau. C'était la première fois qu'ils se retrouvaient seuls ensemble et Sarah semblait mal à l'aise. Manfred soupçonna un petit *frisson** et fut flatté. Il n'en parla pas à Emma.

Il était de nouveau heureux. Il croyait avoir surmonté le choc et le déséquilibre dus à la naissance de son fils. Il sentait que les choses avaient repris leur cours antérieur à cet événement. Mais il savait aussi que la qualité de ce bonheur était différente. Ce n'était pas de la joie. Cela tenait davantage de la satisfaction. En tout cas, ce n'était pas du bonheur pour Emma. Il ne ressentait plus aucune joie du simple fait de son mariage avec elle. Le bonheur, la satisfaction le concernaient lui seul. Il était ravi de sa vie, de son épouse, de son fils et de son argent. Pour la première fois de son existence, il eut le sentiment d'exercer un ferme contrôle sur le monde.

Il contrôlait son existence. Au travail, il était indispensable. Tapper lui avait donné un boulot parce qu'ils

* En français dans le texte, comme tous les passages en italique suivis d'un astérisque. (*N.d.T.*)

étaient amis, mais maintenant Tapper avait besoin de lui. Manfred pourrait trouver un autre emploi sans le moindre problème. Il avait une épouse aimante qui se soumettait entièrement à Manfred. Elle était belle et aimante. Elle aussi avait besoin de lui. Son enfant et elle avaient besoin de lui. Il se sentait puissant mais généreux. Une telle dépendance était douce s'il l'administrait avec amour.

Quand les Rosen découvrirent qu'Emma ne reprenait pas son travail, ils eurent beaucoup de mal à cacher leur surprise. Sarah blagua et taquina Emma à cause de la chance qu'elle avait. Cela lui conviendrait admirablement, dit-elle, un mari au travail toute la journée tandis qu'elle-même restait au foyer. Mais Manfred savait qu'elle était gênée et compatissante. Tom avait trouvé un nouvel emploi dans une banque. Il gagnait davantage d'argent que Manfred, mais Sarah n'imaginait pas une seconde quitter son emploi. Manfred fut agacé. Il sentit que Sarah l'accusait en silence de dominer son épouse.

Sarah passait souvent. Elle fut bientôt la seule amie femme qui restât à Emma. Leurs autres amis étaient les amis de Manfred. Même Sarah, bien qu'ancienne collègue d'Emma, était l'épouse d'un ancien camarade d'école de Manfred. Les deux femmes devinrent plus proches que jamais et Manfred imagina souvent que leur amitié prenait des airs de conspiration. Il n'aimait plus la manière dont Sarah le regardait. Il devint jaloux d'elle. Jusqu'à la décontraction habituelle de Tom disparut. Lorsque les deux hommes étaient ensemble, Manfred décelait un léger inconfort chez son ami, comme une gêne, la preuve que Sarah et lui parlaient souvent d'Emma, parlaient souvent de Manfred. Il devint également jaloux de Tom. Il se mit à lui reprocher la tendresse avec laquelle il parlait de ou à sa propre épouse. Il détestait particulièrement les manifestations affectueuses de Tom en présence d'Emma. Un jour, Tom se lança avec complaisance dans un long récit illustrant une remarque hardie que Sarah avait faite à l'un de ses employeurs. Il semblait comiquement fier de la pugnacité de son épouse, un trait que Manfred avait jadis admiré. Mais quand le récit s'acheva et quand il vit Emma rougir jusqu'à la racine des cheveux, il se sentit très en colère contre son ami et la soirée tourna court.

Pourtant, Emma ne se plaignait jamais. Elle était aussi belle et aimante que d'habitude. Ses manières avaient à peine changé. Peut-être était-elle même encore plus paisible qu'auparavant, surtout en présence de Martin, mais elle aimait Manfred comme elle l'avait toujours aimé. Il savait qu'il lui faisait du mal. La soumission silencieuse et aimante d'Emma le lui disait. Plus elle semblait vulnérable ou faible, plus grande était la conviction de Manfred de mal faire et plus grand son désir de persévérer.

Pourtant, il l'aimait toujours. Le cas échéant, il aurait même dit qu'il l'aimait plus que jamais. Mais son amour était biaisé. Il trouvait maintenant difficile de croiser le regard d'Emma. Elle s'en aperçut et tenta de le rassurer, de l'aimer et de lui obéir davantage. Parfois, il essayait de se convaincre qu'il se faisait trop de soucis. Quand il la voyait jouer avec Martin, elle lui semblait déborder d'un bonheur tel qu'il ne lui en avait jamais vu de comparable. Il ne se sentait coupable de rien. Après tout, c'était lui qui avait donné à Emma cet enfant qu'elle aimait tant. Lui qui avait donné à Emma cette maison qu'il aimait tant. Mais deux incidents, deux petites choses, détruisirent ce confort.

Le premier eut lieu par une matinée d'hiver où il s'activait dans toute la maison pour se préparer avant d'aller au travail. Dehors, il faisait encore nuit et la perspective de partir travailler (même dans sa voiture bien-aimée) paraissait morne et glaçante. Tout en nouant sa cravate dans la cuisine, il se sentit déprimé. Emma pourrait rester bien au chaud (elle avait déjà allumé un feu) dans la maison éclairée. Il se tourna vers l'endroit où elle était assise à la table de la cuisine, avec Martin sur les genoux, en se préparant à lancer une remarque sur la chance qu'elle avait d'être une femme au foyer. De sa main libre, elle venait de s'emparer du journal et, très concentrée, elle en examinait une page. Manfred fut surpris. Elle ne lisait jamais le journal. Il s'approcha. Elle consultait la liste des programmes radiophoniques de la journée. Il rougit de honte. Il l'avait réduite à cela. Pour la première fois, il imagina les dix longues heures qu'elle devait passer pendant que lui-même travaillait. Martin commençait à peine de parler. Elle aurait pu sortir, mais alors elle aurait été seule avec l'enfant – Sarah travaillait, elle. Les journées d'Emma étaient donc longues et solitaires. La radio constituait pour elle une alliée précieuse. Les programmes constituaient le seul réconfort d'Emma, son seul lien avec le monde. Elle leva les yeux vers lui tandis qu'il la dominait de toute sa taille. Surprise par la tendresse soudaine du visage de son mari, elle reposa le journal sur la table et lui prit la main entre les siennes. Elle lui demanda ce qui n'allait pas.

« Rien », répondit-il.

Au printemps suivant, Manfred rentra un soir tard du travail. C'était son anniversaire et il savait qu'Emma l'attendait depuis des heures. Elle serait déçue. Avec lassitude, il se prépara à quelque reproche muet.

Mais rien de tel ne se produisit. Elle se montra enjouée et affectueuse, presque comme si elle était heureuse de simplement le voir. (Le désespoir inhérent à cette affection le désola bien plus qu'un quelconque reproche.) Martin avait attendu le retour de Manfred, car c'était l'anniversaire de son père, une occasion éminemment spéciale. L'enfant s'était néanmoins endormi et il était maintenant allongé sur le canapé, sous une couverture, le visage empourpré de sommeil ajourné. Manfred effleura les cheveux du garçon et Martin s'agita violemment dans son sommeil. Emma lui souhaita un joyeux anniversaire et l'embrassa en se haussant sur la pointe des pieds afin d'atteindre la joue de son mari. Manfred sursauta légèrement et se sentit idiot.

« Je vais ouvrir une bouteille de vin », dit-il.

Il le découvrit alors qu'il cherchait le tire-bouchon. C'était un gâteau. Le recouvraient sept gaufrettes dans lesquelles on avait découpé sept lettres, une par gaufrette. On avait versé dans ces découpes du chocolat chaud qui avait pris la forme des sept lettres. Le M initial et le D final étaient plus gros que les autres caractères. Ces lettres épelaient son prénom. Elles étaient minutieusement, parfaitement formées. Emma avait fait tout cela elle-même. Elle y avait sans doute consacré des heures de labeur. Martin l'avait peut-être aidée. Voilà sans doute pourquoi l'enfant avait essayé de veiller aussi tard : pour attendre le retour de Manfred et l'instant où il découvrirait le gâteau. Voilà aussi pourquoi Emma l'avait caché dans un placard, afin de pouvoir le lui montrer en présence du garçon.

Ce gâteau le blessa. Sa préparation avait sans doute pris toute la journée. C'était un objet indigne du temps et des soins d'Emma. L'espace d'un instant, il devina l'industrie et le désir d'industrie qu'il essayait d'anéantir chez elle. Cette petite chose toute simple, si élaborée et parfaite. Ç'aurait dû être une culpabilité risible, le fait d'un époux surmené et navré d'avoir gâché un cadeau aussi attentionné, mais ce gâteau le piqua au vif, lui fit presque mal. C'était donc tout ce qu'il permettait à Emma de faire de son temps, de sa vie. Il remit le gâteau au fond du placard, puis referma la porte sur cette minuscule preuve d'amour.

Cette nuit-là il quitta furtivement leur chambre sans réveiller Emma, puis il descendit l'escalier à pas de loup. Il regarda de nouveau le gâteau et se reput de culpabilité. Il passa la nuit dans le fauteuil de son bureau, à fumer des cigarettes au goût amer. Il eut le sentiment d'être un tout petit homme et il se promit de changer. Il avait commis un crime silencieux, le crime d'un mari. Martin avait presque trois ans. Il n'y avait aucune raison pour qu'Emma ne retournât pas au travail. Il pourraient trouver une garderie ou quelque chose de similaire. Emma devait prendre en charge sa propre existence. Il n'avait pas le droit de la lui voler. Le gâteau avait accompli cela. Les choses allaient changer. Il n'allait pas essayer de la modeler selon un patron qu'il aurait choisi. Il allait rendre à Emma son monde.

Mais dès le lendemain, il redevint petit. Une semaine plus tard, il avait encore rapetissé et, lorsqu'un mois eut passé, il était devenu si minuscule que le gâteau se réduisait désormais à un souvenir honteux, à un involontaire et malvenu afflux de sang au visage. Quand arriva la date de son anniversaire suivant, il avait presque tout oublié du gâteau. Et il était moins qu'un petit homme.

Neuf

L'aube. Londres était rougeâtre et déplorable. Le soleil frottait les rues pour leur accorder la nuance froide du feu du rasoir et Manfred se mit à penser à toutes les migraines qu'il avait jamais eues. L'aube. La rue était dépenaillée, lugubre. Londres semblait navrée, mais sans la moindre excuse valable.

Le moral de Manfred tomba en chute libre dans l'atonie de cette aube londonienne. Après une aussi mauvaise nuit, il avait attendu les premières lueurs du jour avec un optimisme insomniaque. Il avait espéré que la lumière apaiserait cette douleur, qu'elle pardonnerait ce péché. Mais le jour ne lava pas ces taches. Pour celui qui a souffert toute la nuit, l'aube est toujours décevante. Et cette aube ne dérogeait pas à la règle.

De l'autre côté de la rue, Manfred remarqua une présence familière. C'était la jeune putain avec qui il avait négocié l'autre matin, après les frasques de Webb. La fille qui lui avait rendu son argent. Sans doute travaillait-elle régulièrement dans le quartier. De toute évidence, elle considérait maintenant son boulot nocturne comme étant terminé, et elle avait mis des lunettes. Ce menu défaut fit sourire tristement Manfred. Car il modifiait tout l'aspect de cette fille. Ces lunettes lui accordaient un air fragile. Il constata avec agacement chez lui un regain d'intérêt sexuel. Elle aurait dû essayer de les porter pendant son travail. Certains hommes aimaient manifestement les putains à lunettes. Et puis, cet accessoire améliorait la vue de la fille. Mais c'était peut-être pour cette raison précise qu'elle ne les portait alors pas. Le brouillard temporaire de la mauvaise vue lui facilitait peut-être le travail.

Manfred envisagea de la héler. Mais ce serait sans doute mal compris. Elle semblait au comble du bonheur, debout là et solitaire, toute en hauts talons et chevelure, tandis que ses amants – un million d'hommes fourbus – savouraient leurs derniers rêves de la nuit. Mais maintenant elle semblait pleurer. Elle avait les épaules rentrées, la tête baissée. Allumait-elle une cigarette ? Non. Manfred espionna un éclat de souffrance renégat derrière les lunettes. Le vieillard s'en réjouit presque. L'abattement semblait être une réaction tellement logique aux évidences d'une telle vie. Sans doute avait-elle beaucoup pleuré derrière ces lunettes.

Manfred se reprit, plein de honte. De nouveau, cette fille lui fit penser à Emma. Sans l'aide de lunettes, Emma avait beaucoup pleuré. Maintenant, le fait que les putains lui rappellent son épouse ne le gênait plus. Il avait tout compris. C'était simplement que la plupart des femmes rencontrées par un homme étaient en même temps autre chose. Autre chose que des femmes. Elles avaient un boulot, une famille, un nom, des opinions et des objections. C'étaient des individus, à l'évidente complexité. Les hommes prenaient les putains pour des femmes à la puissance deux (ou pour une idée des femmes à la puissance deux). Voilà comment elles gagnaient leur subsistance. On les payait à cause de l'accident de leur sexe.

Un camion passa lentement en lâchant derrière lui une espèce d'infecte soupe. Un pigeon décati sautilla pour examiner ces déjections. Il y donna un coup de bec hésitant avant de décider d'aller prendre son petit déjeuner ailleurs. Le plein jour établissait rapidement sa domination. La lumière se densifiait, elle commençait de graver des rayons inclinés et des ombres obliques, elle mettait en déroute le vague suintement rose qui, quelques minutes plus tôt, avait empoissé la ville.

Le pas de Manfred accéléra tandis que son ventre tracassier réagissait à l'insignifiante gloire matinale. Le pigeon tâtillon se mit à lâcher une série de crottes dans un étroit rayon des plumes vibratiles de sa queue. Il roucoulait doucement et Manfred envia au volatile la facilité de sa défécation. Manfred se sentait de plus en plus las de Londres. Trop d'humeurs variées convenaient à cette ville, des désespoirs trop nombreux s'y acclimataient. Des années plus tôt, ses prétentions à y être né faisaient de lui un homme plus substantiel ainsi que l'héritier de cette saleté intime, exquisément européenne. Mais aujourd'hui l'ordure s'installait, animale, végétale et minérale.

Un jeune homme à la tête cachée sous une capuche grise traversa devant lui la rue déserte en portant un poste de télévision. Son allure était décidée, intraitable. Il remarqua Manfred et s'arrêta pour attendre le vieillard qui marchait vers lui.

« Voulez acheter une télé ? » proposa-t-il.

Manfred eut un sourire neutre et déclina l'offre. Il regretta de ne pas avoir l'air plus ferme. Les Gentils prenaient souvent la politesse pour de la faiblesse. Le jeune homme ne sembla pas perdre espoir. Manfred s'était arrêté plutôt que de risquer des ennuis en continuant sa route.

« Vous pouvez l'avoir pour vingt billets.

— Non, vraiment, merci.

— Quinze.

— Merci, non.

— Filez-moi un billet de dix et elle est à vous.

— Je n'ai pas d'argent. »

La gêne de Manfred augmenta. Ce jeune homme avait les yeux affreusement injectés de sang, souillés de quelque excès sans nom. Sa bouche se mit à trembler de colère.

« Allez, merde. Filez-moi cinq livres pour cette téloche. Putain, c'est du vol. » Il avait la voix épaisse, pâteuse. Quelques minuscules gouttes de pluie mouchetèrent sa capuche. Il répéta son offre. « Allez. Un billet de cinq. »

Manfred se demanda si ce garçon allait se montrer stupide ou dangereux. Il n'avait pas le choix.

« Je suis désolé, mais je n'ai pas d'argent.

— Merde. »

Le garçon essaya de sourire, mais sa bouche tremblait tant qu'il n'y réussit pas. La pluie se fit plus drue. Sous sa capuche, le garçon semblait maintenant fragile et désespéré. L'affreux tremblement de ses lèvres augmenta encore.

« Ah, je vous la laisse gratis », dit-il.

Il fit un pas en arrière et leva le poste de télévision en l'air au-dessus de sa tête. Il bondit en arrière quand le poste s'écrasa par terre aux pieds du vieillard, en explosant avec un bruit sourd et las. Un rictus de plaisir envahit ses traits incontrôlables quand il regarda la télévision blessée. Il essaya d'adresser son sourire tressautant à Manfred :

« T'aurais pu l'avoir pour cinq billets, espèce de vieux chnoque. »

Puis il s'éloigna dans la direction d'où il était venu. La pluie assombrissait déjà sa capuche grise, sa silhouette de plus en plus petite était terne et triste sous la bruine. Manfred resta penché au-dessus du poste de télévision explosé, tel un parent éploré au bord d'une tombe. Il serra son manteau autour de lui. Ce vêtement archaïque le protégeait mal contre la pluie intermittente. De fait, il sentait l'eau ruisseler contre son cou.

Avant de repartir, le vieillard attendit que le jeune homme eût disparu. Il essaya de le chasser hors de ses pensées. Le visage fulminant du garçon l'avait effrayé, mais sa peur concernait davantage ce garçon que lui-même. Marchant ainsi dans les rues au point du jour avec son étrange fardeau, ce jeune homme lui avait fait l'effet d'une apparition – improbable et bruyante. Et malgré son spasme belliqueux, il lui avait semblé fragile et inquiet, une proie toute désignée pour la pluie et le froid congé du vent.

Manfred passa devant la cité dans laquelle le jeune homme avait disparu. La pluie, bien que douce, maculait et étalait déjà sa gamme de gris. Le vieillard fut soudain tenaillé du désir pressant de rentrer chez lui. Sa chambre lui fit l'effet d'un refuge jaloux loin des rues détrempées, de la prostituée myope et de sa destinée urbaine, sans parler maintenant de ce jeune à moitié cinglé. Parfois dans la sénescence nouvelle de Manfred, la ville était trop peuplée, elle abritait trop de moules et de formes, trop de gens, trop de lumières et d'ombres, trop de clair-obscur répugnant.

L'immuable vrombissement suraigu d'une voiture de laitier passa près de lui. Déjà les femmes de ménage attendaient à leurs arrêts de bus, colorées et redoutables dans la saleté environnante. Il passa devant un groupe de matrones assises sur un banc, dont les jambes saillaient de sous les jupes comme une rangée de vases charnus. Leur conversation, vive et informe, le rendit jaloux de leur robuste vitalité. Il leur envia leur industrie et leur entrain insatiable. Il se rappela d'autres promenades à l'aube ponctuées par de telles femmes. Il avait fêté bon nombre de ses succès et de ses bonheurs par une promenade à l'aube, après une nuit où il avait été trop heureux ou trop fier pour dormir.

Au lendemain de son mariage, il avait ainsi marché à l'aube. Emma était restée dormir, après tout. Il l'avait regardée durant trois ou quatre heures, le ventre rissolant d'amour. C'était la première fois qu'il regardait quelqu'un dormir et, au fil des heures, il se sentit submergé de tendresse. Son amour devint trop vaste pour rester contenu dans cette chambrette et Manfred étouffait sous le poids de ce sentiment. Il s'habilla rapidement et sortit en catimini parmi les rues dans les premières lueurs d'un jour mouillé. Tout en marchant, il alluma maintes cigarettes et pensa à elle. Son amour grandit encore, pour envahir la rue et le ciel. Il regarda les ouvriers lève-tôt ainsi que les derniers couche-tard et il s'imagina qu'ils le connaissaient, que l'énormité de son amour les enflammait tous, comme si ce sentiment qui inondait son cœur avait aussi planté ses graines dans leur cœur chanceux. Londres se peuplait à mesure que Manfred bâtissait une cité de l'amour. Non maquillé par la mémoire, ce souvenir ne semblait pas remonter à hier ; douloureusement, il semblait remonter à des années. Il évoquait la souffrance morte d'un rêve mort.

Ce souvenir le fit s'arrêter et Manfred restait maintenant là, irrésolu, déchiré par la souffrance. La pluie persistait et son corps fut soudain lourd du manque de sommeil. Une ambulance se rua en hurlant vers lui avant de le dépasser. Il regarda ses vitres noires sans se demander quelles souffrances elles dissimulaient. Il se passa la main sur le visage afin d'essuyer quelques gouttes de pluie. Son visage lui parut tavelé et terne. Son visage avait reflué et s'était effondré avec le temps. Il s'était ratatiné sur son crâne. Seul son nez avait poussé.

Le Seigneur dit à Moïse
Tous les Juifs auront de gros nez
Tous sauf Aaron
Qui en aura un carré.

Abruptement, il décida de tourner les talons et de rentrer chez lui. Maintenant il était fatigué, maintenant il avait envie de dormir. Il passa devant la vitrine d'une boutique remplie de postes de télévision qu'on avait allumés pendant la nuit. Tous les écrans étaient saturés d'un crépi moucheté qui bougeait à peine. Aucun programme n'était diffusé. Ces images, ces machines semblaient au point mort, stupides. Le papillonnement de ces points minuscules paraissait exprimer leur impuissance et leur fureur. Il repartit, en proie à un déraisonnable sentiment de victoire.

Les femmes de ménage attendaient toujours à l'arrêt de bus. Ni la pluie régulière ni leur attente n'avaient entamé l'enthousiasme de leurs bavardages.

« Sans blague, elle a fait ça ?

— Puisque je te le dis.

— T'as entendu, Sue ?

— Ça m'étonne absolument pas.
— Si j'ai entendu quoi ?
— Bien sûr que non.
— Mais oui.
— Quoi ? Tu m'as dit quoi ? »

Une camionnette à la vitre ouverte passa et laissa dans son sillage un lambeau presque inaudible de musique radiophonique. Tout en haut, une trouée dans les nuages autorisa un bref instant de lumière qui réchauffa la rue mouillée. Presque à l'unisson, la pluie se mit à tomber plus fort.

Pour apaiser les pensées d'Emma amenées par ce brusque souvenir, Manfred examina les affiches sur les murs et sur les vitrines des boutiques. Les publicités imagées d'une agence de voyages ne procurèrent aucun réconfort. Leur bleu était trop bleu, leur beauté, bien qu'indéniable, trop frelatée. De l'autre côté de la rue, un énorme panneau d'affichage convenait mieux. Il vantait les mérites d'une nouvelle voiture entourée d'un groupe de femmes à moitié nues, à la beauté improbable. Ce violent coup de klaxon de la cupidité et de la luxure l'ahurit suffisamment et son esprit se trouva confortablement engourdi.

Son esprit se trouva engourdi avec un tel succès qu'il ne remarqua même pas le poste de télévision explosé sur lequel il trébucha et tomba. Sa main et son avant-bras droits amortirent tout le choc de sa chute. Momentanément hébété, il crut qu'on venait de le frapper et il roula sur le dos pour découvrir son agresseur inexistant. Son coude gauche s'enfonça parmi les restes éclatés de l'écran du poste et il se débattit brièvement pour libérer son manteau des viscères métalliques. Puis il examina sa main droite, vit du sang et de la saleté sur ses doigts et sur sa paume. Par endroits, la chair avait filé comme un bas ; une languette de peau saillait sur l'os de son poignet, telle une manchette de chemise.

Les signes avant-coureurs de la douleur parvinrent à son cerveau lorsqu'il palpa la chair de son avant-bras. Il comprit qu'il ne s'était par miracle brisé aucun os et il fut surpris par la qualité de la douleur dans sa main et son bras. C'était vraiment excessif. De manière inévitable, son autre douleur profita de l'occasion pour se manifester de nouveau et lui tordre le ventre avec une sévérité pointilleuse. Il trouva une position un peu moins inconfortable et laissa sa tête reposer contre le poste de télévision tandis que la tempête se déchaînait dans ses viscères. À partir du trottoir, il regarda sans passion les visages étonnés qui, à bord d'un bus, se dirigeaient vers les femmes qu'il venait de dépasser. Pendant un instant insupportable et alors que l'épine s'enfonçait encore dans sa chair, il crut que sa vessie venait de lâcher. Alors il pria pour que les femmes de ménage montent dans leur bus sans venir à son aide. Il espéra qu'elles le prendraient pour un poivrot indigne de leur charité trouble. Il attendit, honteux et terrifié, jusqu'à ce que le moteur du bus s'éloignât avec elles.

Une nouvelle série de crampes taraudantes lui déchira le buste. Épuisé, affolé, le vieillard tenta de se relever, mais retomba aussitôt sur la télévision détruite. Cédant à une inspiration délirante, il saisit sa main droite blessée et serra de toutes ses forces ses blessures. Sous le choc il faillit s'évanouir, mais cette mortification infligée par sa main gauche atténua efficacement l'émeute qui se déchaînait dans son ventre. Prenant plus doucement son bras livide, il se mit à geindre doucement. Ses yeux s'emplirent de larmes nuageuses et il remarqua perversement le succès de sa nouvelle technique analgésique.

Pendant quelques minutes, Manfred resta allongé, immobile, sur le trottoir mouillé. Il pleuvait toujours, mais le vieillard était content de demeurer inerte. Sa chair semblait saignée de toute sensation. De l'endroit où il gisait, il observa en silence une petite parcelle de mauvaises herbes au pied d'un lampadaire. Des déchets hétéroclites garnissaient cette modeste végétation. Un gant usé d'ouvrier, dont les doigts tout gonflés paraissaient vivants. Une demi-paire de lunettes de soleil bon marché. Une cannette de bière à l'étiquette dorée, dont le lourd lettrage tarabiscoté ne parvenait pas à dissimuler l'abandon irrémédiable et sordide. Plusieurs lambeaux de journaux détrempés. Une boîte d'allumettes vide.

La rêverie de Manfred fut interrompue lorsqu'il entendit des pas. Levant les yeux, il aperçut la putain de Webb qui marchait vers lui. Elle avait manifestement arrêté de travailler et décidé de rentrer chez elle. Manfred fut horrifié. Il essaya de se relever, mais retomba aussitôt sur le trottoir. Même si la douleur avait pour l'essentiel reflué, son corps lui semblait moribond, incontrôlable. Il rougit de honte tandis que la fille approchait. Cette putain insolente lui gâchait apparemment tous les épisodes de sa vie récente. Il était conscient de l'absurdité de sa prostration sur le trottoir et sous la pluie, parmi les décombres d'un poste de télévision volé. Elle en parlerait à Webb et cet ignoble cinglé aurait ainsi quelques détails croustillants sous la main pour alimenter ses blagues vulgaires. La clameur de sa honte lui emplissait les oreilles, il sentait chaque pulsation du sang dans ses bras. Malgré son humiliation, il se força à composer sur son visage une expression susceptible de contrer les questions ou le rire de la fille.

Pourtant, son approche était hésitante, son allure tantôt rapide tantôt saccadée. Elle avait, de toute évidence, reconnu Manfred, mais elle semblait chercher un moyen de contourner ou d'enjamber le corps prostré du vieillard, sans devoir lui adresser la parole. Comme il bloquait la moitié du trottoir la plus éloignée de la chaussée, la fille fut obligée de le contourner en s'approchant du caniveau. Lorsqu'elle passa près de lui, elle leva la main pour cacher la moitié gauche de son visage. Manfred la regarda avec stupéfaction. Le pied de la fille heurta la cannette de bière dorée et l'envoya valser dans la rue, après quoi la fille s'enfuit.

Manfred se laissa retomber en arrière. La main de la putain n'avait pas réussi à dissimuler entièrement la contusion spectaculaire qui la défigurait. Il avait vu l'œil rougi, la mâchoire tuméfiée, l'œdème qui enflait toute la moitié gauche du visage. D'où les lunettes, d'où les larmes. C'était la vieille histoire. Toujours la même vieille histoire. Peu importait le coup, peu importait l'arme, cette fille portait la trace évidence de tels sévices.

Avec des précautions infinies, avec une précision pleine de tendresse, le vieillard se remit sur pieds et resta immobile durant deux bonnes minutes avant de s'éloigner lentement.

La première fois que Manfred frappa Emma, il eut le sentiment de faire une expérience unique, qui ne serait pas répétée. Comme un homme tirait un coup de feu par simple curiosité, ou un enfant touchant la flamme d'une bougie afin de s'encourager à ne plus jamais recommencer... Aujourd'hui, il ne se rappelait plus les détails ni la moindre dispute justifiant ses coups. Il lui restait seulement le souvenir limpide d'Emma ouvrant la porte de leur chambre au beau milieu de la nuit et de lui-même interrompant la marche de son épouse. Il l'avait tirée en arrière, d'une poigne impitoyable serrant le bras d'Emma. Elle le dévisagea un instant, les cheveux en bataille et le visage très rouge, puis il la frappa violemment au visage avec la paume ouverte. Sous l'impact du coup, la tête d'Emma fut rejetée en arrière et ses cheveux lui cachèrent entièrement le visage. Manfred relâcha son étreinte sur le bras de sa femme et tous deux restèrent ainsi pendant quelques minutes. Emma se tenait tête baissée devant lui, le visage caché par ses cheveux. Sans le regarder, elle se dirigea vers leur lit et y monta. Lorsque Manfred l'y rejoignit, elle se détourna de lui, laissant sa main reposer sur la hanche de l'homme comme une consolation. Bien que certain qu'elle était toujours réveillée, Manfred s'endormit rapidement.

Le lendemain il se sentit bourrelé de remords. Mais il se sentit aussi étrangement joyeux. De fait, en un sens ç'avait été un succès. Il avait enfin accompli la chose qu'il avait toujours redoutée. Il l'avait frappée. Il avait accompli le pire forfait qu'il pût commettre et il savait désormais qu'il ne pourrait jamais recommencer. Il était presque fier d'avoir réussi à se débarrasser de cette violence d'une manière aussi anodine. Un seul coup était un maigre prix à payer pour mettre fin à toute possibilité de violence ultérieure. Tandis qu'assis il écoutait les habituelles divagations immobilières de Tapper, il eut même l'impression d'avoir fait davantage de mal à lui-même qu'à elle. La honte terrible qui était la sienne outrepassait toute douleur qu'il avait bien pu causer à Emma. Cet écart de conduite l'avait lavé de toute violence. Le coup de la nuit dernière l'avait libéré.

La deuxième fois que Manfred frappa Emma, il eut le sentiment du début de quelque chose. Pour lui comme pour elle, ce fut comme si tous deux tâtaient l'eau. Ils comprirent alors qu'il y avait encore bien plus à infliger et à supporter. Un nouveau secret s'ouvrit entre eux.

Cela arriva très vite, avec une facilité presque inexorable. Ils sortirent dîner avec les Rosen dans un restaurant tout proche du night-club que tous les quatre avaient fréquenté des années plus tôt. Désormais, de telles sorties se faisaient rares. La fille d'un voisin gardait Martin pour la soirée et cette festivité inhabituelle rendait Manfred très tendu. Quant à Emma, elle étincela de vivacité. Sarah et elle échangeaient des plaisanteries au-dessus de la table et Manfred remarqua, honteux, qu'il n'avait pas vu son épouse aussi heureuse depuis très longtemps.

Alors Sarah se mit à leur parler d'un livre qu'elle était en train de lire. C'était un livre sur l'holocauste. Elle en parla longuement et Emma fut soudain mal à l'aise. L'attitude de Sarah surprit Manfred. Car elle connaissait assez bien la vie d'Emma. Tom aussi parut très vite gêné, comme si Sarah et lui-même avaient discuté de tout cela avant le dîner. Cette écervelée croyait peut-être tenir le moyen de faire sortir Emma de sa réserve, de l'obliger à parler de toutes ces choses qu'elle tenait secrètes. Au beau milieu d'une description soignée d'un viol par les nazis, Manfred regarda en silence sa femme et il vit une rougeur terrible, incontrôlable, se répandre sur le visage d'Emma. Il faillit vomir. Elle n'avait jamais réussi à contrôler ses fards. Ils la trahissaient constamment. Et maintenant, en écoutant le récit du viol que racontait Sarah, elle se mit à rougir comme il ne l'avait jamais vue rougir.

Le restant de la soirée se perdit dans un brouillard de bruits et de visages. La rage le submergeait. Ce nouveau soupçon l'aveuglait. Dès qu'ils eurent pris congé des Rosen, il fut saisi d'une fureur froide. Lorsqu'ils rentrèrent chez eux, il resta en bas, fou de rage, tandis qu'elle montait et se préparait à aller se coucher. Il fuma fiévreusement une cigarette, puis suivit Emma à l'étage.

Le premier coup de poing (et ce fut peut-être l'instant où il lança vers elle son poing fermé, ce fut peut-être cet instant qui brisa toutes les règles), ce premier coup fut lancé à l'aveuglette. Son bras s'était gorgé de sang, d'un sang indépendant qui lui accordait de la force et une étrange innocence. Emma fut frappée au côté de la tête et tous deux reculèrent, stupéfiés. À partir de ce moment-là, il ressentit une honte monstrueuse, une haine terrible pour lui-même. La seule chose à faire, c'était de frapper encore Emma, et plus fort – afin qu'en la détruisant, Manfred pût perdre sa propre honte et sa rage. Il la frappa encore – à la tête, aux épaules, au corps – les coups moins précis à mesure qu'elle essayait désespérément d'échapper à toute cette fureur. Bientôt, la raclée se mit à suivre une curieuse logique. Il y avait une certaine quantité de douleur qu'il devait infliger. Jusqu'à ce que cette quantité fût atteinte, il ne pouvait pas envisager d'autres options. La propre douleur de ses poings devint son guide tandis qu'Emma heurtait le mur, la porte, le sol. Le poids des coups de Manfred ne diminua pas, car il devait frapper avec la même vigueur. Une force et une confiance sans égales le submergeaient. Il se sentait euphorique, puissant et vertueux.

Bien vite, elle s'effondra sous les coups et tenta seulement de se protéger du mieux possible. Elle essaya de ramper sous le lit. Tel un singe, il s'accroupit et frappa à toutes forces les flancs de son épouse.

Tout prit fin brusquement. Il s'arrêta pour reprendre haleine. Sa rage s'évapora, le laissant fatigué et désemparé. Pendant quelques secondes, il resta accroupi au-dessus d'elle, le souffle court. Il était désormais sans passion, presque perplexe. Il baissa les yeux vers son épouse. Il vit du sang sur la chemise de nuit. Le visage d'Emma était caché par ses cheveux. Déjà, ses jambes se couvraient de bleus. Son buste semblait étrangement difforme, telle une pâte malaxée. La douleur commença de palpiter dans les poings de Manfred. Il se demanda quoi faire.

Au travail le lendemain, Manfred exécuta ses tâches avec une efficacité approximative. Tapper étant absent, il pouvait laisser la journée filer sans trop de concentration. En son for intérieur, il se remémorait encore et encore les coups assenés durant la nuit. Il faisait chaud et Manfred transpirait de terreur. Il avait retiré sa veste, remonté ses manches de chemise. Ses mains et ses avant-bras étaient couverts de bleus et même enflés çà et là, aux endroits où les coups avaient été particulièrement violents. Son coude droit était tuméfié et douloureux, à cause d'un coup qu'il avait porté au visage d'Emma, le coup qui sans doute avait fait le plus mal à Emma. Ce n'est pas la lourdeur de la main qui compte, c'est le coude pointu qui fait le plus de dégâts. Il savait ce que son coude avait accompli, ce qu'il ne pouvait pas manquer d'avoir fait à la chair d'Emma.

Ce matin-là, il était sorti de la maison comme un voleur, sans la réveiller. Il n'osait imaginer ce à quoi Emma pouvait bien ressembler à ce moment précis, quel mal absolu il lui avait fait.

Toute la matinée il eut la bouche sèche, enflée, à vif. Il avait beau boire du thé et des verres d'eau, sa langue restait râpeuse. Sa gorge restait brûlante, comme éraflée, en proie à une soif insatiable. Il continua de travailler en soupçonnant tout du long que ses collègues savaient ce qu'il venait de faire. Les filles du bureau le regardaient d'un air méfiant, avec ce qu'il croyait être le mépris qu'on réservait aux hommes qui battaient leur femme. Il redouta follement que les Rosen ne rendent visite à Emma. La pensée qu'elle pût recevoir la moindre visite devint une obsession terrifiante. Il résolut de faire un saut chez lui à l'heure du déjeuner.

Ses mains tremblaient tellement qu'il ne se fit pas confiance pour conduire. Il prit un taxi et continua de transpirer sur la banquette en cuir. Il réussit à peine à croasser sa destination au chauffeur. Il resta un moment devant sa maison et regarda tristement son bien le plus précieux. Soudain, cette maison ne lui parut plus confortable du tout, ce n'était plus une fondation sur laquelle construire. Son foyer avait déjà changé – un désordre minuscule mais significatif venait de se produire. Il se sentit muré dans le désespoir. Il se sentit privé de sa virilité.

Il ouvrit doucement la porte d'entrée et franchit le seuil sans bruit. À l'intérieur, ce fut pire. Tout son foyer l'accusait. Le moindre objet domestique était un reproche. Leur confort, leur familiarité même lui semblaient maintenant perdus. Le long porte-parapluie blanc, le téléphone dodu posé sur la table, la rangée muette des manteaux d'Emma et la rangée inférieure des manteaux de son fils.

La maison était silencieuse. Il n'y avait aucun indice d'une éventuelle présence d'Emma. Malgré tout, Manfred se mit à monter l'escalier avec une certitude inconnue et des précautions de voleur dans sa propre maison. L'escalier lui parut sans fin, inflexible. Son pas ralentit tandis qu'il gravissait marche après marche.

Il s'arrêta devant la porte de leur chambre. Bien que dans la maison le silence fût aussi absolu que d'habitude, il fut bientôt certain que sa femme se trouvait dans la chambre. La porte était entrebâillée. Il s'accroupit et la poussa doucement pour élargir la fissure entre la porte et le mur.

Emma se tenait debout et nue, au pied du lit. Elle lui tournait légèrement le dos. Sa robe faisait une tache informe autour de ses chevilles. Elle se regardait dans le long miroir en pied de l'armoire. Manfred ne voyait pas le reflet de son épouse, seulement son flanc et presque tout son dos. Elle avait des marques à de nombreux endroits. Le dos était richement semé de bleus et d'éraflures comme si la main de Manfred avait tamponné et peint ces traces colorées sur la peau d'Emma. Sa chair, ses côtes, ses hanches et sa taille étaient blessées, rougies.

Il y avait sur sa hanche un énorme bleu noirâtre, de la taille d'une assiette, ainsi que sur ses jambes d'autres bleus et des coupures, petites ou grandes. Elle avait le visage caché derrière ses cheveux, et ce détail rendait le spectacle plus insupportable encore. Les traces de la haine de Manfred étaient plus horribles sur cette chair sans visage ni reproche. Il semblait à Manfred que ses mains palpitantes étaient lointaines, étrangères. Il les serra inutilement l'une contre l'autre. Tout était de leur faute, à ces mauvaises mains.

Elle n'avait toujours pas bougé. La fixité avec laquelle elle observait son corps nu effraya Manfred. C'était comme si elle amarrait solidement dans sa mémoire l'image de son corps meurtri. Comme si elle scellait ce témoignage contre lui. Il souhaita la voir bouger, dissiper cette sombre inertie. Il devina que lui-même ne pourrait pas bouger avant elle. Mais elle restait immobile, les yeux fixés sur son propre reflet dans le miroir, le visage dissimulé derrière ses cheveux couleur paille, nue et brisée.

Alors elle se tourna. Ses seins et son ventre étaient écrasés, décolorés. Un mamelon s'était enflammé, virant au pourpre. Ses épaules étaient uniformément noircies du sang mort coagulé sous la peau. Le regard de sa femme croisa le sien, sans reproche.

La pluie s'arrêta, les nuages s'élevèrent lentement dans le ciel. Un soleil pâle peina sur les toits. Manfred crut son cœur fait de verre brisé. La souffrance lui brûlait les joues. La hauteur du ciel lui sembla appropriée. Quand il était heureux, le ciel était invariablement dégagé. Avril, mai et juin. C'était une matinée douloureuse – un plafond bas, propre à engendrer le malheur.

Il était désormais tout près de chez lui. Les rues se remplissaient de leur second adjuvant. Les femmes de ménage avaient maintenant décampé et leur place vacante fut prise par les marchands de journaux qui ouvraient leur boutique, les postiers, les camionnettes pleines d'ouvriers. Les rues mouillées brillaient comme de l'acier – de fait, dans toute cette pâleur détrempée, une bonne part du monde semblait métallique. Les mouettes volaient bas, criaillantes et cupides.

Il traversa la rue vers son appartement. Il remarqua qu'une douce lumière brillait à la fenêtre située au-dessus de la sienne. Garth était réveillé, même s'il était difficile de savoir s'il rentrait de l'hôpital ou s'il se préparait à partir y travailler. Ce garçon semblait travailler beaucoup et selon des horaires variés. Inutile de le dire, les rideaux de Webb étaient tirés. Webb ne se levait jamais de bonne heure. Il essayait de se lever, tout simplement, et une fois cette corvée accomplie il s'habillait rarement avant trois ou quatre heures de l'après-midi. Dernièrement, il avait pris l'habitude de rendre visite à Manfred à l'heure du déjeuner et de s'installer à table dans toutes sortes de tenues plus ou moins déshabillées.

Un chat roux était assis sur le paillasson de la porte. Sa fourrure était dépenaillée, toute hérissée par la pluie. Quand Manfred se baissa pour le caresser, le chat fit le gros dos et se mit à ronronner aimablement. Cette créature semblait malheureuse et fatiguée. Le vieillard ouvrit la porte d'entrée. Si ce chat acceptait d'entrer avec lui, Manfred lui offrirait un petit déjeuner. Il claqua la langue et ronronna à son tour pour attirer l'animal à l'intérieur. Puis il lui tint la porte en ronronnant de plus belle. Le chat resta un moment à le regarder. Ses pattes avant frémirent légèrement comme s'il voulait entrer, mais il finit par tourner les talons avant de s'éloigner, la queue haute, pour descendre les marches vers le jardin. Manfred referma tristement la porte.

En passant devant la porte de Webb, il entendit le bruit de deux ronflements. En ce moment, Webb préférait apparemment que ses femmes passent la nuit avec lui. Il repensa à l'autre fille de Webb, celle qu'il avait vue ce matin-là. C'était trop injuste. Son visage tuméfié, désespéré, serait resté sans effet sur Webb. Et que cette fille demeurât temporairement défigurée ne gênait nullement cette brute vulgaire. Il y avait tellement de putains à Londres.

Il ouvrit sa propre porte. Pour un homme qui n'avait jamais couché avec une prostituée, il semblait en avoir rencontré un nombre très excessif. Presque toutes les femmes qu'il avait croisées pendant la guerre avaient été des prostituées – en Égypte, en Libye et en Italie. En 46 et 47 Berlin grouillait de prostituées. Des milliers de femmes et de filles arpentaient les rues de la ville brisée, remontant leur jupe parmi les gravats pour un dollar ou un bocal de café. Des minces et des grosses, des vieilles et des jeunes dont les seins n'avaient pas encore poussé. Les armées d'occupation avaient souillé cette ville et l'omniprésence des putains signifiait que toutes les femmes souffraient de la grossièreté des soldats. Les femmes se faisaient putains par désespoir, la guerre opérait de terribles changements dans tout ce qu'elles avaient de plus précieux. Les hommes, les soldats, restaient identiques à eux-mêmes, mais ils profitaient tant et plus de la licence qui régnait dans la ville blessée.

Un jour, Manfred tomba par hasard sur une gamine de douze ans qui pratiquait une fellation sur un gros Irlandais d'Ulster engagé dans le Pay Corps. Le caporal irlandais s'était reboutonné en toute hâte, mais la fille était restée à genoux devant lui. Désormais sergent, Manfred avait mis le caporal à l'amende, mais il ne pouvait rien faire pour la fille. Il savait qu'il avait simplement privé cette fille de sa rétribution et qu'elle s'agenouillerait devant un autre soldat dans l'heure qui suivrait.

Les femmes de Berlin se faisaient battre et même assassiner avec régularité. On découvrait dans toute la ville des cadavres mutilés, nus, brisés et dispersés comme autant de sacs de confiseries abandonnés. Même les Berlinois se retournaient contre leurs femmes et ils les tuaient ou les blessaient. Comme si les Allemands, humiliés par la défaite de leurs armes, avaient mobilisé le restant de leur haine et de leur militarisme contre leurs femmes.

Dans la salle de bains, Manfred remplit le lavabo d'eau tiède et commença de nettoyer la plaie de sa main. L'eau l'apaisait, de minuscules croûtes de sang noir s'arrachèrent de sa peau avant de se dissoudre en tourbillons et en courants rosâtres. Derrière la fenêtre, couverte de givre, de la salle de bains, la matinée était devenue presque prodigue. Avec sa main gauche non blessée, il ouvrit la fenêtre. Une lumière profuse emplit alors la pièce et l'eau ensanglantée du lavabo se mit à briller comme du vin.

Troisième Partie

La Douleur de Manfred

Dix
(1959-1962)

Leur mariage s'écroula. Il avait été cette maison aménagée par Manfred et maintenant il pourrissait comme une dent cariée. La première fois où Manfred frappa Emma, il fut certain que ses coups lui faisaient davantage de mal qu'à elle. La douleur d'Emma avait été une infime particule, comparée à l'énergie et à l'étendue de sa propre culpabilité et de son remords. La deuxième fois où il la frappa, il se sentit pollué de honte. Un motif avait été conçu et copié. Des épisodes similaires allaient revenir. La répulsion, la peur et tout un ensemble de mortifications le punirent. Pensant toujours à lui-même, Manfred endurait des souffrances copieusement soldées.

Son propre foyer lui devint un reproche. Les objets dont ils avaient rempli la maison ressemblaient désormais à un vieux rêve de stabilité et de permanence. Maintenant, la maison elle-même semblait se moquer de la substance de son mariage, de sa virilité, de son être. Il ne s'attardait plus à l'entrée, une main posée sur les briques voisines de la porte. L'immobilier avait perdu tout pouvoir de consolation domestique.

Emma se mit à rôder dans la maison. Elle recherchait

les ombres les plus profondes et allumait les lampes de plus en plus tard. Alors ils restaient assis en silence dans la pénombre grandissante avec leur fils silencieux, tout comme Manfred était resté assis avec sa mère et ses frères vingt-cinq ans plus tôt. Le week-end, elle se mit à organiser des sorties avec son fils. Le cirque, le zoo, le parc. Même si elle n'évitait pas ouvertement son mari, Martin sentait que quelque chose n'allait pas et il se mit à considérer son père avec la méfiance terrorisée des enfants.

La troisième fois où Manfred frappa Emma, ce fut plus facile. À croire qu'il avait déjà perdu le pucelage de la violence. Après quelques tentatives, cela paraissait presque convenable, détaché de tout vrai remords. La quatrième fois où il la frappa, il pleura et la supplia de lui pardonner. En larmes sur le lit en désordre, ils firent l'amour. Ensuite, les cheveux trempés et hirsutes comme un arbuste de serre, elle le tint longtemps entre ses bras. Il faillit se dire qu'elle aimait ça. La cinquième fois où il la frappa, il perdit le compte de ses passages à tabac.

Tout ce qu'il faisait semblait maintenant terni et ensanglanté par cette violence. Lorsqu'il était au bureau, son esprit battait la campagne. Il rougissait pour un rien et la nausée lui envahissait brusquement la gorge. Ses inattentions gâchaient son travail. Tapper s'en plaignit, mais avec paresse. Car il était préoccupé par une série d'affaires énigmatiques avec des hommes qui ne donnaient jamais leur nom au téléphone. Les propres soucis de Manfred passèrent donc presque inaperçus. De huit heures et demie du matin jusqu'à cinq heures de l'après-midi, ses journées se traînaient tandis qu'il appréhendait son retour dans la maison silencieuse, accusatrice. Ses heures de travail devinrent pour lui de la sciure.

Les repas étaient silencieux et tortueux. Martin détestait dîner avec son père. Le garçon restait assis, raide et tendu, son visage fermé mâchant imparfaitement sa nourriture sans goût. Il était parfois tellement à cran qu'il bondissait soudain loin de la table, après quoi ses parents entendaient les bruits lointains de ses vomissements et de ses pleurs dans les toilettes. Manfred se mit à avoir peur de ce garçon comme son propre père avait eu peur de lui. Martin le considérait avec cette expression de vertu inébranlable propre à l'enfance.

Ses nuits, elles aussi, étaient torturées. Il ne restait plus éveillé pour la regarder tandis qu'elle dormait. Il savait que c'était maintenant elle qui restait éveillée et vigilante, redoutant quelque nouvelle violence. Il s'endormait aisément, mais son sommeil devenait vite erratique et épuisant. Il rêvait qu'il battait Emma dans la cuisine. Il lui jetait des assiettes qui refusaient de se briser. Dans sa fureur, ses bras lacéraient l'air. Emma tombait en morceaux entre les mains de Manfred, les os de la jeune femme se fendaient et craquaient comme s'il déblayait un chemin à travers les herbes hautes. Elle gisait par terre, éventrée parmi les assiettes intactes. Tels les os d'un cheval, ceux d'Emma refusaient de rester unis. Il l'avait détruite. Il se réveillait alors plein de remords et il la serrait dans ses bras pendant qu'elle faisait semblant de dormir.

Il se mit à boire. Il fit l'expérience d'un nombre respectable d'options. Le whisky, le cognac, la vodka et le rhum. Tous le rendaient malade. Il choisit le gin. Cet alcool aussi le rendait malade, mais de manière moins catastrophique. Il buvait dans les bars, au travail. Il buvait lorsqu'il rentrait chez lui. Il traînait dehors, il traînait chez lui, il buvait le plus possible. Il se mit à apprécier les bars les plus sordides où il finissait souvent par vomir dans les toilettes, son visage brûlant pressé contre le carrelage infect, les narines encombrées de l'odeur de sa propre pisse brillante comme le gin.

Quand il était saoul, naturellement, il la battait plus souvent et plus fort. Il vacillait jusqu'à chez lui, lugubre et coléreux, vulgaire et bavant. La placidité même d'Emma le faisait enrager et l'accusait. Empestant encore la crasse de quelque bar ignoble, il la provoquait et la maltraitait. S'il restait à la maison pour boire, les heures avant d'aller se coucher passaient si lentement, sa femme et son fils se déplaçaient si doucement dans leur maison, que sa rage s'en voyait inexorablement décuplée. Dès que Martin était au lit (et bientôt l'enfant repoussa le plus tard possible le moment d'aller se coucher – considérant sa présence comme une protection envers sa mère), la haine débordait. Ses mains désormais exercées se dirigeaient contre elle.

Certains bleus, certaines marques sur Emma devinrent constants, comme s'ils constituaient les cibles préférées de Manfred. Une ceinture de marques restait posée en permanence sur les épaules d'Emma et sur ses bras, tels des coups de soleil noirs. Une paume ouverte provoquait des dégâts inattendus. Les marques d'Emma étaient difficiles à cacher et, lorsqu'il les remarquait par mégarde, il devenait malade de colère.

Mais lorsqu'il la frappait, il ne l'en aimait que plus. Lorsqu'il la frappait, il pensait davantage à elle. Il la chérissait davantage. Et il avait davantage besoin d'elle. Ces coups de poing étaient tout sauf égoïstes. Une certaine ardeur les motivait. Il désirait sa femme blessée. Jadis il la rêvait morte et il admirait cette passion de sa propre douleur et de sa perte. Maintenant il la blessait et il la prenait en pitié avec une tendresse suffocante, coupable. L'étendue et le luxe de sa propre pitié le faisaient exulter. Il la battait, il la prenait en pitié, il l'aimait davantage.

Ils ne parlaient jamais du mal qu'il lui faisait et qu'elle supportait. Après les premiers incidents, un protocole silencieux fut établi. C'était apparemment une honte que tous deux supportaient. Les fins de soirée, après que leur fils fut allé se coucher, étaient saturées d'un désespoir inexprimé. Il constata avec stupéfaction qu'elle ne lui faisait jamais le moindre reproche. Sans doute désirait-elle parler, nier ou protester. Mais elle ne le faisait jamais. Parfois, elle le regardait avec une gravité ou un calme particulier. À certains moments, le visage d'Emma trahissait toute sa vulnérabilité et sa force, mais elle ne protesta jamais. Peut-être attendait-elle quelque révolte chez Manfred, quelque arrêt qui ne vint jamais.

Tout partit bientôt à vau-l'eau. Il comprit qu'il était trop tard pour faire machine arrière quand, un jour, pris d'un soudain accès d'affection, il s'approcha d'elle pour la prendre dans ses bras. Elle se tenait près du poêle de la cuisine, nimbée d'une lumière chaude. Lorsque Manfred tendit les bras pour toucher Emma, elle esquiva son geste. Et il resta là, superflu, les bras vides et le cœur débordant, nauséeux, tandis qu'Emma se faisait toute petite devant lui. Comme d'habitude elle ne dit rien, mais sa tête baissée, son expression de victime – voilà tout ce que Manfred avait besoin de savoir. Durant toute la journée, il fut submergé de colère et de honte. Ce soir-là il la battit, poussé par la honte et par la peur.

Avec une logique implacable, la violence augmenta. Ce

n'était pas que quelque chose serait mort en lui. Non, quelque chose venait de naître en lui, de se développer avec force et perversité. Il s'étonnait de ce qu'il était maintenant capable de faire. Apparemment, il pouvait la frapper avec une aisance transparente. Chaque coup porté contre elle était une nouvelle souillure qu'il s'infligeait. Lorsqu'il était seul, il se découvrait possédé d'une rancœur informe. En dehors de chez lui, il devint soupçonneux, sans cesse sur la défensive. D'autres hommes, des collègues ou des inconnus, lui manifestaient une réprobation toute particulière. Leur virilité paraissait saine et entière. Manfred avait le sentiment d'être une chose méprisable – un mari qui battait sa femme, un lâche. Il observait les hommes dans la rue. Il ressentait le mépris qu'ils auraient ressenti s'ils avaient connu son secret. Il s'interrogeait sur des hommes précis, choisis à cause de leur imperméable, de leur stature ou de leur coupe de cheveux. Il savait qu'aucun d'entre eux n'aurait jamais battu Emma. Il brûlait alors d'une jalousie délirante.

Emma souffrit davantage à cause de cette jalousie. Il était terrifié à l'idée qu'elle pût le trahir ; qu'elle pût confier ses souffrances à un homme de bien. Il se mit à la surveiller comme un espion. Il détestait la voir silencieuse, ne pas savoir ce qu'elle pensait, quelle trahison mijotait là. Il savait seulement qu'elle passait des heures devant des miroirs, immobile et silencieuse. Un jour, il resta dans l'embrasure d'une porte ouverte et attendit avec inquiétude qu'elle remarquât sa présence. L'expression d'Emma était clandestine et triste. Elle avait le regard fixe, les lèvres doucement mais fermement closes.

Tous les jours, maintenant, il la surprenait en train de se regarder dans un miroir, d'examiner son visage avec gravité et minutie. L'immobilité et la concentration d'Emma l'énervaient. Il se demanda ce qu'elle voyait dans ce miroir. Quelles preuves de souffrance. Il devint également jaloux des miroirs. Il envisagea même de les cacher ou de les détruire tous. Mais il n'en eut pas le courage et ils restèrent aux endroits où ils étaient accrochés dans la maison. Il soupçonna qu'elle examinait le mal qu'il lui avait fait ou peut-être le mal que d'autres lui avaient fait, pendant la guerre, le mal qu'on avait fait aux Juifs et dont elle ne parlait jamais.

Et il devint bientôt jaloux de cela aussi. En vérité, il avait toujours été jaloux du passé sans nom d'Emma durant la guerre. Et puis il était jaloux d'autres choses. Il était jaloux du bus qu'elle avait pris autrefois pour aller à l'école. Il était jaloux des jupes et des chaussures qu'elle avait portées, des sons qu'elle avait entendus, des choses qu'elle avait vues, des pensées qui lui avaient traversé l'esprit. Confronté à l'inébranlable fidélité sexuelle d'Emma, il devint jaloux de tout le reste. Il devint jaloux de sa maison et de son fils. Mais surtout, il devint jaloux de la guerre, des camps. La première fois il l'avait battue à cause du soupçon de quelque viol dont elle avait peut-être été victime autrefois, à Birkenau. Il devint jaloux de Birkenau.

Ils ne voyaient plus leurs amis. Les Rosen avaient protesté pendant quelques mois, mais ils finirent par laisser tranquilles Manfred et sa famille, devinant avec raison un problème dans leur mariage. Les toutes dernières anciennes camarades de travail d'Emma renoncèrent elles aussi. Pendant quelques semaines Manfred ouvrit la porte à ces femmes, qui comprirent qu'il y avait anguille sous roche, avant de décider de ne plus rendre visite à Emma. Il interdit les escapades entreprises par Emma et Martin afin de l'éviter, même pour se rendre chez une vieille tante. La maison devint une geôle. Tous les trois rôdaient désormais de pièce en pièce selon des motifs solitaires. Une révolte sourde s'empara du garçon. Manfred savait que, dès qu'il avait le dos tourné, son fils donnait libre cours à sa rage enfantine en multipliant les grimaces et en adressant des gestes de violence à son père. Cette pantomime contrariée de la haine blessa Manfred. Il comprit alors qu'il ne pouvait plus nourrir le moindre rêve de réparation. Son propre fils le détestait, son propre fils désirait le voir mort ou parti.

Alors, tout à coup, Emma cessa de parler. Un soir d'août où la lune et les nuages emplissaient le ciel, Manfred rentra chez lui. Il avait été boire dans un bar près de King's Cross. Mais ce bar avait été trop répugnant, même pour lui, et il rentra plus tôt qu'il n'en avait d'abord eu l'intention. Il poussa doucement la porte (comme il faisait toujours désormais) et il monta l'escalier. Emma arriva en toute hâte en haut des marches. Elle l'avait entendu entrer. Il comprit qu'elle venait de se regarder dans le miroir. Une colère lugubre s'empara de lui (comme elle faisait toujours désormais). Il tourna les talons pour rejoindre la cuisine. Son fils y était, assis à la table, où il lisait un livre. Il ne leva pas les yeux lorsque Manfred retira son veston et son chapeau. Emma le suivit dans la cuisine et Manfred lui adressa un bonsoir dépourvu de toute aménité. Elle eut un sourire timide et se déplaça vers le poêle. Il aurait été furieux si elle n'avait pas semblé aussi effrayée (comme elle en avait toujours l'air désormais).

Il comprit seulement ce qui se passait lorsqu'ils furent arrivés au milieu de leur repas. Le garçon avait manifesté une verbosité opiniâtre et, surpris par ce changement de comportement, Manfred avait à peine remarqué que sa femme n'avait pas ouvert la bouche. Mais, tandis qu'ils mangeaient, la volubilité du garçon s'épuisa peu à peu et une chape de silence descendit bientôt sur la table. Au bout de quelques minutes, les impacts des couverts contre les assiettes aboutirent à une cacophonie insupportable. D'une voix hésitante, Manfred hasarda un commentaire neutre sur le repas. Personne ne lui répondit. Il avala avec difficulté sa bouchée suivante, puis essaya de nouveau, cette fois avec un commentaire aimable sur la beauté de la soirée. Une fois encore, le silence. Alors il eut peur. Emma gardait la tête baissée, le visage caché derrière ses cheveux, mais Martin le regardait droit dans les yeux avec mépris. Manfred sentit sa gorge se dessécher et la nourriture tourner dans le cloaque de son ventre. Il se vit sur le point d'étouffer. Enfin, son regard se détacha de celui, fulminant, de son fils, il se tourna vers sa femme et lui posa une question directe. Elle ne répondit pas. Il répéta sa question.

« Comment s'est passée ta journée ? »

Ces mots lui parurent stupides et absurdes dans sa bouche. Il n'y avait pas de quoi ébranler le silence dont elle avait décidé. Il attendit. Elle ne répondit pas.

Cette nuit-là il ne la frappa pas. Défait, il resta allongé à côté d'Emma tandis qu'elle faisait semblant de dormir. La peur le recouvrait comme une courtepointe, il se sentait minable et petit. Il percevait la chaleur frugale de son épouse qui réchauffait le lit et il tenta imperceptiblement de s'éloigner de cette source de chaleur. Dans la sombre enceinte du lit elle paraissait massive. Son silence dura toute la nuit. Mais il ne contenait aucune provocation évidente. Il n'y avait aucun défi sur son visage. Elle lui avait même paru plus humble que d'habitude. Et c'était bien là le détail terrible. Il aurait volontiers écrasé un silence provocant, mais il ne pouvait venir à bout du silence de la victime.

Le lendemain, lorsqu'il rentra du travail, ce silence continua. De nouveau, il ne la battit point. Cette trêve tacite se poursuivit pendant les quelques jours qui suivirent. Mais aussi terrible et effrayant que pût être ce silence, Manfred savait qu'ils n'en avaient pas fini avec la violence. Il espéra qu'elle ne s'imaginait pas une chose pareille.

Au bout d'une semaine, le silence d'Emma perdit pour lui toute horreur. Il comprit alors qu'il la frapperait encore, qu'il lui ferait encore plus mal. La veille de l'anniversaire des trente ans d'Emma, il quitta le travail de bonne heure pour se rendre dans un bar miteux tout proche de chez lui. Il but sans plaisir. Le barman bourru le snoba et les autres habitués le gratifièrent de regards méprisants. La soirée commença à prendre des allures de soirée décisive. Au bout de quelques heures, tout le bar parut ivre. Lui seul gardait la tête claire. Il but plus vite et observa l'oubli sordide des hommes et des femmes. Une rixe éclata. Un homme au visage couvert de sang sortit en titubant et une femme sanglota comme une ivrogne. Cet endroit était insupportable, mais il attendit d'être certain que son fils fût couché. Alors il quitta le bar.

Dehors, il avait plu et les rues étaient humides, trop réelles. Une lumière diffuse ruisselait des lampadaires et des fenêtres. Un vent criminel traversait son mince manteau pour le glacer et Manfred pressa le pas. Il y avait peu de gens dans les rues et le bruit de ses pas semblait étrangement sonore et urgent. Ce fracas le mit en colère tout en l'effrayant. De toute évidence, ils ressemblaient aux pas de l'uxoricide, du tueur.

Quand il arriva chez lui, il était ivre d'une colère lente et patiente. Toute la soirée, sa rage face au silence d'Emma avait grandi tandis qu'il observait les manèges de ce bar sordide. Et bientôt, il fouilla la maison à la recherche de son épouse. En bas, les lumières étaient éteintes et les pièces silencieuses. Elle était soit dans la chambre, soit dans la salle de bains. Dans les deux cas, il savait qu'elle serait devant un miroir. Il monta l'escalier.

Elle était dans leur chambre. Assise au bord du lit, elle fixait le miroir situé devant elle. Manfred resta sombrement au seuil de la pièce. Il remarqua que des larmes récentes souillaient et mouillaient le visage d'Emma. Elle paraissait inconsciente de la présence de Manfred. Elle leva la main vers son visage et toucha doucement sa joue humide. Ce geste, si tendre et pénitent, le blessa. Alors il entra dans la chambre.

Les violences qui s'ensuivirent restèrent silencieuses, hormis les coups sourds de la chair percutant la chair, de l'os frappant l'os. Bientôt, des taches et des éclaboussures du sang d'Emma recouvrirent le tapis et la courtepointe. Il sut que c'était la dernière fois. La toute dernière fois. On ne pouvait pas faire subir davantage que cela. Rien de plus ne pouvait arriver. Dans sa panique, il la frappa plus fort.

Quand ce fut terminé, il se redressa, le souffle court, et baissa les yeux vers elle.

« Pourquoi refuses-tu de me parler ? » demanda-t-il.

Alors elle parla. Elle essuya le sang sur son visage et sur son corps, puis elle ôta sa chemise de nuit maculée de sang pour en mettre une propre. Elle boita et chancela affreusement, sans jamais s'arrêter de parler. Sa voix était étrange, comme si elle avait du sable dans la bouche et que ses lèvres étaient fendues et tuméfiées. Son visage paraissait tordu, sa mâchoire semblait déboîtée, mais elle parla. Les heures passèrent comme autant de gueules de bois successives et indépendantes, la douleur et les larmes semblèrent embrumer la chambre. Elle parla. Il avait compté dix années en attendant de l'entendre parler. Et maintenant quelque chose venait de se briser en elle et elle parla sans fin. Elle parla davantage qu'il ne put écouter.

Elle s'appelait Rosza. Sa mère était une grande femme douce qui portait des robes froncées comme du papier d'emballage. Son père avait un visage poilu et sombre. Il portait de petites lunettes afin, lui avait-il dit, d'empêcher son nez de tomber. À l'école, Steya Fried se moqua de cette explication et Rosza se demanda pourquoi son père lui avait menti.

Elle avait deux sœurs, l'une grande, l'autre petite ; l'une méchante, l'autre bonne. Dana était grande et Rachel était bonne. Dana faisait des remontrances à Rosza et Rachel la consolait en séchant ses larmes. Rosza préférait Dana. Elle était belle et impérieuse. Le bon cœur de Rachel ne lui gagnait aucun amour.

Ils vivaient à Prague. À l'école, Rosza apprit que Prague était la plus belle ville d'Europe. Prague était un diamant serti au front du monde. De fait, Rosza aimait ses larges rues pavées, toutes les lumières ainsi que toutes les couleurs. Les gens ressemblaient à ses parents. Leurs vêtements étaient doux et odorants, leurs visages arrondis et graves. Même les hommes misérables et les pauvres femmes qu'elle voyait parfois lui semblaient corrects et convenables.

Son père était médecin. Elle savait qu'il était célèbre. Quand d'autres adultes venaient en visite dans la haute maison où ils habitaient, ils se montraient courtois et admiratifs. Parfois, les hommes jeunes rougissaient en serrant la main de son père. Alors elle était fière et elle souhaitait l'embrasser. Elle était son enfant préférée et, certains soirs, on l'autorisait à s'endormir sur le fauteuil du bureau de son père lorsqu'il travaillait tard. Tandis que les paupières de Rosza s'alourdissaient, elle le regardait, ses lèvres remuant pendant qu'il lisait en silence, sa tête sombre penchée au-dessus de ses papiers dans la flaque de lumière qui tombait de la lampe posée sur son bureau.

Lors de son septième anniversaire, son père et sa mère écoutèrent la radio et pleurèrent. Rosza en fut blessée. Les larmes et la rage l'étouffèrent, puis elle courut dans sa chambre en sanglotant. Rachel l'y suivit et s'allongea à côté d'elle, lui caressant les cheveux et chantonnant doucement. Dana exulta. Une guerre gigantesque venait de commencer. Une guerre beaucoup plus importante que le stupide anniversaire de la petite Rosza. Leur papa allait devoir se battre contre les Britanniques et les Allemands. Et peut-être même contre les terribles Russes. Personne ne s'intéressait à la stupide Rosza.

Rosza fut mortifiée. Le jour même de son anniversaire à elle, on avait emmené Dana voir un cirque français avec des clowns, des chevaux et de célèbres acrobates espagnols. Allongée sur son lit, Rosza pleura tant qu'elle tomba malade. Lorsque son père venait la voir, elle était silencieuse et amère. Elle écartait son visage brûlant loin de la main paternelle. Mais il lui parlait doucement et lui donnait son médicament à boire. Maintenant, elle pleurait plus doucement. Se voir elle-même si petite, triste et pitoyable la faisait fondre de nouveau en larmes. Elle s'endormait en serrant bien fort la manche de chemise déboutonnée de son père et, lorsqu'elle se réveillait, elle constatait qu'il était toujours assis là, bien qu'il fît maintenant nuit noire. Il la regardait et son visage était triste. Dans la pénombre, ses manches de chemise blanches luisaient faiblement devant son gilet noir et elle l'aimait de tout son cœur. D'une voix toute tremblante de sommeil, elle lui demanda s'il allait être soldat et s'il allait mourir. Il lui promit alors de ne pas mourir, ajoutant que la guerre serait bientôt terminée. Les méchants allaient perdre. Rappelle-toi bien, dit-il avec un sourire, à la fin les méchants s'affaiblissent toujours et les bons prospèrent.

Mais tous les adultes, tous les hommes et les femmes que son père et sa mère connaissaient semblaient ne pas être d'accord. Le bouleversement qui venait de se produire dans les Sudètes se produisait maintenant dans toute la Tchécoslovaquie. Les hommes demandaient si les armées étrangères seraient fermes, loyales et courageuses. L'hôpital de son père fut entouré de sacs de sable et, un jour, une batterie fit son apparition sur le toit du bâtiment. Personne ne s'en surprit, sauf Rosza. Rachel était effrayée, Dana ravie et excitée. Mais le monde adulte ne trouvait apparemment aucune nouveauté dans cette chose redoutée par tous.

Lorsqu'elle vit pour la première fois tous les nouveaux soldats, elle ne fut pas effrayée. Ils étaient beaux et forts. Les hommes et les femmes tchèques craignaient ou détestaient ces nouveaux soldats, mais aux yeux de Rosza ils semblaient plus étincelants et plus jeunes que son pauvre père et tous les hommes et les femmes affamés qu'il connaissait désormais. En un an à peine, Prague avait changé du tout au tout. La ville était devenue désespérément pauvre et ses parents avaient de moins en moins d'amis. Elle savait que sa mère pleurait parfois quand elle croyait que les enfants dormaient. Elle comprit que la chose nouvelle sur les traits de son père était la peur.

Mais la guerre était un problème d'adultes. C'étaient les grands qui paraissaient tristes, diminués, effrayés. Ils écoutaient la radio et se parlaient furtivement dans les rues où il n'y avait pas de soldats. Ils priaient pour que les Américains participent à leur guerre. Impuissants, ils maudissaient et craignaient les Allemands. Mais les enfants semblaient exemptés de la guerre. Les adultes avaient faim et peur, mais les enfants de Prague (Dana et Rachel) vivaient presque joyeusement. Leurs jeux étaient toutefois plus sombres et le mot *allemand* était devenu un mot hideux, effrayant – un monstre que les adultes étaient trop terrifiés pour mentionner. Dana grandit. Un après-midi, les trois filles se réunirent dans la chambre de Dana. Elle retira sa robe et montra à Rosza et à Rachel les renflements de ses seins nouveaux et les poils qui commençaient de pousser entre ses jambes. Rachel éclata d'un rire si violent qu'elle en tomba du lit et elle continua de se tordre de rire par terre. Dana se vexa ; son coup de théâtre espéré avait fait long feu. D'une voix haletante, elle informa Rachel qu'elle aussi aurait bientôt des seins et sans doute encore plus de poils entre les jambes. Rachel éclata de rire jusqu'à ce que son visage se couvrît de larmes.

Parfois, l'angoisse des adultes troublait la sérénité des enfants. On entendait des histoires d'émeutes et de combats. D'hommes et de femmes battus et tués dans les rues. Les soldats brisaient des fenêtres et parfois brûlaient des boutiques ou des maisons. Rosza ne savait pas pourquoi ils pouvaient bien faire une chose pareille, mais elle prêtait foi à ces récits. Un jour, un ami de son père arriva en larmes chez eux. Il s'assit dans leur salon en grinçant des dents et en répétant sans arrêt le nom de sa femme parmi maints gémissements. La mère de Rosza ordonna alors aux enfants de sortir de la pièce, mais ensuite on entendit très fort dans toute la maison la voix étranglée du visiteur. Sa femme avait été *arrêtée.* Rosza se souvenait bien de cette femme, une matrone potelée aux dents tordues, affectée d'un zézaiement que Dana avait imité au grand amusement de ses sœurs. Ce soir-là, lorsque le père de Rosza l'embrassa pour lui souhaiter bonne nuit, son visage était plus pâle et plus âgé que d'habitude.

Alors ils furent déménagés à Theresienstadt. Son père resta à Prague. La mère et les trois enfants montèrent dans un car bondé qui les emmena tous dans la vieille ville fortifiée. D'abord Rosza pensa que leur installation dans le ghetto s'expliquait par une nécessité déplorable, par le fait que son père venait de perdre son travail. Mais au bout de quelques semaines, le père de Rosza ne les avait toujours pas rejointes. Elle comprit alors qu'il s'était passé une chose terrible. Sa mère pleurait tous les soirs, ses sœurs étaient souvent malades et querelleuses. Elles habitaient toutes les quatre une cabane sordide avec deux autres familles – un couple âgé originaire de Vienne et une Praguoise malade accompagnée de ses quatre enfants. C'était sale, surpeuplé, et ça sentait mauvais.

Rosza se mit à jouer à un jeu silencieux et solitaire où elle faisait comme si son père était toujours là avec elles.

Elle entendait les mots qu'il prononçait, son doux rire perdu. Elle faisait semblant de l'interroger sur l'endroit où il avait été, de le gronder à cause de tout le temps qu'il avait mis pour les rejoindre. Le soir, elle serrait son oreiller miteux contre sa poitrine et lui murmurait comme si elle-même était le père de ce pitoyable oreiller.

Elle comprit que son père était mort. Son jeu n'en continua pas moins. Son père pouvait revenir et il reviendrait comme il le faisait chaque jour dans son jeu. Elle l'accueillerait, l'interrogerait, le gronderait et l'embrasserait comme elle embrassait l'oreiller. Un jour, un homme qui avait connu son père arriva dans le ghetto. Il se présenta devant la maison qu'elles habitaient. Malades, Dana et Rachel étaient toutes deux alitées dans la pièce voisine, mais Rosza fut présente lorsque cet homme dit à la mère des trois filles que son mari était mort. L'enfant se rua sur lui en hurlant pour le marteler de ses poings. L'homme la prit alors dans ses bras et tenta avec douceur de calmer la fillette furieuse. Il partit avant qu'elle ne se fût lassée de le frapper et de le griffer.

Elles avaient déjà passé bien plus d'un an à Theresienstadt quand Rosza comprit enfin pourquoi on leur faisait tout ce mal. Toute petite déjà, elle savait qu'elle était juive, mais c'était un savoir vague, comme le fait de savoir que la Terre était ronde ou le ciel très élevé. Sans doute avait-elle imaginé que le monde était un monde juif, car son monde l'était. Mais Theresienstadt lui prouva que le monde n'était pas ainsi.

Elles rentraient chez elles avec une miche de pain que Rachel avait troquée contre une bague de sa mère. Rachel avait caché le pain dans son manteau en haillons ; Rosza et elle marchaient vite, la faim et la peur les poussant également à presser le pas. Elles allaient si vite qu'elles tournèrent machinalement au coin de la rue et ne purent s'arrêter lorsqu'elles virent les soldats. Les Allemands étaient alignés des deux côtés de la rue et ils malmenaient quiconque passait entre leurs deux rangs. Rosza se figea et faillit faire demi-tour, mais la main de Rachel l'en dissuada. Les deux sœurs continuèrent de marcher.

Les soldats se montrèrent d'abord joueurs, si grands et d'une santé si insolente qu'ils s'amusèrent de la stature chétive de Rachel. Leurs voix rauques la raillèrent et un groupe de soldats se forma autour des deux filles. Même lorsqu'ils découvrirent le pain, leurs rires ne diminuèrent pas. Le jeune soldat qui l'avait trouvée lança la miche à l'un de ses camarades. Ce deuxième soldat fit mine de rendre la miche à Rachel mais, dès qu'elle tendit la main, il lança le pain à un troisième soldat.

Ils jouèrent à ce jeu durant quelques minutes. Rachel prenait grand soin de réagir chaque fois qu'ils tendaient le pain, car elle ne voulait surtout pas gâcher leur bonne humeur. Mais ils se fatiguèrent bientôt de ce sport – il s'agissait d'un jeu auquel ils jouaient souvent. Quelqu'un lança la miche au jeune soldat qui l'avait découverte dans le manteau de Rachel. Il marmonna un juron étranger, laissa tomber le pain à terre et l'écrasa de sa lourde botte dans la saleté du trottoir. Vexée et affamée, Rachel se baissa pour en ramasser ce qu'elle pouvait et le soldat lui décocha alors un violent coup de botte au visage. La fillette fut projetée en arrière et son crâne heurta le pavé avec un bruit sourd. Les autres soldats rirent plus fort et leur groupe commença de se disperser, car ils étaient satisfaits de la conclusion de leur jeu. Rachel tenta de se relever, mais elle retomba sur le trottoir. Le jeune soldat se racla la gorge à loisir, puis cracha un jet épais sur la fillette blessée. Il fit signe à Rosza d'emmener sa sœur avant que lui-même ne s'en occupât. Rosza se hâta d'aider Rachel à se relever et, les bras serrés autour de la taille de la malheureuse, elle la traîna jusqu'à leur foyer.

Rachel mourut quelques jours plus tard. Elle mourut en pleurant de douleur. Elle avait treize ans. Rosza avait pris la mort de son père pour un jeu, une chose impossible. La mort de Rachel fut seulement la mort, la mort sans révision ni appel. Le chagrin frappa sa mère de mutisme. Elle ne pouvait pas pleurer, seules ses mains manifestaient sa douleur en s'agitant, les doigts entremêlés dans leur étreinte vide. La mère de Rosza avait atteint la limite de la souffrance, la mort de sa fille mit son cœur à nu. Elle passa des journées puis des semaines à se tordre les mains, en proie à une souffrance silencieuse qui la déchirait intérieurement. Mais sa beauté demeurait, telle une honte.

Bientôt, Rosza ne supporta plus la présence de sa mère. Elle se mit à passer ses journées à errer furtivement dans le ghetto. À Prague, les êtres jeunes et vigoureux avaient arpenté les rues, tandis que les vieillards et les infirmes restaient chez eux. À Theresienstadt, c'étaient les jeunes qui demeuraient invisibles et cloîtrés, tandis que les personnes âgées sillonnaient les rues, mais tout le monde était malade, effrayé, affamé. Les gens étaient emmenés dans des trains et d'autres arrivaient en train. Un jour, une cohorte d'enfants dépenaillés, au crâne rasé, arriva et fut guidée à travers le ghetto jusqu'à un entrepôt vide. Ils furent déportés le lendemain.

Dana restait parfois absente durant plusieurs jours. Elle était amoureuse d'un garçon de Lidice. Elle avait dix-sept ans. L'enthousiasme que Rosza avait jadis admiré chez elle l'avait maintenant quittée. Elle tomba enceinte durant l'hiver. Au printemps, Dana et son ami de Lidice montèrent dans l'un des trains qui partaient désormais tous les jours vers l'est.

Les derniers mois que Rosza passa à Theresienstadt se réduisirent au néant, à une absence terne et solitaire. Les habitants du ghetto étaient plongés dans la stupeur, mais aucun davantage qu'elle. Elle était désespérée sans Rachel. La féminité de Dana avait rendu cette disparition plus facile à supporter, mais la mort de Rachel avait été celle d'une enfant. La propre puberté de Rosza tardait à se manifester, en fait elle tardait tant qu'il semblait qu'elle ne viendrait jamais. Elle était à moitié affamée, à moitié adulte. Son corps semblait inerte, cataleptique. Il refusait de grandir.

Rosza et sa mère durent monter dans l'un de ces trains en partance vers l'est. Leur wagon était en bois, un wagon à bestiaux. Dès les premières heures du voyage, il devint sale, répugnant. Il contenait cent cinquante Juifs : des hommes, des femmes et des enfants. Le voyage dura trois jours. Ils restèrent arrêtés pendant toute une nuit sur une voie de garage parce qu'il n'y avait plus de machine disponible pour tirer le train. Les plus jeunes enfants moururent vite. Les hommes et les femmes âgés moururent après un plus long combat. Le contraire de ce à quoi Rosza s'attendait. Sa mère ne prononça pas une parole durant ces trois jours. Elle resta allongée, muette, la tête posée sur les cuisses de sa fille, tandis que Rosza lui caressait les cheveux et chantonnait à voix basse comme Rachel l'avait jadis fait pour elle.

Ils arrivèrent au début d'un matin froid et noir. Le train

resta immobile jusqu'à l'aube. On avait vidé certains des autres wagons avant le leur, et Rosza vit des files de Juifs nus que l'on emmenait le long des voies de chemins de fer. Il y avait des soldats avec des mitraillettes, des soldats avec des baguettes et des bâtons, des soldats avec des chiens menaçants, des soldats avec des blocs-notes. Des hommes vêtus de grands pyjamas rayés aidaient les Juifs à descendre du train et les rassemblaient en un groupe frigorifié, terrifié, près de la porte ouverte du wagon. Les Juifs morts, on les jetait du wagon en un tas grotesque. De lourds kapos ukrainiens poussaient la foule des Juifs en leur aboyant des ordres. Les hommes au grand pyjama et aux chaussures de clown étaient plus doux, ils exhortaient les Juifs au calme. Quant aux Allemands, ils étaient impassibles, blasés et affairés.

On leur ordonna de se déshabiller. Quelques femmes se mirent à pleurer. Mais la foule se montra docile et obéit. Rosza avait les mains qui tremblaient en se débattant avec les boutons de sa robe crasseuse. Tout près d'elle, certains Juifs déjà nus étaient vieux. Si proches et dénudés, leurs corps étaient bizarres, inquiétants. Jambes ratatinées et ventres distendus, seins flasques et chair tavelée comme une peau d'orange. Elle se détourna. Sa mère essaya de lui sourire.

C'était la première fois qu'elle voyait sa mère nue. Elle fut étonnée par les seins de sa mère, par l'épaisse toison entre ses jambes. Elle était belle, irréelle, effrayante. Rosza frissonna. La faim n'avait pas enlaidi sa mère, contrairement aux autres femmes nues. La fille se pressa contre les seins de sa mère et sentit des bras nus et chauds contre ses épaules.

Un officier muni d'une liste comptait et notait les Juifs

nus. L'un des Ukrainiens s'approcha de lui et lui murmura quelque chose à l'oreille. L'Allemand regarda l'homme avec dégoût, mais acquiesça d'un signe de tête. Il semblait avoir une légère dette envers l'Ukrainien. Le kapo approcha de la foule des Juifs. Il examina les femmes avec attention, s'attardant sur les plus jeunes. Lorsqu'il fut tout près de la mère de Rosza, il s'arrêta. Il posa une main rêche et calleuse sur les seins de la malheureuse, puis sa paume appréciatrice s'abattit sur les fesses nues. Il se retourna pour appeler l'officier à l'oreille duquel il venait de chuchoter. L'Allemand leva les yeux et acquiesça distraitement. L'Ukrainien s'empara de la main de la femme et l'attira à l'écart du groupe des autres Juifs. Incrédule, Rosza le vit entraîner sa mère vers l'espace intermédiaire entre deux wagons. Cet homme accomplissait son forfait aux yeux de tous. Rosza regardait toujours quand il se mit à frotter et à malaxer les seins et le ventre de sa mère. Il déboutonna son pantalon, puis le baissa. Les hommes et les femmes qui se tenaient debout autour de Rosza essayaient de ne pas regarder, de ne pas écouter. L'officier qui comptait continuait de compter d'une voix monocorde. Rosza resta longtemps persuadée que quelqu'un allait arrêter cette chose. Personne ne le fit.

Rosza fit partie d'un petit groupe d'enfants qu'on réussit à subtiliser à la procession des Juifs en route vers la chambre à gaz. La discipline du camp se relâchait depuis quelques mois, à mesure que les Alliés approchaient. Les Juifs devenaient plus audacieux : ces enfants furent cachés dans les baraquements sordides où les ouvriers juifs dormaient. Les hommes apportaient de la nourriture quand ils le pouvaient, mais ils en mettaient peu de côté. Certains des enfants moururent de faim. D'autres moururent du typhus. D'autres, simplement, moururent.

Lorsque les Alliés entrèrent dans les camps, les Allemands étaient partis. Ils avaient entraîné avec eux des milliers de prisonniers et ils en avaient tué d'autres milliers. Les cadavres formaient des collines en putréfaction. Les soldats alliés furent incrédules et révoltés. Les Juifs survivants découvrirent avec stupéfaction ces soldats bien nourris et pleins de santé. Ils fondirent sur la nourriture qu'on leur présenta. Les soldats ne supportèrent pas de les regarder manger comme des chiens.

Un soldat portant un foulard rouge noué autour de la tête, s'approcha de Rosza. Il lui parla en anglais et fut très surpris d'entendre l'enfant lui répondre, d'une voix haletante, dans cette même langue. Elle ne savait pas s'il était américain ou britannique. Il avait le visage tout rouge et une expression étrange. Doucement, il leva la main. Quand elle tressaillit, il lui murmura des paroles apaisantes. Il leva de nouveau la main et tenta d'écarter du visage de l'enfant les cheveux tout emmêlés.

« Tu es une fille », dit-il.

Elle s'inquiéta de voir des larmes emplir les yeux du soldat et elle se demanda ce qui n'allait pas. Il porta la main à sa poche de chemise et en sortit une tablette de chocolat. Il la lui offrit. Elle lui rendit son regard, le visage inexpressif. Il ôta l'emballage à un angle de la tablette et mordit dedans, puis il mâcha et avala. Il proposa une fois encore le chocolat. Elle secoua la tête. Il pleurait maintenant à chaudes larmes et il la regardait avec stupéfaction. Encouragée par le visage ouvert et humilié du soldat, elle montra le foulard rouge qu'il portait sur la tête. Surpris, il le retira et le lui tendit. Elle le prit et l'approcha de ses yeux. Rosza eut l'impression de n'avoir jamais vu une telle couleur, un rouge aussi vif. Elle le frotta contre sa joue sale et sentit alors la douce odeur de l'homme.

Le soldat s'effondra. Il pleurait sans se cacher, son nez coulait, sa bouche tremblait convulsivement. Rosza fut très troublée. La douleur de cet homme paraissait terrible. Elle tendit la main et lui tapota la tête.

« Ça va aller, dit-elle. Ça va aller. »

Elle s'arrêta de parler avant l'aube. Depuis un moment, sa voix était devenue sèche. Son visage déformé restait impassible – brisé au point d'être incapable de la moindre expression. Assis sur la chaise proche du lit, il serrait ses poings meurtris contre son buste. Il la regarda en silence boitiller vers la salle de bains. Il écouta les menus bruits qu'elle fit en se lavant, en baignant son visage et son corps. Il comprit qu'elle essayait de dissimuler autant que possible ses plaies avant de devoir se présenter devant son fils. Le garçon serait bientôt réveillé. Elle avait peu de chances de réussir dans son entreprise de dissimulation. Martin saurait qu'il l'avait battue.

Lorsqu'elle revint dans la chambre, son visage était un peu plus présentable. Elle s'assit devant le miroir de sa coiffeuse et, d'une main tremblante, se brossa les cheveux en les écartant de son front. Elle ouvrit un poudrier rempli d'une matière volatile couleur chair et se pencha pour s'approcher tout près du miroir. Elle examina son visage avec minutie. Elle leva la petite houppette vers ses joues, mais s'arrêta à mi-chemin. Aucun fard ne réussirait à masquer sa chair meurtrie. Elle rangea la houppette dans le poudrier et se retourna vers son mari. Sa voix était ferme et confiante. Elle lui annonça qu'elle le quittait.

Bien sûr, ce fut Manfred qui partit en fin de compte. Il fut habillé et prêt en une demi-heure. Il rassembla quelques affaires, qu'il mit dans une petite valise. Emma attendait dans la chambre. Lorsqu'il fut prêt à partir, il s'approcha du fauteuil d'Emma et resta un moment debout auprès d'elle. Il resta là, sans désirer la toucher, sans savoir quoi dire. Emma ne leva pas les yeux pour le regarder. Alors il partit sans même lui dire au revoir.

Il s'éloigna de la maison d'un pas machinal. Il avait laissé à Emma les clefs de la voiture en un geste pathétique d'expiation. Il marcha sans but vers le sud. Il avait déjà traversé le fleuve pour entrer dans Vauxhall lorsqu'il retrouva ses esprits. Il y avait en lui une certaine douleur improbable qui ressemblait à une hémorragie ou à un deuil. Il ressentait une espèce d'optimisme engourdi. Il n'était tout de même pas possible qu'il pût souffrir aussi longtemps. Un événement positif, une bonne surprise, allait forcément arriver. Bientôt, tout irait mieux. Après une journée d'hébétude passée à errer dans le sud de Londres, il s'endormit, épuisé, dans un parc proche de Putney. Il se réveillait continuellement, vaguement conscient d'un gigantesque désastre. Lorsqu'il fit jour et qu'il eut trop froid pour continuer de dormir, la souffrance le frappa de plein fouet. L'opprobre lui coupa le souffle, le laissa hoquetant. Il se sentit miné, excavé, par la perte. La honte naquit en lui.

Il dormit dehors pendant quatre autres nuits de tortures malfaisantes. Puis il alla voir Tapper et lui raconta ce qui venait d'arriver (il ne parla pas des raclées). Tapper lui donna une grosse somme d'argent. Il lui conseilla de trouver un endroit où se loger et ensuite de téléphoner à

Emma. Il croyait apparemment qu'il s'agissait d'une rupture temporaire.

Finalement, ils se retrouvèrent sur un banc de Hyde Park, ce même banc où ils avaient autrefois regardé une aube froide et décevante, quelques mois avant leur mariage. Manfred rejoignit le banc avant sa femme et il s'assit pour l'attendre. Il la vit approcher, mais lorsqu'elle hésita, il détourna les yeux. Alors elle s'assit près de lui et attendit calmement qu'il parlât.

Il se lança dans un long discours pénible de réparation, dont ensuite il ne se rappela pas un seul mot. Emma écouta en silence cette énumération de regrets et de promesses. Lorsqu'il eut fini, elle ne parla pas. Cédant à une impulsion incontrôlable, il tourna la tête et la regarda droit dans les yeux. Emma avait encore le visage tuméfié. Elle se leva aussitôt et s'éloigna. Il s'élança à sa poursuite et tenta de la ramener vers le banc en tirant faiblement sur la manche du manteau de sa femme. Deux passants, sans doute des hommes d'affaires, avisèrent la situation et le clouèrent au sol. Quand il les eut convaincus qu'Emma était son épouse, elle avait disparu.

Il lui fallu une semaine de supplications pour obtenir un autre rendez-vous. Le lieu était le même, la procédure identique, l'absence de regard aussi implacable. C'était une journée venteuse, feutrée, ses mains et son visage étaient tout irrités et crispés tandis qu'il l'attendait. Cette fois, il ne plaida pas, ne promit pas davantage. Il était arrivé à cette conclusion qu'il n'y avait pas d'expiation possible, ni pour lui ni pour elle. Il évoqua un rêve d'avenir, un mariage remis sur pied où il aimerait Emma comme il l'avait d'abord aimée. Cette fois, il se rappela ensuite toutes ses paroles. Il se les rappela durant maintes années, même lorsque le temps les eut pourries jusqu'à l'absurdité. De nouveau, Emma écouta sans mot dire et, quand il eut fini, il entendit seulement la rumeur des autobus lointains et les pépiements perçants des oiseaux dans les arbres. Après quelques instants de silence, il tourna la tête pour regarder Emma. Son visage était désormais moins meurtri et tuméfié, mais il semblait écrasé de pitié, rabougri par la pitié qu'elle ressentait pour lui. Manfred ne revit jamais le visage de son épouse. Cette fois, il ne tenta pas de l'arrêter quand elle s'éloigna.

Lorsqu'ils se rencontrèrent de nouveau, Manfred avait repris son travail et Emma avait vendu la voiture et commencé une formation d'infirmière. Ils tombèrent d'accord pour ne pas divorcer. Ils organisèrent le versement d'une pension. Manfred la supplia pour lui permettre de verser à son épouse une énorme portion de ses revenus, mais Emma ne voulut rien entendre. Cédant en partie à la pression exercée par Manfred, elle accepta que Martin et elle reçoivent la moitié du salaire de Manfred jusqu'à ce qu'elle passât son diplôme. Naturellement, la maison restait acquise à Emma. Manfred essaya de ne rien obtenir pour lui-même. Son nouvel appartement était exigu et pauvrement meublé ; tout ce qu'il possédait en dehors de ses vêtements et de quelques-uns de ses livres, il l'avait laissé dans la maison d'Emma. Il ne se plaignit pas, mais espéra qu'Emma le remarquerait. Elle ne remarqua rien et il n'eut rien.

Leurs rencontres devinrent bientôt une habitude. Selon un accord tacite, ils se retrouvaient une fois par mois et il lui téléphonait une fois par semaine. Ces rencontres ne le guérissaient en rien de ses nouvelles maladies. Même s'il ne la voyait pas, il savait que les marques qu'il avait faites sur le visage d'Emma partiraient. Mais ses propres mains, ses mains de destructeur, ne guériraient jamais. En six mois, sa vigueur s'enfuit, blessée mais précieuse. Son déclin fut banal. Ce fut la seule vérité digne de ce nom. Il fut frappé et anéanti par le contraire de la joie.

Onze

Manfred sortit du café de Mary en titubant d'aigreur. Son déjeuner avait été de bout en bout indigeste. Mary s'était montrée particulièrement querelleuse. Elle avait abordé le vieillard assis, concentré sur la poigne soudaine de la douleur, pour l'abreuver de ses jérémiades durant presque quarante minutes insupportables. La vieille pie se plaignit amèrement de la rareté nouvelle des visites de son client. Et maintenant, alors qu'il vacillait douloureusement sur le trottoir devant le café, Manfred décida de ne plus jamais remettre les pieds chez Mary. Le temps était devenu trop précieux.

Les rues étaient bleues. Malgré la douceur de la journée, la lumière semblait gelée, indigo et violette. Dans cette lumière, les objets de la ville offraient à l'œil des contours absolument nets. Les visages des passants paraissaient engourdis par le froid. Le vieillard traversa la chaussée, engorgée de voitures lentes.

Mary lui avait dit qu'il semblait très mal en point. Elle avait consacré plusieurs minutes délectables à décrire avec minutie toute l'étendue du déclin de Manfred. Elle lui conseilla de voir un médecin, tout en l'informant qu'à son humble avis une telle démarche resterait sans effet. Les médecins constituaient une perte de temps. Manfred devait seulement s'en prendre à lui-même s'il ne mangeait pas correctement (c'est-à-dire dans le café de Mary).

Le vieillard passa devant un magasin de téléviseurs où un carton colmatait un trou dans la vitrine brisée. Sur une multitude d'écrans, une chaîne diffusait un match de cricket. Les mouvements multipliés, les blancs et les verts papillonnants lui donnèrent le vertige. Il détourna les yeux et reprit sa marche.

Devant lui, un couple de jeunes gens déambulait lentement, chaque bras enlaçant avec négligence une taille décontractée. Ils se chamaillaient dans la bonne humeur. Le jeune homme se dégagea de l'étreinte de la fille. Il lui tourna le dos en écartant les bras en un geste d'exaspération théâtrale. La fille se passa la main dans les cheveux et pouffa de rire. Puis il s'embrassèrent ostensiblement, heureux de partager l'emphase de leur jeunesse et de leur bonheur. Alors Manfred pressa le pas afin de les dépasser le plus vite possible.

Il se sentait vieux. Ses membres étaient gourds et faibles. Il se sentait alourdi d'une mort ajournée. Ce matin-là, il avait rédigé trois testaments avant de les déchirer l'un après l'autre. Lui qui avait si peu de biens à léguer, il finit par trouver cette idée ridicule. La pauvreté de ce qu'il possédait finit par le déprimer. Brusquement, la perspective de l'enfant qu'allaient avoir Martin et Julia ne le mit plus en colère. Lui-même aurait au moins une sorte de responsabilité biologique envers cet enfant. Ce serait une espèce de marque. Il laisserait une trace de lui-même.

Tout près, un groupe d'enfants assis sur des marches

s'envoyaient des bulles de savon. Un chat rôdait entre leurs pieds, fasciné autant qu'effrayé par le claquement minuscule des bulles qui explosaient. Les enfants riaient chaque fois que le chat sursautait et tressaillait. L'une des fillettes, néanmoins, tenta de caresser l'animal pour le rassurer. En passant près d'eux, Manfred adressa un clin d'œil à cette fillette. L'enfant se renfrogna et serra plus fort le chat. Manfred rougit.

L'atmosphère était humide et immobile. Au-dessus de un mètre d'altitude il ne se produisait rien. La couche d'air qui séparait les deux côtés de la rue semblait figée, poisseuse. Les passants laissaient dans leur sillage leur parfum et leur tiédeur, des poches d'odeur et de fumée de pipe aussi perceptibles que des cravates ou des bas. Les narines du vieillard frémirent de plaisir.

Chez le marchand de tabac, il acheta des cigarettes. L'aimable propriétaire musulman commentait distraitement le match de cricket que Manfred avait vu dans la vitrine remplie de téléviseurs allumés.

« Dommage que j'aie pas pu y aller », dit l'homme avec un large sourire très professionnel. « J'suis coincé ici. Faut bien gagner sa vie. Hé... » – maintenant son sourire lui fendait presque le visage – « ... peut-être qu'un jour je prendrai ma retraite et alors j'assisterai à tous les matches de cricket. »

Manfred retourna au buraliste une pâle version de son sourire et il lui tendit de l'argent. Un livre ouvert était posé sur le comptoir. Tournant la tête furtivement, Manfred en lut le titre. Il s'agissait d'un célèbre brûlot antisémite sur les ignobles mensonges de Sion. Un grand succès chez les Islamistes. Un livre destiné à tuer les Juifs. Le vieillard se demanda alors si cet aimable boutiquier savait que son client était juif. Les commentaires bonhommes sur le cricket auraient-ils alors cessé ? Manfred prit ses cigarettes et quitta le bureau de tabac, sans répondre à l'au revoir du propriétaire.

Comme toujours lorsqu'il rencontrait quelque manifestation antisémite, Manfred se sentait soudain un peu plus juif que d'habitude. Il y voyait autrefois des vestiges de haines anciennes, mais il savait aujourd'hui que ces manifestations étaient aussi neuves que n'importe quelle forme d'intolérance. Joyeusement apostat durant toute son existence, il se sentait toujours hébreu face au mépris des Gentils. C'était un réflexe, comme le fait de se battre pour son petit frère ou comme la galanterie lasse d'un séducteur réticent.

Un bus élevé passa bruyamment près de lui. À une vitre de l'étage supérieur, deux jeunes filles adressèrent des signes de la main ainsi que des grimaces au vieillard debout sur le trottoir à leurs pieds. Le monde semblait tumultueusement chrétien. Manfred pensa à son épouse juive. Comme d'habitude, ce fut un souvenir sensuel. Aux dernières heures d'une soirée torride de leur premier été, elle se tenait penchée, dans le souvenir de Manfred, au-dessus de l'évier de la cuisine, un verre à la main, dans sa robe verte en coton qui se boutonnait derrière le dos. Il trouva intéressant que les hommes se souviennent des vêtements féminins à travers leurs voies d'accès, les boutons, les fermeture Éclair, les agrafes. Elle avait toujours semblé plus juive que lui. Les commentaires désobligeants des Gentils ou leurs sarcasmes déclarés le blessaient toujours à cause d'elle. Il avait le sentiment que c'était elle qui s'en trouvait humiliée. Toutes les calomnies la blessaient, elle.

Tout près de lui, un magasin de disques beuglait une musique à jeter. L'énergie banale de la mélodie le ravit sans raison. Tout à trac, un autre souvenir de la chair d'Emma se présenta. Un dimanche après-midi à la fin de l'été 1953, Emma était allongée, nue, sur le lit, toute chaude dans la lueur indolente qui entrait par les rideaux à moitié tirés. La veille seulement, elle lui avait annoncé qu'elle était enceinte, mais Manfred avait déjà l'impression que le ventre de son épouse se tendait comme une peau de tambour. Le corps d'Emma semblait connaître une plénitude nouvelle. Le pénis aussi dur que l'algèbre, Manfred se montrait affamé, glouton. Il lui semblait qu'ils ne feraient jamais assez l'amour. Sous ses mains, le ventre d'Emma enflait et décuplait le désir qu'il avait d'elle.

De menues explosions extatiques lui donnèrent la chair de poule sur les bras et le long de la colonne vertébrale. Finalement, c'était bon d'être vieux. Bon d'avoir engrangé de tels moments. Devant la bouche de métro, un clochard râblé et d'âge mûr était vautré sur le pavé, une casquette crasseuse posée à côté de lui. L'homme chantait « Personne ne m'aime, je ne suis l'enfant de personne » avec un accent imparfaitement déguisé qui trahissait son appartenance au comté irlandais de Roscommon. Une petite poignée de pièces ne réussissaient pas à briller dans sa casquette. Une grosse femme noire passa avec brusquerie près de lui, se baissant soudain pour déposer quelque chose dans la casquette. Le robuste mendiant inclina la tête avec élégance sans interrompre sa chanson.

Maintenant, vingt ans après, il commençait d'écouter ce qu'elle lui avait dit en ce fameux soir avant son départ. Il passa toute une année à apprendre ce qu'il pouvait du massacre des Juifs. Il lut des livres emplis des listes engourdissantes et répétitives des morts. Il regarda des vieux films brouillés montrant des groupes de Juifs nus qu'on dirigeait vers leur mort. Certains réfugiés qui étaient les locataires de Tapper lui racontèrent les histoires implacables de ce qu'ils avaient vu et entendu.

Il n'en revenait pas. L'Europe avait mis au point une industrie de la mort. On avait transformé le gras des cadavres en suif. Les camps de la mort avaient été des manufactures de bougies, des usines à savons. Affolé par une rage ou par une terreur irraisonnée, on avait tenté d'anéantir une race entière. Les chiffres étaient les chiffres, interminables et neutres. On avait baptisé cette horreur du nom d'holocauste. Emma l'avait vécu. Ç'avait été une guerre différente de celle qu'il avait menée et perdue. Ç'avait été la Géhenne. Ç'avait été le lieu et le moment du feu destructeur.

Il vit un ensemble de photos qui n'avaient jamais été reproduites : on les considérait comme trop horribles. Un autre ensemble de photos avait été purement et simplement interdit. En dehors d'Emma, de ses semblables et de ceux qui avaient libéré les camps, personne ne les avait jamais vues. Il se rappela un après-midi dans un bar pour soldats de Potsdamerstrasse à Berlin, juste après la guerre : un journal britannique avait publié des photographies nazies des camps. Il se rappela les plus jeunes parmi les soldats agglutinés autour du journal pour dévorer des yeux ces groupes de femmes nues. Une jeune recrue émit un grondement appréciateur, puis regretta de ne pas avoir été là au milieu de toute cette chair offerte. Manfred mit trente ans à pardonner une telle concupiscence. Sans doute n'avaient-ils jamais vu de femme nue auparavant.

Ç'avait été une réaction qui appartenait, malgré son caractère déplacé, à un siècle plus sain.

Au bout de quelques années, il cessa de rechercher les mots et les images qui décrivaient l'holocauste d'Emma. Il commença même à les éviter. Il s'agissait là d'un malheur qu'on ne pouvait connaître. Mais néanmoins, toutes les nuits, il essayait de le rêver pour en soulager Emma. Il essayait de le rendre bénéfique, comme une dette. Les rêves de vengeance ou de sauvetage s'atténuèrent avec le temps. Il rêva des rêves impossibles de nazis bienveillants, des rectifications clémentes où les camps étaient aussi festifs que des camps de vacances. La nuit, ces délires avaient presque un sens, une innocence qui rendait tout supportable. Mais il savait que ce réconfort lui appartenait à lui seul. Il ne pouvait supporter ce qu'elle avait supporté. Elle était marquée à vie par ces anciennes cicatrices.

Les toutes premières années de leur séparation furent un ajournement. Il passa deux ou trois années noires, d'un automne mort au suivant, engourdi par le malheur et par la honte. Il trouva l'appartement où il allait passer plus de vingt ans de sa vie. Il s'habitua à la solitude. La routine de son isolement le calma et le fit vieillir. Avant d'avoir cinquante ans, il était voûté et vieux.

Elle lui manquait comme une douleur. La première année il fut aveugle et accablé de chagrin – une année exécutée, supportée mais à peine remémorée. Il se demandait parfois comment il avait réussi à survivre à ce laps de paralysie et de perte. Il avait travaillé et vécu, mangé et respiré, mais c'était là une époque grise, oubliée.

Ils continuèrent de se rencontrer ainsi qu'elle l'avait exigé. Le veto qu'elle avait instauré sur le regard de Manfred et son propre visage perdura. À l'origine, ce veto s'expliquait par les meurtrissures du visage d'Emma, mais à mesure que les mois passaient et que ces traces de coups s'atténuaient, Manfred ne reçut toujours pas le droit de la regarder. Une fois par mois, il restait assis sur le banc du parc, le visage détourné d'elle, les yeux aveuglés de larmes. Il ne parla à personne de la nature de ces rencontres. Tapper savait que les deux époux se rencontraient, mais jamais il n'aurait imaginé que Manfred n'avait pas le droit de regarder sa femme. Enfant, Martin ne fut même pas au courant de leurs rendez-vous. Manfred savait que les autres auraient trouvé ces rencontres absurdes ou ridicules. Une preuve de folie, d'un côté ou de l'autre.

Il l'avait battue parce qu'elle avait vécu avant lui et sans lui. Il l'avait battue à cause du mal que lui-même n'avait pas fait. Il l'avait battue à cause de la guerre. Il l'avait battue à cause de sa beauté à elle, à cause de son fils, de son silence et de ses souffrances. Il l'avait battue parce qu'il l'aimait. Il avait tenté de faire sortir quelque chose d'elle en l'écrasant. De créer une forme qu'il aurait pu aimer plus aisément.

Il cherchait une manière de comprendre. La petitesse en lui avait disparu. En l'absence d'Emma, la vie de Manfred était plus radicalement réglée par elle qu'auparavant. Elle constituait le meilleur de lui-même. Chaque instant de solitude dans son appartement miteux était désormais un rituel minutieux de l'absence d'Emma. Il se sentait tendrement contrôlé par son épouse invisible. Le fantasme, selon lequel elle voyait et entendait les événements solitaires de la vie de Manfred, donnait forme au temps sans but du solitaire. Mais comme dans une histoire, il savait qu'il y aurait forcément une fin, un événement conclusif, un congé. Une preuve d'amour et de pénitence.

Il savait désormais ce qu'elle avait vu dans le reflet de tous ces miroirs, ce qu'elle avait trouvé sur son propre visage. Elle avait vu le mal infligé et le mal subi. Elle avait vu Birkenau, les monceaux de morts absurdes. Elle avait vu son propre visage marqué par ses mains à lui. Elle avait vu une partie d'elle-même morte, comme c'est le cas chez les survivants qui n'ont pas entièrement survécu. Lorsqu'il l'avait battue, il l'avait confirmée dans son rôle de victime. Il l'avait enterrée.

Et il avait beau essayer tous les jours de s'en tirer au mieux, la pensée d'Emma en train de souffrir pourrissait en lui. Il essaya de se pardonner à lui-même. Il essaya de *leur* pardonner. Un jour il essaya de compter les morts juifs. Il s'installa dans un fauteuil près de la fenêtre et se mit à compter tandis que le jour tombait et que la pièce s'obscurcissait jusqu'à ce que tout fût noir et silencieux, hormis les nombres marmonnés de son tribut. Lorsqu'il arriva à vingt mille, il avait la bouche sèche, la gorge toute enflée et râpeuse. À quarante mille, ses lèvres se fendillèrent et se mirent à saigner. Il aurait dû compter durant un mois avant d'arriver au premier million, mais il aurait été frappé de mutisme bien avant.

Il cherchait une manière de comprendre. Une couche épaisse de cadavres recouvrait le sol et leurs cendres obscurcissaient le ciel. Les morts souffrants qu'on ne pouvait compter. Comme pour Emma, leur faiblesse n'avait pas été une faiblesse. Parfois, allongé dans son lit pendant la nuit, il rêvait de leurs légions assassinées. Il croyait que les morts pouvaient parler. Il espérait seulement qu'ils pouvaient aussi pardonner.

« Vous allez bien ? Ho-ho. Vous allez bien ? »

Il était affalé sur les marches d'une maison miteuse et délabrée, à une ou deux rues de son appartement. Une silhouette se détachait au-dessus de lui tandis qu'il tenait à deux mains sa tête grise.

« Vous allez bien ? »

Manfred leva les yeux et découvrit Garth debout devant lui, plein de sollicitude. Son visage et son corps étaient en contre-jour devant la gloire factice d'une éclaircie soudaine. Il tenta de sourire faiblement au jeune homme.

« Je pensais bien que c'était vous, dit Garth. Vous n'avez pas l'air dans votre assiette. Vous vous sentez malade ?

— Non. Je vais très bien. J'ai simplement eu un petit coup de barre. »

Garth ne sembla pas convaincu. « Vous rentrez à votre appartement ? »

Manfred acquiesça. Le jeune homme s'assit sur les marches près de lui.

« Bon. Écoutez-moi. Vous allez souffler pendant une minute et puis ensuite je vais rentrez à la maison avec vous. De toute façon, j'y allais. D'ailleurs, j'aime bien la compagnie. »

Son ton enjoué et décontracté sous-entendait habilement que Manfred ne souffrait d'aucune infirmité. Néanmoins, le vieillard fut vaguement agacé par ces injonctions professionnelles.

« Je me sens bien maintenant. Nous pouvons y aller.

— Parfait. »

Garth se leva, puis attendit que Manfred se levât à son

tour et sans aide. Le vieillard ahana et peina, mais réussit à se remettre sur pieds sans trop de mal. Ils s'éloignèrent d'un pas neutre, Garth marchant légèrement devant son compagnon. Ils marchèrent ainsi pendant une minute environ sans parler. Manfred remarqua que la rue était pleine d'enfants. Ils couraient, sautaient ou boudaient d'un trottoir à l'autre. Plusieurs fois, Manfred et Garth durent contourner adroitement quelque petit groupe qui jouait à un jeu compliqué sur le pavé. Les grandes vacances venaient tout juste de commencer et ces enfants étaient manifestement ravis de se retrouver dans la rue pendant la journée. Manfred avait eu l'impression que les enfants de l'époque présente se contentaient de regarder la télévision. Il constata avec joie que ce n'était pas vrai. Manfred se tourna vers le jeune homme qui marchait près de lui.

« Vous me trouvez vieux ? » demanda-t-il.

Garth sourit et regarda le trottoir.

« Vous n'êtes pas vraiment jeune, répondit-il sans se mouiller.

— Mais, me considérez-vous comme un vieillard ? »

Garth avança rapidement et, d'un coup de pied, renvoya un ballon de football à un groupe de garçons qui jouaient sur l'herbe. Il éclata de rire en savourant la manifestation soudaine de son énergie juvénile. Il rejoignit Manfred, puis fit quelques pas tout en réfléchissant à sa réponse.

« La vieillesse ne vous plaît pas ? demanda-t-il enfin à Manfred.

— Quand j'étais gamin, j'ai rencontré un très vieil homme qui m'a dit qu'il ne comprenait pas pourquoi le monde ne se fatiguait pas. Je n'ai pas compris ce qu'il voulait dire. Mais maintenant je suis vieux, je suis fatigué et je me demande pourquoi le monde ne se fatigue pas. »

Garth éclata de rire.

« Mais il se fatigue. Vous ne lisez donc pas les journaux, mon ami ? Le monde est fatigué, aucun doute là-dessus. »

Ils bifurquèrent dans la rue où ils habitaient. Sur le trottoir d'en face, un homme accompagné de deux lévriers Newmarket ouvrait le portillon de son jardin. Ses chiens couverts de sueur semblaient ravis. Manfred eut envie de lui lancer un bonjour, mais l'homme était déjà rentré chez lui avant que le vieillard n'ait réuni assez de courage et de souffle.

Garth reprit la parole.

« Je suis content de parler enfin avec vous. Voilà deux mois que j'habite au-dessus de chez vous et nous n'avons jamais eu l'occasion d'avoir une bonne discussion. Pourtant, j'arrête pas de vous voir. Parfois on se fait une idée des gens avant même de les connaître vraiment. Par exemple, j'ai toujours pris ce Webb pour un cinglé. Mais vous, je vous trouvais correct. Toujours seul, mais vous me paraissiez O.K. »

Manfred eut un petit sourire. Bien que touché, il espérait que ce jeune homme n'allait pas enchaîner en lui conseillant d'aller voir un médecin. Ils n'étaient plus qu'à une cinquantaine de mètres de la maison. S'il parvenait à maintenir la conversation sur un terrain neutre jusqu'à ce qu'ils franchissent la porte d'entrée, alors tout irait bien. Il plaiderait ensuite la lassitude, ajoutant qu'il allait s'allonger un moment.

« Vous êtes malade, n'est-ce pas ? »

Ils marchaient sous un jeune bouleau. De la main, le

vieillard écarta de son visage quelques petites branches. Garth plongea sous le feuillage et poursuivit :

« Je suis infirmier. Je suis bien placé pour le savoir. Ce soir-là dans l'escalier – vous n'aviez vraiment pas l'air bien. Le foie ? Le pancréas ? »

Manfred descendit du trottoir et commença de traverser la rue vers la maison où ils vivaient tous les deux. Garth lui emboîta le pas.

« Oui, je sais. Vous n'aimez pas les médecins. C'est pas grave. Nous devons tous aller les voir, à un moment ou à un autre. Mais écoutez-moi, si vous avez envie de mourir, laissez-moi vous donner un conseil. »

Ils avaient atteint le trottoir devant la maison. La main de Garth posée sur l'épaule du vieillard arrêta la progression de Manfred. Les deux hommes se dévisagèrent, le jeune et le vieux.

« Avalez une poignée de comprimés. Tailladez-vous les poignets. Faites-vous sauter la cervelle ou jetez-vous dans un fleuve. Mais surtout, ne laissez pas la nature suivre son cours. Ce n'est pas beau. Ce n'est pas beau du tout. Je l'ai vu. Et vraiment, je ne le conseillerais à personne. »

Il fit un grand sourire en haussant les sourcils d'un air enjôleur. Manfred ouvrit le portail du jardin et s'engagea sur le court chemin qui menait à la porte d'entrée. Le soleil avait fui, l'après-midi était une fois de plus terne et flasque. Le vieillard ouvrit la porte d'entrée et la tint entrebâillée. Il fit signe à Garth de le suivre, lequel secoua la tête d'un air tolérant et le rejoignit dans l'entrée. Manfred referma la porte. De nouveau, les deux hommes se regardèrent, incertains, gênés. Garth attendait une réponse. Manfred s'approcha de la porte de son appartement et brandit sa clef. Il se retourna pour dévisager Garth. Le jeune homme eut l'amabilité de continuer à s'intéresser au vieillard. Il ne pouvait pas se montrer grossier. Il sourit.

« Puis-je vous poser une question ? s'enquit Manfred.

— Bien sûr. »

Manfred tourna la clef dans la serrure et ouvrit la porte de son appartement.

« Saviez-vous que j'étais juif ? » demanda-t-il.

Le sourire de Garth grandit jusqu'à occuper tout son visage.

« Saviez-vous que j'étais noir ? »

Manfred éclata d'un grand rire, d'un très grand rire.

Vers minuit, Manfred commença de comprendre l'avertissement de Garth. Le cours de la nature était violent et cruel. En lui, le saccage devint vicieux et révoltant. Deux heures durant il avait pleuré dans la salle de bains, penché au-dessus du lavabo et de la cuvette des toilettes. Sa chair était devenue glacée, méprisable. Il vomit du sang ainsi que d'étranges couleurs de pulpes et de caillots. Il vomit du vert, une couleur qui le terrifiait. Tout ça semblait tellement peu naturel, tellement improbable. Il se dit qu'il s'agissait de bile, il sut qu'il avait de vrais problèmes.

Bien sûr, une douleur authentique accompagnait pas à pas ces nouvelles percées. Chaque nouveau haut-le-cœur, chaque expulsion nouvelle charriaient leur lot de crampes et de crispations, et c'était à chaque fois plus terrifiant que la fois précédente. Dans toutes ces tortures, il se marmonnait des encouragements. Il parlait comme lit un poète, sur un ton monocorde, obsédé. Il sentait son cœur et ses poumons serrés, parfois broyés par l'étau de cette crise. À deux heures du matin, il décida qu'il mourrait avant l'aube. Son vieux cœur déchargé de toute énergie hésitait ou bien s'emballait soudain. Ses yeux n'y voyaient plus.

Cette folie reflua juste avant l'aube. Abruptement, le calme de l'insensibilité inonda son corps. Seule sa respiration, sa poitrine querelleuse qui montait et descendait, prouvait qu'il était encore vivant. Il rejoignit d'un pas chancelant le fauteuil situé près de la fenêtre. Les rideaux étaient ouverts. Hébété, engourdi, il regarda au-dehors la fin de la nuit, la rue froide où pâlissait une lueur naissante. Il fuma une cigarette dépourvue de goût, heureux d'être toujours en vie. Ses mains parcoururent la surface de son corps et il s'émerveilla de sa résistance.

Bientôt, avant que l'obscurité ne fût entièrement dissipée, il se sentit somnoler et prendre froid. Il écrasa une cigarette dans un cendrier. Il savait qu'il était réellement en train de mourir. De mourir pour de bon. Il s'en effraya, sans plus se réjouir. Dans quelques jours il serait mort. C'était monstrueux, nauséeux. Mais pour l'instant, il était fatigué. Le sommeil était plus important. Il pouvait bien mourir demain, si seulement il réussissait maintenant à goûter à un vrai sommeil. Il essaya de se lever de son fauteuil pour rejoindre sa chambre, mais ses jambes et ses bras étaient faibles et inutiles. Il se laissa retomber en arrière, puis chercha à tâtons une nouvelle cigarette. Avant même de la trouver, il dormait et rêvait.

Douze
(1962-)

Pendant plus de vingt ans ils vécurent séparés. Les protocoles de leurs rencontres s'affinèrent, devinrent inviolables. Pour tous les deux, cette répétition prit un caractère magique. Douze fois par an ils se retrouvaient dans le parc. Au bout des deux ou trois premières années, Manfred oublia qu'il avait un jour tenté ou eu envie de la regarder durant ces rencontres. L'invisibilité d'Emma acquit une vertu irraisonnée, à la fois parfaite et imparfaite. Manfred se soumettait avec joie aux règles édictées par son épouse. Il était heureux de suivre une doctrine de la fidélité, quelle qu'elle fût.

Pendant plus de vingt ans il fut autorisé à lui téléphoner chaque semaine. Il passa bientôt outre à cette restriction. Il l'appelait lorsque son sentiment de perte et de solitude menaçait de le broyer. En dehors de ces appels convenus entre eux, Emma ne lui parlait pas, mais elle ne raccrochait jamais immédiatement et Manfred réussissait à bafouiller les mots qu'il avait à lui dire. Il savait qu'elle n'écoutait pas, mais c'était néanmoins une sorte de soulagement. Bientôt, il l'appela si souvent, si stérilement, qu'il ne fut plus en mesure de payer ses factures de téléphone.

Sa ligne fut coupée. Il dut alors utiliser des cabines publiques. Mais parce qu'il hésitait à se livrer à ses suppliques devant autrui, ces appels imprévus diminuèrent avant de cesser tout à fait.

Vingt ans et plus ; une myriade de nuits où Manfred se flétrissait dans la solitude de son vénérable lit. Il vieillit. Son visage devint usé, son corps écaillé telle une statue antique. Son ventre, jadis plat et ferme, s'incurva bientôt et se rida sous le poids des années hostiles. Chaque jour, sa vigueur refluait un peu plus. Sa musculature s'affaissa, ses os devinrent cassants. Son pénis, jamais prodigieux, diminua pour atteindre la taille d'un champignon nain. Mais Manfred n'avait pas honte de l'âge. Le déclin de son corps lui semblait être une pénitence justifiée. Il se réjouissait même que, chaque mois, Emma le vît décliner ainsi et qu'elle assistât à cette sombre expiation.

Martin vieillit. Contrairement à de nombreux pères, Manfred ne fut guère surpris par la maturité de son fils – il avait été un garçon très imparfait. L'âge adulte lui seyait davantage. La gravité semblait moins grotesque chez l'homme fait. Il rendait visite à Manfred environ une fois par mois et le vieillard le regardait grandir sans intérêt. Leurs conversations étaient toujours décousues et ni l'un ni l'autre ne parlait jamais d'Emma ni de ce que le garçon avait bien pu voir ou entendre. Martin entra à l'université. Il rencontra Julia. Martin quitta l'université. Il épousa Julia. Le père et le fils vieillirent de plus en plus à l'écart l'un de l'autre. Une distance neutre, agréable, se développa entre eux. Ce fossé était austère et dépourvu d'amour, tous les sentiments enfouis entre eux pourrissaient dans le sol. Les reproches silencieux du fils s'émoussèrent en souvenir de ressentiment et la déception du père disparut peu à peu.

Certaines parmi cette vingtaine d'années conservèrent rétrospectivement un goût amer. Certaines d'entre elles eurent, sur le moment, un goût amer. Manfred était un vieux Juif. Il était une insulte vivante. Sans épouse, désespéré, il se sentait fini, brisé, rejeté. Le temps passait sans lui, tel du vinaigre et du sel. C'était un temps gâché, supporté comme une souffrance. Il s'en prit à la guerre. Il s'en prit au siècle. Il faillit s'en prendre au climat.

Au cours de cette vingtaine d'années, les derniers amis du vieillard moururent. On retrouva Spike mort dans sa salle de bains sordide. Le cœur gras de Tapper capitula le jour de son cinquante-cinquième anniversaire et le dernier frère aîné de Manfred décéda dans la salle réservée aux cancéreux d'un hôpital de Boston. Manfred fut stupéfié par l'étendue de son chagrin à la mort de Tapper. Il s'aperçut de la quantité d'amour fruste qu'il avait emmagasinée pour son employeur défunt. Tapper s'était livré à des activités essentiellement louches, sinon ouvertement criminelles. Il avait souvent gagné sa vie dans l'immoralité, il avait piégé et arnaqué tous ceux qu'il avait rencontrés (Manfred compris). Il avait vécu sans désespoir ni bonheur. Véritable incarnation de l'intermédiaire rupin, il avait manigancé et profité. Son autopromotion dénuée de toute fierté avait constitué son seul effort. Manfred et Spike furent ses seuls amis et ils travaillèrent pour lui. Tapper n'avait que faire d'amis. Il se décarcassait pour ne jamais s'en faire le moindre, même par inadvertance. Mais Manfred découvrit sa propre mémoire engorgée de croquis malicieux de la tête mince de Tapper observée sous tous les angles. Peut-être était-ce justement l'absence d'amour de cet homme qui provoquait la tendresse de Manfred. Il n'aurait su dire pourquoi, mais le jour où il se retrouva au bord du long trou où l'on abaissait le cercueil de Tapper, il se sentit submergé d'un chagrin qui lui coupa le souffle.

Les affaires moururent avec Tapper. Manfred continua de travailler durant quelques mois pour essayer de sauver quelque chose dans la masse nécrosée des dossiers de Tapper. Mais il ne restait presque rien. Tapper était mort au bon moment. L'entreprise était criblée de dettes et d'illégalités. Manfred découvrit avec stupéfaction tout ce que Tapper avait accompli à l'insu de son employé. Il découvrit aussi avec étonnement que Tapper faisait une donation annuelle à une organisation de charité. Une somme considérable avait aussi été envoyée chaque année à une organisation sioniste européenne. La fausse judéité de Tapper l'avait manifestement obsédé jusqu'à la fin. Pareils gestes secrets étaient bizarres. Ils ne faisaient rien pour conforter son simulacre public de judaïsme. Ce qui avait commencé comme une blague avait fini par prendre un tour plus privé, plus intime et réel.

Manfred paya le dernier carré des employés. Alice, la secrétaire désormais d'âge mûr, qui avait tellement trimé dans l'espoir secret de devenir un jour Mme Tapper(stein), se lança dans des calomnies véhémentes. Selon elle, Tapper avait toujours été un brigand, un malfrat. Aucun gentleman ne se serait habillé comme lui, n'aurait parlé comme lui. Cédant à la passion compensatoire de la diffamation, elle multiplia même les allusions au comportement indécent de son ancien employeur envers elle. Manfred se trouva incapable de décider si la colère d'Alice trahissait son chagrin ou bien l'en consolait. En tout cas, la secrétaire exigea une indemnité de départ deux fois plus élevée que n'importe lequel des autres employés de Tapper.

Avec l'aide de plusieurs escouades de comptables incolores, Manfred liquida l'entreprise de Tapper. À cette époque, de nombreuses entreprises disparaissaient en Angleterre. Manfred se réjouit lorsque tout fut terminé. Ç'avait été une existence de parasite. On ne gagnait rien à ce jeu-là, sinon de l'argent. Le rêve de Tapper, comme tous ses rêves, avait été aride.

Manfred prit sa retraite, deux ans seulement avant la date qu'il avait prévue. Il s'était assuré que sa pension avait bien survécu au dépeçage des experts comptables. Sans la distraction que lui apportait son emploi, il sentit qu'il allait se rabougrir et décliner plus vite encore. Une pénitence telle que la sienne mobilisait tout son temps, chacune de ses heures. Il se sentit bientôt aussi oisif qu'il l'avait espéré. Il n'avait aucune occupation pour atténuer l'aspérité de ses journées. La seule structure qui lui restait, c'était la régularité mensuelle de ses rendez-vous au parc et les appels téléphoniques hebdomadaires qui le reliaient encore à sa femme invisible.

Emma prospérait. Au cours de cette vingtaine d'années, sa carrière devint de plus en plus remarquable. Elle quitta l'hôpital de Middlesex, où elle avait accompli sa formation, pour aller travailler à St Thomas's. Elle organisa des campagnes en faveur des cliniques pour femmes, des visites de dépistage, de la promotion des femmes dans le milieu médical. Elle publia un rapport sur les infirmières privées. Elle participa à des commissions. Son nom se mit à apparaître régulièrement dans des journaux que Manfred ne lisait pas. Elle devint célèbre sur un mode minuscule et très digne ; son refus intraitable de se laisser prendre en photo plongeait toujours les journalistes dans une fureur noire. Un jour, elle participa même à une émission de radio. Manfred enregistra cette émission, dont il écouta sans fin la cassette durant des mois. Il fut blessé par le timbre différent de la voix d'Emma. La circonspection qu'il avait l'habitude d'entendre dans toutes les paroles de sa femme avait disparu et sa voix, amplifiée et approfondie par le studio, était intime et séduisante. La jalousie et le sentiment de perte le ravagèrent comme un ulcère. Il finit par mettre cette cassette à la poubelle.

Mais le succès d'Emma, sa stature nouvelle faisaient désormais moins de peine à Manfred. En fait, il n'en souffrait presque plus jamais. Il aimait son épouse d'un amour meilleur. Elle s'était affranchie de lui, moyennant quoi il pouvait l'aimer sans concupiscence. Privé de l'usage de ses yeux, il se battit pour inventer une nouvelle manière aveugle de l'aimer. Maintenant qu'il ne pouvait plus la voir, il s'aperçut combien il l'avait aimée à travers ses yeux, à cause de la beauté d'Emma. En dehors des appréciations annuelles de ce que l'année écoulée avait bien pu faire au visage d'Emma ou pour son visage, et de la beauté nouvelle qu'il n'y avait peut-être pas remarquée, il l'aimait sans images.

L'absence d'Emma fortifiait l'amour de Manfred. Lui qui passait presque tout son temps sans elle, il pouvait aimer sans raison valable, et c'était bien la seule espèce d'amour digne d'être aimée. Emma était entière sans lui, complète et autre. Il l'aimait par procuration. D'un cœur blessé à un autre cœur blessé. Un jour, après que le mal eut commencé, il avait cru qu'il l'aimait trop, et qu'il se perdait en elle. Plus tard, tout seul, il comprit qu'il l'avait perdue parmi les coussins confortables de son amour pour lui-même. Il avait aimé Emma pour lui-même.

Il s'installa dans la beauté vivante et saisissante de la médiocrité, dans la vie d'un homme sans Emma. Il devint semblable aux autres hommes, aux autres hommes âgés. Il accueillit avec bienveillance ces années de détresse. Il se sentit acquérir la conformation de ces vieillards qui l'avaient toujours ému lorsqu'il était enfant. Ces vieillards au tendre cou rasé et aux cheveux clairsemés, qui avançaient à petits pas sur le trottoir avec leurs doux vêtements sombres. Des hommes qui, dans son imagination d'alors, n'avaient ni existence ni passé – seulement des vieillards. Lui-même suscitait sans doute la même tendresse aujourd'hui. Cela lui convenait. Il ne repoussait désormais nulle pitié.

Un jour, deux ou trois ans avant le décès de Tapper, dans un moment d'imprudence, Manfred espéra. Il venait de visiter une grande maison que Tapper avait achetée sur Liverpool Road. Une fois son travail terminé, il fit halte pour prendre un café dans un salon de thé d'Islington qu'Emma aimait jadis. C'était seulement à quelques rues de leur maison. La proximité de son ancienne résidence le secouait déjà bien assez, mais ce fut le salon de thé qui l'acheva. Les chaises et les tables en bois pâle, le vert profond des nappes, le léger cliquetis de la faïence, la rumeur assourdie des bavardages, la lumière profuse qui emplissait la pièce, cette lumière éclatante, enfin *possible*. Dans un monde aussi modéré et exquis, tout devenait envisageable, voire probable. La confiance et la joie l'avaient soudain envahi. La vie proposait déjà bien assez d'épreuves douloureuses pour qu'on y ajoutât des angoisses superflues. Vivre sans Emma relevait d'ailleurs d'une injustice flagrante, d'un crime contre nature. Grâce à son amour immense, il lui suffirait de terminer son café, de marcher cinq minutes jusqu'à la maison qu'il avait achetée pour elle et de convaincre Emma. Tous deux étaient désormais plus âgés, plus meurtris. Beaucoup de choses seraient pardonnées. Il redeviendrait enfin entier. La blessure de sa perte guérirait.

Lorsqu'il eut payé son café, l'euphorie était retombée. Certaines fautes demeuraient irréparables. Il ne parviendrait jamais à convaincre Emma. Le visage qu'elle refusait de lui montrer était souillé de souffrance et d'indicible. Elle conservait la trace indélébile de cette époque d'atrocités qu'elle avait vécue. Il n'y avait pas que la cruauté de Manfred qu'elle devait pardonner.

Cette vingtaine d'années furent davantage qu'une simple vingtaine d'années. Elles furent l'accumulation de modestes beautés et d'amour meilleur. Elles furent des matinées, des repas et des cigarettes. Elles furent des paroles non entendues. Elles furent des ciels, des rues et des gens. Elles furent des lettres non écrites et des heures difficiles, longues et courtes. Sans Emma, la vie de Manfred se satura d'Emma. Il brûla sans espoir de retour. Le monde se fatigua et Manfred passa le bref laps de ces vingt années en observateur, raffinant le témoignage non enregistré de son grand, de son immense amour.

Treize

Très tôt, avant la plénitude du jour et le règne du soleil, Manfred comprit qu'il allait mourir aujourd'hui. L'été était arrivé, l'air était chaud et odorant. Le ciel, limpide, haut et bleu comme une musique. Par la fenêtre, la rue ressemblait à une plage. La chaleur et la poussière blanchissaient les trottoirs, ses plus jeunes voisins déambulaient lentement et joyeusement, leurs chemises et leurs jupes aussi brillantes que du papier cadeau. Les voitures scintillaient comme des boucliers dans l'éclat sans ombre de la rue, une rumeur et la lumière inondaient sa chambre.

Une douleur nouvelle venait de se manifester. C'était une douleur plus modeste, plus légère, mais une douleur définitive malgré tout. En lui, tout au fond de son ventre, une chose vitale venait de mourir. Il avait conscience de saigner quelque part à l'intérieur des couloirs aveugles de sa chair. Il avait moins vomi ce matin-là, mais seulement du sang. Il n'y avait pas eu de matière, aucune trace de nourriture ni de bile secrète parmi tout ce rouge. Ç'avait été du sang, seulement du sang.

Il s'en étonna. Il se sentit trahi, incurable. Il en pleura même. Car il ne se sentait pas prêt. Il ne s'était pas préparé. Il réussit à réveiller un sentiment de perte. Le fait de mourir lui semblait maintenant beaucoup moins élégant et inévitable. Il ne verrait plus d'autre matin. Cette pensée l'atterra. Avant la venue de la nuit, il cesserait tout simplement d'être. Pendant la guerre il avait examiné des hommes morts. En Libye, en Égypte et en Italie, il avait constaté leur absence de mouvement, de parole, de souffle. La mort lui avait fait l'effet d'une chose simple. S'il était mort alors, ç'aurait été facile en compagnie de tant de cadavres. Il aurait pu s'arrêter de bouger, de parler, de respirer, presque joyeusement. Mais maintenant il était vieux. Il était solitaire et désespéré. Sa mort lui paraissait être une affaire plus importante maintenant qu'alors. C'était un événement considérable. Une chose à redouter.

Alors il pleura. Il pleura pendant des heures. Assis sur une chaise près de sa fenêtre, il regardait la rue éblouissante de lumière tout en pleurant. Toutes les deux ou trois minutes, une belle chose se produisait, un événement mineur mais magnifique. Un chien indolent à l'expression concentrée changeait sa position couchée pour mieux profiter de la chaleur sur un trottoir ensoleillé. Un rire mélodieux éclatait puis retombait en provenance de la fenêtre d'une maison voisine. Des femmes portaient des sacs de courses, les épaules affaissées sous le poids de la chaleur. Les postes de radio crachotaient des bribes de musique. Des enfants criaient. Des femmes marchaient. Des hommes parlaient. Des vieillards pleuraient.

Il pleurait sur son propre sort. Il pleurait sur le sort d'Emma. L'amour surgit en lui pour inonder son cœur meurtri. Aucun univers ne pourrait être assez vaste ni assez bon pour accueillir Emma. Il eut le sentiment d'achever son amour pour elle. Il étendait l'amour jusqu'à ses régions les plus lointaines, les plus profondes. Il ne pourrait jamais l'aimer davantage qu'il ne l'aimait maintenant.

Jamais elle n'avait été aussi belle que lorsqu'elle était ternie, jamais elle n'avait été plus forte que dans sa faiblesse. Elle s'était montrée diverse et entière au-delà de tout paradoxe. Elle l'avait aimé quand il avait essayé de lui arracher de l'amour en l'écrasant. Elle l'avait quitté en étant elle-même blessée, mais elle lui avait offert Pisga et la vision de la Terre Promise, elle lui avait accordé tous les rêves qu'il connaîtrait ensuite.

Un jour, juste avant leur mariage, il attendait de la retrouver à la station de métro de Notting Hill. Ils devaient aller au cinéma. Il était arrivé en avance et s'était assis sur un banc pour l'attendre, réchauffé par les rayons bas du soleil du soir. Il regarda chaque rame s'arrêter et se vider de ses passagers, en se tordant le cou pour essayer de la repérer dans la foule. Plus il attendait, plus il se sentait heureux. Tous ces gens étaient merveilleux, allègres et multiples. Curieusement, il n'était pas déçu par tous ces individus qui n'étaient pas elle. Il ne s'était jamais senti aussi jeune. Une joie bizarre, irraisonnée, le submergeait tandis qu'il scrutait ces foules successives. Lorsque Emma arriva, l'exaltation de Manfred la stupéfia. D'habitude réservé en public, il l'embrassa avec extravagance, il la serra contre lui. Les gens les regardaient, certains en souriant de leur ardeur. Ce soir-là, il était trop heureux pour aller dans un cinéma. Ils marchèrent. Ils arpentèrent les rues tièdes à la tombée de la nuit, tandis que Londres s'illuminait de petites lumières.

Pour apaiser ces souvenirs de son épouse, le vieillard entreprit de faire un peu de rangement dans son appartement. C'était là une tâche absurde. Car l'appartement était déjà propre et en ordre – un ordre superflu, pitoyable. Néanmoins, l'absurdité même de cette tâche réjouit Manfred. De nouveau, la mort passait pour cette perspective joyeuse à laquelle elle se résumait depuis tant de mois. Le côté propret de son appartement lui donna le sentiment d'être petit et mortel. La pauvreté de ses biens l'émut également. Son mobilier dérisoire, ses documents inutiles, ses papiers hétéroclites étaient banals, le résumé textuel d'une vie à moitié vécue. Ses vêtements étaient trop peu nombreux et trop ternes pour être poignants. Ses livres restaient non lus et ses quelques photographies étaient neutres, des souvenirs sans commentaire – ses parents morts, ses frères morts, son fils bien vivant et quelques amis fortuits, ceux-là aussi morts pour la plupart. Son unique photographie d'Emma ne réussissait plus à l'émouvoir. Au moment de la ranger, il attendit la ruée du regret ou de la terreur. Il y eu bien une certaine tristesse frugale, mais pour un homme qui avait aimé comme lui c'était une déception, un échec.

Pourtant, son humeur devint bientôt presque festive. Il parvint quasiment à contrôler la nouvelle crise de son ventre. C'était son dernier jour. Un événement particulièrement remarquable, de l'avis général. Il eut envie d'organiser une fête d'adieu ou de s'envoyer à lui-même un faire-part de décès. Il chercha un geste quelconque pour marquer cette date fatidique, le dernier de ses jours. Il pensa à manger, mais il était las de son régime de détritus fibreux et de pain lourd à digérer. Il aurait volontiers bu un verre s'il s'était cru capable de ne pas le vomir aussitôt.

Vers quatre heures le vieillard fut de nouveau à genoux. Il crut brièvement que c'était la crise ultime. Quand il s'effondra, sa tête tomba en avant vers le sol. Allongé là, il vomit d'étranges couleurs, les ultimes alliages de ses viscères à l'agonie. Ensuite, lorsqu'il nettoya la moquette, un geste d'adieu lui traversa l'esprit. Il se masturberait. Un peu plus tard, allongé sur son lit, le pénis en main (tous deux désormais ridés à un degré presque égal), il eut une meilleure idée. C'était, d'une certaine manière, la seule idée possible. Il téléphonerait à Emma. Même si ce n'était pas le jour prévu, il l'appellerait. Il désirait lui dire quelque chose.

À cinq heures, il vit par la fenêtre Webb qui revenait de ses occupations inconnues de la journée. Manfred se cacha derrière le rideau afin que son voisin ne le vît pas. Il entendit Webb crier des insultes saignantes à quelques jeunes qui avaient eu le malheur de s'asseoir sur sa voiture. Il entendit la porte d'entrée claquer, puis il regarda encore dans la rue. Contrairement au vieillard, elle ne manifestait pas le moindre signe d'agonie.

Il se prépara une cafetière. Il procéda à ce rituel avec grand soin. Il ne voulait pas bâcler l'affaire. Ce qui l'irritait le plus dans la mort, c'était qu'en dehors de lui rien ne semblait terminé. Le vieillard avait toujours espéré qu'à la fin de sa propre vie, sa vie même serait bouclée. Que tous les fils de cette vie, les minces comme les gros, se trouveraient enfin réunis pour former un nœud rassurant. Mais maintenant, même s'il sentait que son corps touchait à sa fin, le restant de sa vie était à moitié terminé, ou moins encore. Tout en buvant son café (médiocre), il se sentit rongé par des pensées d'inachèvement.

Vers six heures, la chair de Manfred devint froide et moite. Une brume de transpiration glacée monta de son front et de son crâne parmi les racines de ses cheveux. C'était étrange, car l'intérieur de son corps semblait livide et fondu sous le coup d'une grande chaleur. Une conflagration mortelle couvait entre ses côtes et, tandis que la journée s'écoulait, le feu montait lentement en lui brûlant le cœur et les poumons. La douleur provoquée par cet incendie le stupéfia.

Quand Garth revint de son travail, il frappa à la porte de Manfred. Le vieillard lui ouvrit et l'expression de l'infirmier noir trahit sa surprise.

« Vous avez vraiment mauvaise mine, mon ami, dit-il.

— N'ai-je pas toujours mauvaise mine ? » rétorqua Manfred.

Garth ne s'était pas attardé, leur dialogue avait été de pure politesse, mais sans raison Manfred se sentit ensuite moins seul. Il aimait bien Garth, ce garçon qui s'était toujours montré aimable. Le vieillard sentit qu'il aurait dû trouver quelque chose de définitif à lui dire, mais sur le moment il ne trouva rien.

À sept heures, une porte claqua et il se réveilla en sursaut. Il regarda Webb s'éloigner d'un pas nonchalant dans la rue et il se maudit de s'être ainsi endormi. Il n'était même pas fatigué. C'était de la simple indolence. Il se frotta le visage avec les mains. Sa peau était sèche maintenant. Sous ses doigts on aurait dit un papier au faible grammage, comme si sa chair elle-même renonçait. Le vieillard fuma une cigarette. Il devait rester éveillé. Il avait des choses à faire. Sa brève somnolence le désespéra. Il ne pouvait pas se payer le luxe du sommeil. Il ne pouvait pas se payer le luxe de mourir ainsi.

Huit heures. Au-dehors, les gens avaient retrouvé la rue. Les couples marchaient lentement, leurs bras mêlés selon diverses attitudes. Des groupes d'hommes déambulaient en vastes formations à la recherche de débits de boisson. Les voitures bourdonnaient et vrombissaient. Les gens sortaient. Même la lumière du jour semblait moins pressée. Elle avait perdu ses accents les plus stridents. Maintenant, le ciel au-dessus de Londres était assourdi et affable, ses couleurs évoquaient une confiserie populaire. Il ne restait que deux ou trois heures avant la nuit. Le vieillard attendait avec impatience cet intervalle nocturne, cette chose qui avait tant effrayé son propre père.

*

Vers neuf heures, le ciel devint vraiment crépusculaire. Les couleurs criardes l'avaient envahi, ainsi que plusieurs rouleaux de nuages plantureux. La rue était désormais plus tranquille. Ici et là, des hommes et des femmes debout sur leurs marches observaient la complexité du ciel. Dans sa salle de bains Manfred urina, se lava le visage, vomit, se brossa les cheveux, vomit encore, faillit s'évanouir, puis regarda son reflet dans le miroir durant plus de trente minutes lentes, très lentes.

À dix heures, vérifiant que sa clef était bien dans sa poche, Manfred referma la porte d'entrée de la maison. Il faisait nuit. Le ciel était pourpre et d'un bleu violacé. L'air embaumait les odeurs du soir. Après la canicule de la journée, les arbres exhalaient un souffle végétal et leurs feuilles bruissaient doucement dans l'air immobile. Les lampadaires étaient allumés. Encadrés par les feuilles de leurs voisins les arbres, ils lançaient des ombres hirsutes sur les trottoirs. Les insectes bourdonnaient autour d'eux, momentanément dorés ou argentés par leur éclat.

Il mit près d'une demi-heure à rejoindre la cabine téléphonique. Son pas était lent et laborieux. Ses jambes tremblaient tandis qu'il marchait et il se sentait déjà aux trois quarts mort. Debout dans la cabine téléphonique, plissant le nez à cause de la violente odeur humaine, il se reposa durant plusieurs minutes avant de pouvoir décrocher le combiné et composer le numéro d'Emma. Il avait peur. Cette idée d'appeler Emma avait été une bonne idée. Elle lui avait donné un but pour la journée. Mais il comprit que, une fois qu'il lui aurait parlé, il lui faudrait affronter cet autre objectif irrévocable.

Manfred décrocha le combiné. Il composa le numéro et colla le combiné contre son oreille. Il entendait la sonnerie et cette sonnerie accélérait les battements de son propre cœur. Elle s'interrompit brusquement quand, à l'autre bout de la ligne, on décrocha. Alors Manfred déglutit avec peine et se mit à parler.

Près de vingt ans plus tôt, son fils, alors enfant, lui expliqua ce qui se passait quand Manfred téléphonait à sa femme. L'enfant était en colère à cause d'une gaffe de son père. Impitoyable et très fier de vivre toujours avec Emma, Martin expliqua à son père ce que faisait Emma lorsqu'il lui téléphonait. Apparemment, dès qu'elle comprenait qui l'appelait, elle abaissait le combiné loin de son oreille jusqu'à ce que son coude repose sur son ventre et que le combiné fût pressé entre ses seins. Elle restait ainsi tout le temps que Manfred parlait – le seul bruit, un faible grésillement sans conséquence émanant de sa poitrine. Lorsque ce grésillement étouffé semblait avoir ralenti ou cessé, elle reposait doucement le combiné sur son support. Ensuite, quand l'enfant touchait le téléphone silencieux, il irradiait encore la chaleur du corps d'Emma.

Le ciel brouillé était sans lune, plus brun que noir, tandis que le vieillard rentrait chez lui. À une centaine de mètres devant lui, il discernait la lumière de l'entrée de sa maison. Des heures lui semblaient avoir passé depuis qu'il avait parlé à sa femme. Le trajet du retour fut cauchemardesque, absurde. Il perdit l'ultime souveraineté sur son corps. Ses pas devinrent un automatisme. Une énorme poigne obscure tordait et malaxait ses viscères. Peut-être était-ce la Mort en personne, ce démon, ce monstre. Cette pensée ne l'égayait plus, il transpirait de terreur et d'appréhension.

Sa douleur fut transfigurée. Elle devint une théorie de la douleur ; un idéal noir. Sa plénitude l'assassinait ; sa rectitude absolue, atterrante. Redoutant de mourir dans la rue, le vieillard rassembla un simulacre de force et parcourut d'un pas vacillant les derniers mètres qui le séparaient encore de sa maison. Un chien se mit à hurler à la mort et, de l'autre côté de la rue, une controverse entre chats fut brièvement audible, miaulements et menaces crachées. Le vieillard atteignit le chemin de la porte d'entrée. Il trébucha alors et jeta les bras devant lui pour amortir l'impact de la chute.

*

Lorsqu'il reprit conscience, il se découvrit allongé sur le perron de la maison. Ses jambes gisaient inertes sur la pierre et sa tête reposait près du bas de la porte. Pendant quelques instants il se sentit groggy, sans savoir avec certitude s'il était vivant ou mort. Un brusque déchirement dans le ventre le ramena violemment à la certitude de son état. Il enragea contre cette chute, contre cette indignité. Mais il se réjouit de ne pas encore être mort. Bien qu'il eût appelé Emma, ce vestige nocturne de la vie semblait devoir durer.

Il regarda autour de lui. La nuit était de plomb. Les arbres et les haies étaient désormais silencieux, parfois semblables à des plumes dans la lueur des lampadaires. Il douta de pouvoir de nouveau bouger. Du moins fut-il heureux de mourir dehors. Une rue, même figée ou lugubre, offrait davantage de beauté et de drame que n'importe lequel de ses quatre murs.

Dans cette proximité, il redouta la mort. D'inévitables terreurs y présidaient. Les marmonnements à moitié oubliés d'une centaine de rabbins : des récits de perte, de remords et d'angoisse. Manfred l'impartial, Manfred le non-chrétien, ralentit son souffle déjà lent. Un autre chien hulula son long appel vide. Le vieillard se relâcha encore tandis qu'une voiture passait, ses phares projetant dans la rue une bande ondoyante de lumière sale. À sa grande surprise, Manfred s'aperçut que malgré son hébétude il n'avait pas du tout envie de mourir. Un soudain afflux de douleur lui écorcha les côtes et il se mit à pleurer.

Emma vivrait. C'était trop injuste. Il repensa au récent coup de téléphone, à ses dernières paroles étouffées au creux des seins de son épouse. Il repensa à la chaleur d'Emma qui s'attardait sur son lointain combiné. Ce soir, il avait imaginé que cette chaleur se transmettait jusqu'au combiné qu'il tenait dans sa main. Emma vivrait. Elle continuerait de laisser sa trace vivante sur tous ces objets palpables. C'était presque une infidélité. Pour la première fois depuis plus de vingt ans, Manfred en voulut à sa femme. Mourir semblait difficile. Cela semblait vraiment difficile.

Des papillons de nuit, des moucherons et d'autres minuscules insectes nocturnes zigzaguaient et plongeaient dans la lueur diffuse projetée par la lumière de l'entrée de la maison où Manfred vivait. Le vieillard gisait au centre de leur orbite saccadée, le visage et les mains effleurés par leurs ailes infimes. Sa colère soudaine l'avait libéré. Il était las de son asservissement à l'idée lyrique de son épouse martyre. Cette idée qu'il se faisait d'elle était devenue une fragile construction. Maintenant sa colère avait durci la texture spongieuse de son amour. Il s'agissait d'une matière plus solide. Et cette fibre nouvelle fit à Emma le compliment de l'autoriser à être enfin réelle.

Ses larmes se tarirent. Quand il porta la main à son visage, un nuage d'insectes scintilla à travers les airs. Ces insectes brillants et turbulents avaient quelque chose de merveilleux. Explosant devant le ciel noir, ils évoquaient la matière de la vie elle-même. Le vieillard fut ému par leur beauté minuscule. Il tourna le visage vers le mur, pressant sa peau brûlante contre la pierre froide. Vu d'aussi près, ce mur le dominait de toute sa masse redoutable. Sa solidité, ses briques substantielles, infinies, paraissaient absurdes. Toute cette matière survivrait à Manfred. Il plissa les yeux avec sympathie vers ces briques. Une fois de plus, la pensée de sa propre mort le réjouit. La pensée de la vie qui poursuivait sans lui son cours majestueux enthousiasma le vieillard. L'animé et l'inanimé, les insectes et les briques assisteraient à sa propre sortie. Emma aussi serait locataire de ce monde sans Manfred. Il gisait, abruti de joie, en proie à la grande indifférence bienveillante de l'existence sans dieu.

L'air nocturne s'épaississait d'une humidité naissante. La rue sembla brusquement plus dense. Les rais de lumière en provenance des lampadaires se firent plus marqués, plus nets et précis dans l'air encrassé. La nuit était léthargique, modérée. Manfred fut déçu. Pour sa dernière nuit, il aurait espéré davantage de véhémence.

En dessous de lui, ses jambes avaient récupéré de leur chute. Elles faisaient de nouveau partie de son corps. Mais c'était sans conséquence. Car Manfred était désormais fatigué. Sa volonté était à bout. Et sa lassitude paraissait définitive. Il ne retournerait pas dans son appartement. Il ne le reverrait jamais. Au moins, il y avait fait de l'ordre.

De l'autre côté de la rue, il aperçut une silhouette ivre qui tanguait d'une flaque de lumière vers la suivante. L'ivrogne avait beau marcher de travers, il semblait se diriger droit sur Manfred. Lorsque le poivrot s'arrêta près d'un lampadaire pour cracher copieusement, Manfred comprit que c'était Webb. L'homme s'élança pesamment à travers la rue en vacillant affreusement. Manfred repéra l'éclat d'une bouteille dans la main de l'ivrogne. Son moral tomba en chute libre.

Webb s'arrêta brusquement. Il venait de voir Manfred et, l'espace d'un instant, il parut dérouté par cette découverte. Il essaya de fixer son regard sur la forme étendue là, une tentative vouée à l'échec à cause des violentes embardées de son corps. Lorsqu'il se fut assuré de l'identité de Manfred, il éclata d'un rire ravi.

« Manny ? Manny ! Qu'est-ce qui s'est passé ? Une mauvaise nuit. T'es sorti ? Dis rien. Trouve-moi la clef. Tiens, bois un coup. »

Il tituba vers la marche où Manfred était allongé et s'écroula en un tas imbibé à côté du vieillard. Il caqueta follement sur sa propre déconfiture, puis se hissa en position assise en s'appuyant des deux mains sur le corps de Manfred pour assurer son équilibre.

« Splendide, ici. Pas de problème. Un petit verre. Ah ah ! »

Il était manifestement ravi de rencontrer Manfred en des circonstances aussi fortuites et il était fraternellement convaincu que Manfred était lui aussi ivre mort et qu'il avait échoué là dans ses tentatives pour ouvrir la porte d'entrée de leur maison.

« Sorti pisser ? Mollo, vieux. Je sais tout ça. La nuit est jeune. Sentiras mieux demain matin. Goûte-moi un peu ça. Qui a bu boira. »

Webb tendit la bouteille, la propulsant plutôt devant le visage de Manfred avant d'aussitôt la lâcher au-dessus du vieillard. Le whisky se répandit sur la veste et la chemise de Manfred. D'une main faible, il tenta de repousser la bouteille et d'essuyer l'alcool sur ses vêtements. Déjà, son ventre engourdi était mouillé. Il regretta de ne pas pouvoir protester, mais désormais il pouvait à peine parler. Ses poumons semblaient vides et inutiles ; sa langue, une chose épaisse et molle.

« Houps ! Va bien sécher. Gnôle extra. Sûr que t'en veux pas ? Alors j'vais boire un coup. Rien de tel. »

L'alcool avait tué le visage de Webb. Il avait les yeux injectés de sang et tout irrités. Sa bouche bavait de manière incontrôlable, son menton mouillé luisait dans la lumière de l'entrée.

« Va pleuvoir. Tu restes là ? Tu risques d'attraper la mort si tu fais pas gaffe. La gnôle, ça réchauffe. »

À la grande horreur de Manfred, Webb parut s'installer en vue d'un long échange. Il déplaça son corps informe pour trouver une position plus confortable et il posa la tête contre le mur près de Manfred. Tous les projets de Manfred concernant une mort élégante et privée furent anéantis. Pas une seconde il n'avait imaginé de mourir dans la compagnie vulgaire de Webb. C'était une injustice monstrueuse. Il n'avait rien fait pour mériter une chose pareille. Impotent, Manfred enrageait. Mais complaisamment allongé près de lui, Webb distillait sa camaraderie abrutie.

« C'est bon de te voir, Manny. Faut faire ça plus souvent. Je pense à toi. Tout le temps. J'suis crétin. Le sage reconnaît son père. Ben ouais. Restons ensemble. Les amis, y a que ça de vrai. »

Des épines déchirèrent les entrailles de Manfred, lacérant la chair et les organes. Une plaie illimitée, ulcérante, s'ouvrit en lui. Il grimaça. Sa colonne vertébrale s'enflamma, sa peau le picota dans la pure euphorie terminale de cette douleur, de ce contraire, de cette mort. Il eut un goût de sang dans la bouche, sa langue lui sembla ouverte, fondue. Même Webb remarqua le hoquet soudain et la rigidité extatique du vieillard.

« Manny ! Manny ? Ça va ? T'as l'air tout noir. T'as trop bu ? On est tous passé par là. T'en fais pas, mon p'tit Manny. Tiens, bois un coup. Manny ? »

Webb pencha la tête vers celle de Manfred pour entendre les mots que le vieillard essayait de lui cracher.

« Quoi ? J'entends que dalle. Manny ? Tu veux pas que j't'appelle quoi ? Quoi ?... Ah. Très très bien. *Manfraid.* Mais certainement, monsieur. Manfraid. Ce sera parfait comme ça. »

Le vieillard retomba en arrière, épuisé par l'effort. Faiblement, il bouillonnait de haine. Il marmonna un juron silencieux destiné à Webb, puis ses yeux se fermèrent. La mort posa lourdement la main sur lui. Ses membres se plombèrent du poids de sa disparition imminente et sous son corps le sol devint une mince peau à travers laquelle il allait tomber. Cette sensation fut horrible. Il eut l'impression que c'était pour bientôt et des larmes brûlantes de fureur lui envahirent les yeux.

Webb poursuivait le monologue insouciant du poivrot.

« Le négro là ? Comment qu'y s'appelle, là-haut ? Poser une question idiote. C'est un pote à toi ? Salaud de négro. On aurait jamais dû le laisser entrer. Putain d'étrangers. Rien dans le citron. Y volent le boulot des Blancs. Leurs femmes aussi. Y nous les piquent. Ces sales connards. »

Sa main fouilla dans l'entrejambe humide de son pantalon et il se pencha sur le côté, en tournant le dos à Manfred. Sortant son pénis, il urina ainsi allongé. Manfred entendit le sifflement de la pisse qui atterrissait dans le jardinet situé en contrebas des marches.

« Fais pas gaffe, Manny. Pardon. Mandread. Déjà vu tout ça. Entre copains. Encore un coup. Rentré aussi vite que sorti. »

Dès qu'il eut fini de pisser, Webb secoua affectueusement son petit pénis et le rangea, encore mouillé, dans son pantalon. Alors que le poivrot se retournait sur le dos, à côté de lui le vieillard se mit à étouffer et à avoir des haut-le-cœur. Webb lui donna un léger coup de poing sur l'épaule tandis que Manfred tressaillait et battait l'air avec ses bras, le corps secoué de spasmes désespérés. Les traits de Webb arborèrent une vague expression de camaraderie soucieuse.

« C'est ça. Vas-y. Continue. Tu vas y arriver. J'sais c'que c'est. Bois un coup. Ça ira mieux après. Tu tiens bon. Pas de problème. »

Les haut-le-cœur s'atténuèrent. Une sueur visqueuse couvrait le visage du vieillard. Une faible brise sur ses joues le requinqua. Le visage nauséeux de Webb planait tout près du sien. L'homme semblait soudain énorme, aussi grand que la ville. Manfred aurait pu compter les pores de la peau sur ce visage épais. Il exprimait seulement un simulacre grotesque de la compassion.

« Va mieux maintenant ? J't'ai dit. T'as trop éclusé. Mais la gerbe a jamais tué personne. Aussi vrai que deux et deux font quatre. »

Le visage de Webb se détourna, satisfait. La mort de Manfred n'avait pas à s'inquiéter, face à un aussi piètre observateur. Les secours de dernière minute ne seraient certes pas le fait de Webb. Déjà, il ressentait une nouvelle éruption dans son ventre. Ses organes inondés se noyaient dans une épaisse et froide noirceur. Le vieillard se barricada contre la panique. Webb éclata de son rire bref et cinglé, puis il essaya de s'asseoir.

« Peux pas rester ici. Ces trucs que les gens voient. Où qu'est la fête, mon Manny ? Allez. On va dans un club. Quelques verres. Des filles. C'qu'on veut aux toilettes. Bouge tes vieux os. »

Il assena deux ou trois coups de poing joueurs à son ami, puis bascula en arrière, inconscient, sa tête frappant la porte avec un bruit sourd. Durant quelques instants extraordinaires, la rue fut silencieuse. La rumeur lointaine de Londres se tut et il régna un silence magique, délicat. Mais bientôt, Webb se mit à ronfler. Manfred le regarda. L'ivrogne émettait des sons étonnants. Sa bouche humide était ouverte, ses lèvres tremblaient quand il exhalait. De nouveau, cet homme ressembla à un vieux chien battu et bourrelé de remords. Il avait une respiration rauque, abrasive. Il paraissait davantage mort que Manfred.

Avec précaution, Manfred écarta la lourde main que Webb avait laissée en travers de son propre buste. Manfred décida que Webb allait lui manquer au même titre que le reste. Webb, dans sa vulgarité, ses appétits sans faille, ressemblait au principe vital lui-même. C'était un modèle suant et urinant de l'existence animée. Inconscient, ivre mort et ronflant, Webb incarnait la vie. Cet homme était entier. Sa présence naïve et obstinée avait quelque chose de discrètement majestueux.

Une autre déflagration de la douleur. Le bruit de Londres revint en force. De sinistres hurlements lui emplirent le crâne. Une nouvelle configuration de crampes lui tordit le ventre et le torse. Ses yeux se voilèrent de rouge et de noir, une pluie de sang obscurcit le monde. Ulcérés et ignobles, ses viscères explosèrent comme des bombes. Son cœur devint soudain ce qu'est vraiment un cœur – un muscle têtu, frénétique. Cet organe se lança dans de folles cabrioles tandis que la douleur semait le chaos dans son ventre.

Le vieillard eut très peur. Une main noire lui ferma les yeux. Ses jambes furent prises de convulsions et il sanglota sans plus pouvoir respirer. Il essaya de crier, mais sa gorge était bloquée, inutile. Il paniqua, se débattit dans l'eau peu profonde de la mort sans foi. La peau mince du sol parut se bomber et s'effondrer sous son corps, prête à se rompre. Ses mains, prises d'une frénésie spasmodique, griffèrent le vide. Son esprit avait beau fermenter et bouillonner, le monde paraissait maintenant plus simple. Il n'y avait plus que cela. Cette agonie. Cette mort.

Soudain, la douleur reflua comme une marée. Ses larmes poisseuses se tarirent et il eut envie de rire. Il y eut le bruit feutré d'une portière de voiture doucement claquée, l'éclat d'un klaxon, des rires et des bruits de pas. La rue semblait symphonique. Il pensa encore à Emma. Toute idée de grandeur l'avait abandonné. Il pensa à son propre corps qu'on découvrirait allongé là à côté de ce poivrot de Webb. C'était vraiment une position ridicule. Mais qui ne manquait pas d'un certain panache grotesque. Le vieillard pouffa faiblement de rire jusqu'à entendre le sifflement de sa gorge. Après toute cette tragédie en bonne et due forme, il découvrait avec joie quelques ultimes blagues.

Son souffle se réduisait maintenant à une série de râles pénibles, mais la douleur de Manfred était terminée. Il sentait son corps brisé, mais anesthésié. Il ne mourrait certainement pas de douleur. Tout en s'efforçant de respirer, il comprit que c'était précisément cette transaction qui s'achevait. L'air cesserait d'entrer dans son corps et, privée d'oxygène, sa vie s'éteindrait. Une période d'inconscience, suivie par l'arrêt des organes, des systèmes, de l'âme. Une tâche modeste, pensa-t-il.

Alors cela commença. Tout au fond et au milieu de lui-même, une valve cruciale se tordit, s'arrêta, puis explosa. La sueur lui piqua soudain les yeux et l'aveugla, puis il sentit une chaleur inonder ses jambes tandis que sa vessie se vidait. Il retrouva une vision claire et lutta pour respirer. Les lampadaires brillaient comme de lointaines déflagrations. Dans son poing, il remarqua qu'il avait saisi et arraché quelques-uns des rares cheveux de Webb. Il remarqua, baigné dans la douce lueur du porche, la masse et la texture d'un arbre tout proche. Les insectes volants patrouillaient autour de Manfred. De l'autre côté de la rue, le portail d'un jardin était ouvert, la peinture craquelée par le temps. Il avait espéré prendre congé avec ces menus détails, mais la mort était apparemment une occupation beaucoup trop prenante pour cela. La chaussée paraissait douce et noire dans la pénombre. Les insectes accéléraient et plongeaient comme le temps lui-même.

Durant quelques secondes, le vieillard continua de respirer. Puis une chose se ferma violemment dans sa poitrine et il crut se noyer. Ses dents claquèrent tandis qu'il aspirait convulsivement l'air. Sa bouche s'emplit d'un sang dont il ignora le goût. Il respira à fond par le nez et réussit à inhaler un mince filet d'air. Désormais, sa panique était pure, un choc presque dépourvu de passion. Ses pensées confuses se calmèrent tandis que la mort le pressait. Il respira frénétiquement par le nez et la peau du sol se distendit, mince comme du papier, sous son corps.

Avec un désespoir nouveau, il fouilla son esprit à la recherche de cette fameuse chose à laquelle il s'était promis de penser à la fin. Mais il n'appréhenda que la rue, l'obscurité opalescente et les myriades d'insectes volants qui tombaient, aussi scintillants que des flocons de neige. Il aspira l'air avec véhémence. Ses mains touchèrent l'homme affalé près de lui. Webb. Il s'en souvint. Puis il se souvint d'Emma. Son épouse. Le sens tout entier. Il mourait pour elle. Il essaya de mieux réfléchir. Il venait d'apprendre à Emma qu'il était en train de mourir, en s'adressant en vain aux seins muets. Elle avait été son épouse, son épouse douloureuse. Il lutta contre les spasmes hallucinatoires. Il y avait une raison en elle. Une raison pour tout ceci. Sa mort était une conséquence. Rien ne se produisait sans une cause.

Son dernier souffle s'acheva et, lorsqu'il respira de nouveau par le nez, sa tête et sa gorge se fermèrent aussitôt. Puis son crâne s'emplit comme un ballon. Une grosse excroissance cancéreuse apparut sur son cou. Rassemblant ses dernières forces, il la toucha. Une longue pitié s'empara de lui tandis que filaient ses derniers instants de pensée en apnée. Le sol se brisait sous son corps. Bientôt il tomberait. Il mourrait. Avec la grâce et la fixité d'une dernière page, ses yeux se fermèrent. Désormais affranchi de toute peur, il fut délivré. Près de la sortie il vit la vraie âme d'Emma, cette âme que Dieu aimerait pour l'éternité.

Note de l'auteur

Emma vit toujours. Lorsque je suis en ville, je la vois là où je peux, quand je peux. À sa seule vue, mon cœur s'emplit d'une joie et d'une douleur qui ensuite me quittent lentement. Emma est aujourd'hui âgée. Elle est affranchie de presque tous ses anciens chagrins. Malgré les années, elle a peu changé et sa beauté surprend toujours, éblouit toujours. Sans elle, ma ville, mon univers seraient amoindris. Avec elle, il y a certes de la joie mais il y a aussi beaucoup de tristesse. Avec elle, il y a Profits et Pertes. Il y a Attendre et Voir. Il y a ma douleur. Il y a la Douleur de Manfred.

Dans la collection « *Fictives* »
dirigée par Brice Matthieussent

Jonathan AMES
L'Homme de compagnie

Paul BOWLES
In Absentia

Toni CADE BAMBARA
Gorille, mon amour
Les Mangeurs de sel
Les goélands n'en sont pas morts
Ce cadavre n'est pas mon enfant

Fred CHAPPELL
De la neige dans le triangle
Lumières

Guy DAVENPORT
La Bicyclette de Léonard
Tatline !

Annie DILLARD
Pèlerinage à Tinker Creek
Une enfance américaine
Apprendre à parler à une pierre
Les Vivants
En vivant, en écrivant
Au présent

Diamela ELTIT
Quart-Monde

Jim HARRISON
Entre chien et loup
Faux soleil
Julip
La Femme aux lucioles

La Route du retour
Lettres à Essenine
Lointains et Ghâzals
En route vers l'Ouest
Aventures d'un gourmand vagabond
En marge

Denis JOHNSON
Jesus' Son
Le Nom du monde
Déjà mort
Des étoiles à midi
Des anges
Pistes

Jack KEROUAC
Visions de Cody

Brice MATTHIEUSSENT
Jim Harrison, de A à W

Eric McCORMACK
L'Inspection des caveaux
Motel Paradise
Mysterium
Première sonnerie de trompette contre le monstrueux régiment des femmes

Thomas McGUANE
L'Ange de personne
L'Homme qui avait perdu son nom
Outsider
Panama
Le Club de chasse
La Source chaude
Rien que du ciel bleu

Robert McLIAM WILSON
Eureka Street
Ripley Bogle

Gilbert SORRENTINO
Red le Démon

William T. VOLLMANN
Des putes pour Gloria
Treize récits et treize épitaphes
Récits arc-en-ciel

Edmund WILSON
Mémoires du comté d'Hécate

Rudolph WURLITZER
Lent fondu au noir
Nog
Plans
Tremblement de terre

Cet ouvrage a été composé par
Graphic Hainaut (Condé-sur-l'Escaut)

Imprimé en France
Impression : Société Nouvelle Firmin-Didot au Mesnil-sur-l'Estrée
Dépôt légal : septembre 2003
N° d'édition : 1634 – N° d'impression : 64534